Qu'est-ce qu'elle a ma gueule ?

AVERY FLYNN

QU'EST-CE QU'ELLE A MA GUEULE ?

ROMAN

Traduit de l'anglais (États-Unis) par
ANGÉLA MORELLI

Titre original :
BUTTERFACE (THE HARTIGANS 1)

Publié avec l'aimable autorisation de Entangled Publishing

HARPERCOLLINS FRANCE
83-85, boulevard Vincent-Auriol, 75646 PARIS CEDEX 13.

www.harlequin.fr

ISBN 978-2-2804-1962-8 — ISSN 2271-0256

Pour toutes les femmes qui subissent les attentes débiles de la société sur leur apparence et leur comportement, juste parce qu'elles sont des femmes.

« Toi, ma chère, tu es fabuleuse telle que tu es. »*

* Oui, j'ai entendu la voix de Mark Darcy résonner dans ma tête en écrivant ça.

1

S'il y avait bien une chose que Gina Luca savait au plus profond de ses entrailles d'organisatrice de mariage, c'était que les mariées étaient l'incarnation du diable. La *bridezilla* à sa quatrième tournée de shots de tequila pendant la réception ? Un démon hautement inflammable, capable de tout, y compris de détourner inopinément le vidéoprojecteur pour en faire une KissCam, qui projette des baisers volés sur l'écran géant tendu derrière l'estrade.

Celui-ci était censé montrer les invités en train de célébrer les noces de l'heureux couple. Au lieu de ça, on y voyait l'une des demoiselles d'honneur enlacer sauvagement un homme en costume marron, pris de court, une verrine de crevettes à la main.

Un peu en retrait, Gina voyait le magnifique mariage qu'elle avait planifié se transformer en un épisode de télé-réalité trash.

— Tout ça va mal finir, marmonna-t-elle.

— Avec tous mes collègues présents ce soir ? renchérit un homme à côté d'elle. Ça promet d'être un cauchemar à gérer pour les ressources humaines.

Étonnée, elle pivota vers celui qui venait de lui parler. Grand. Brun. Yeux verts. Une barbe courte et bien taillée. Smoking, nœud papillon défaite. Elle le reconnut immédiatement.

Ford Hartigan.

Un flic. Bien bâti, musclé – mais pouvant quand même bouger

les bras. Sexy, solide et, sans surprise, bien au-dessus de sa catégorie. En fait, le vivier d'hommes auxquels elle pouvait prétendre était ridicule. Elle l'avait accepté, parce qu'elle avait d'autres talents. Elle dirigeait sa propre boîte et avait des amis géniaux. Non, elle n'était pas du genre à faire tourner la tête d'un mec sexy, et alors ? Elle s'en fichait.

L'avantage, c'est que ça lui ôtait la pression de devoir avoir l'air cool, ce qu'elle n'était pas du tout.

— Quel romantique vous faites.

Elle adoucit sa remarque acerbe d'un sourire.

— Une KissCam ? À un mariage avec *open bar* ? Où cinquante-trois pour cent des invités appartiennent au département de police de Waterbury ?

Il ricana, ce qui était étrangement sexy, magie de la beauté.

— Je n'emploierais pas vraiment le terme « romantique », ajouta-t-il.

Elle croisa les bras et le dévisagea, amusée. Les lumières de la salle de réception vacillèrent certainement, parce qu'elle aurait juré l'avoir vu poser les yeux sur sa bouche puis sur ses seins – entièrement dissimulés sous sa robe verte à col montant – avant de revenir à son visage. Que pouvait bien exprimer son regard ? Rien à voir avec le dédain distrait auquel elle était habituée.

C'est ça, il y avait un problème d'éclairage. Elle allait devoir en parler au personnel de l'hôtel.

— Et comment décririez-vous la situation ? demanda-t-elle.

Il reporta de nouveau son regard sur les invités qui hurlaient tandis que la KissCam zoomait sur un autre couple.

— Déconseillée.

— Je suis d'accord.

Elle se tourna pour observer le couple sur l'écran. Une heure avant, ils s'étaient livrés à une intense séance de frotti-frotta sur la piste de danse ; un peu plus tôt, la femme avait bu shot sur shot avec la mariée.

— Mais au moins ce n'est pas nous.

Le couple se rapprocha, bouche ouverte. Le baiser qui en résulta fut plus que bâclé.

— Bon sang, grommela Ford. On voit leurs langues. Je n'aurais jamais dû voir la langue de Partridge. Je suis sûr que c'est un délit.

Gina sourit et le taquina.

— Vous n'embrassez jamais avec la langue ?

— Devant une KissCam ?

Malgré son air horrifié, il était incapable de détourner les yeux de ce qui se déroulait sur l'écran géant.

— Jamais de la vie, répondit-il.

Elle ne put s'empêcher d'éclater de rire. Son air à la fois sexy et coincé lui plaisait.

— Vous vous êtes souvent retrouvé sur grand écran ? demanda-t-elle.

Il serra les dents.

— Non, c'est la première fois.

Elle sentit son estomac faire un salto et tourna vivement les yeux vers l'écran. Ceux qui venaient de se lécher le museau avaient disparu, remplacés par… elle-même et Ford.

Ils se figèrent, comme changés en statues, et la foule se mit à scander :

— Un bisou ! Un bisou ! Un bisou !

Pour couronner le tout, Gina pouvait voir en direct et en haute définition la gêne colorer son visage, et ses grands yeux devenir encore plus globuleux que d'habitude. *Génial.* Si on ajoutait à ça son gros nez et le bouton qui avait poussé sur son menton à cause du mariage de l'enfer – tout ça en gros plan sur l'écran –, elle n'était absolument pas le genre de femme qu'un homme comme Ford aurait envie d'embrasser. Même dans le noir. Même après *huit* shots de tequila.

Elle se força à sourire de son mieux et secoua la tête.

Ça n'arrêta évidemment pas les hurlements et les sifflets des invités déchaînés. Et dire qu'elle croyait que le mariage d'un flic de Waterbury et d'une infirmière de St Vincent serait peinard et se déroulerait sans accroc. Elle s'était bien plantée.

— Un bisou ! Un bisou ! insista la foule.

Un type brailla dans le fond :

— Roule-lui une pelle, Hartigan !

— On fête l'amour, vous êtes obligés de vous embrasser, brailla la mariée en brandissant son verre minuscule rempli à ras bord, dans l'espoir de faire passer sa requête avinée pour un toast.

Si Gina gagnait sa vie en planifiant des mariages, c'est qu'elle avait de bonnes raisons. Primo, elle détestait – ou plutôt elle haïssait – être le centre de l'attention, ce qu'était toujours la mariée. Deuzio, elle prenait son pied en remplissant des tableaux Excel, en cochant ses *to-do* listes et en organisant tout comme une dingue. Tertio, elle excellait là-dedans. *L'amour*, cependant, n'avait rien à voir dans ce choix de carrière.

— Un bisou ! beugla la grand-mère de la mariée.

Gina secoua la tête. Plus la caméra restait fixée en plan serré sur son visage, plus sa voix semblait vouloir se faire la malle avec son dernier lambeau de dignité. Elle décida de s'en tenir à la philosophie du si-je-n'y-prête-pas-attention-ça-va-finir-par-passer, qui fonctionnait parfois quand sa machine à laver se mettait à produire ce cliquetis bizarre, et elle baissa les yeux sur ses escarpins beiges à petits talons.

Un bruissement confus chatouilla ses oreilles et son rythme cardiaque lorsque son voisin, lui aussi piégé par la KissCam, se pencha vers elle.

— Finissons-en, murmura Ford, d'une voix lasse.

Elle leva les yeux vers son beau visage à la mâchoire parfaite, aux yeux vert sombre et aux pommettes hautes, et sentit l'humiliation lui chauffer les joues. Personne n'avait jamais dû se moquer de lui de toute sa vie, et il ignorait ce que ça faisait que d'être la risée d'un groupe. Alors qu'elle elle avait été appelée « lapin » pendant longtemps à cause de ses dents en avant. Elle croyait qu'une fois les bagues enlevées tout ça ne serait plus qu'un lointain souvenir, mais c'est alors qu'elle s'était vu affubler d'un autre surnom, bien pire : Tronche-de-Cake. Pourquoi ? Parce que, si elle était bien foutue, son visage, lui, était laid. L'irritation qu'elle ressentait devant toute cette injustice la piqua.

Il fallait effectivement en finir.

— Voilà ce que toute femme rêve d'entendre, ironisa-t-elle tout bas, afin que lui seul puisse saisir. Je refuse de vous embrasser.

Contrairement à elle, il ne chercha pas à dissimuler son agacement, ce qui le rendait encore plus sexy.

— Et pourquoi ça ?

Parce que ! Elle pinça les lèvres avant qu'une idiotie ne les franchisse, ravie d'avoir remporté cette bataille. Comme elle avait l'esprit d'escalier, parvenir à garder la bouche close était une victoire absolue. Lorsqu'il haussa un sourcil interrogateur, elle se hâta d'inventer une explication différente de : *parce que vous êtes trop sexy.*

— Je travaille, prétexta-t-elle.

Ford inclina la tête et lui adressa une expression typique de flic, ce regard inexpressif qui voulait dire : « espèce de menteuse ».

— Vous ne pensez pas que notre gentil marié, Porter, était en service quand il a rencontré Meg aux urgences après qu'un type qu'il venait d'arrêter l'avait assommé avec un tasseau ? Ce n'est qu'un baiser. Ensuite, ils passeront à une autre victime.

Plutôt que de croiser le regard inflexible de Ford, elle reporta son attention sur l'écran géant qui immortalisait cet instant terriblement gênant.

— Respecte la KissCam, Hartigan ! cria quelqu'un, alors que les encouragements de la foule devenaient plus fébriles.

Et plus forts.

— Un baiser rapide, plaida-t-il d'un ton résolu, qui dissimulait quelque chose de plus vulnérable. Après, ils nous ficheront la paix.

Gina détourna le regard de son propre visage, rouge de honte, sur l'écran, vers celui, réel, de Ford. La pointe de ses oreilles était écarlate et il tapotait son majeur de son pouce, comme pour marquer le rythme d'un groupe de ska.

Il le cachait mieux mais, en vérité, il était aussi irrité qu'elle.

Elle lui jeta un regard à la dérobée et son cœur se serra. Il prenait beaucoup de place, et pas seulement parce que ses épaules larges remplissaient la veste de son smoking d'une manière qui la faisait saliver. Il mesurait bien dix centimètres de plus qu'elle, qui faisait déjà un mètre soixante-dix-huit.

Il baissa les yeux vers elle, plongea son regard dans le sien et, pendant une seconde, ils ne furent plus le Beau et la Bête, mais deux personnes prisonnières d'une situation embarrassante qu'ils ne maîtrisaient pas.

Elle se mordilla l'intérieur de la joue et passa en revue ses options avant de décider que Ford avait raison. Un smack rapide éloignerait le vidéaste et détournerait l'attention turbulente des invités vers un autre couple qui se livrerait avec plaisir à ce rituel débile. Elle pourrait ensuite terminer son travail et rentrer dans sa demeure victorienne tranquille et en travaux.

Elle poussa un soupir étranglé. Elle n'était pas certaine de faire le bon choix.

— D'accord. Un baiser. Comme vous voulez.

Gina avait à peine terminé sa phrase que Ford posa ses grandes mains sur son visage. Une décharge électrique la parcourut et elle entrouvrit les lèvres, surprise. Il pencha la tête… et l'embrassa.

Elle entendit à peine le rugissement d'approbation de la foule, captivée par le gémissement que laissa échapper Ford. Le corps de Gina approuva et lui répondit avec ferveur. Encouragé, Ford fit courir sa langue le long de sa lèvre inférieure et toute pensée cohérente abandonna Gina. Les sens excités et le cœur affolé, elle se lova contre lui, toute molle contre son torse dur et musclé. Elle enregistra vaguement les hurlements de l'assemblée. Elle s'en fichait complètement. Le monde devint électrique et l'air vibra presque contre sa peau lorsqu'il approfondit le baiser. Sa langue effleura la sienne dans un mouvement bref, mais tellement puissant qu'elle se cramponna aux revers de sa veste avant même de se rendre compte qu'elle avait levé les mains.

Puis, presque aussitôt, il releva la tête et recula, rompant le lien.

Abasourdie, elle lâcha la veste de Ford et regarda autour d'elle. Elle aperçut son reflet sur l'écran géant. Elle était écarlate, le regard flou. Elle pressa les doigts sur ses lèvres frémissantes. On aurait dit une femme qui venait d'être follement embrassée, ce qui était plutôt normal puisque c'était précisément ce qui venait de se produire.

Heureusement, le vidéaste – qu'elle n'embaucherait plus jamais –, probablement satisfait, reporta son attention sur un autre couple.

Juste au moment où elle pensait que la situation ne pouvait pas devenir plus embarrassante, une fois qu'un autre couple fit son apparition à l'écran, elle se retrouva en tête à tête avec Ford. Les revers de son smoking étaient froissés, rendant son nœud papillon défait encore plus séduisant, comme s'ils venaient juste de coucher ensemble dans un placard. Ce qu'il avait certainement déjà fait dans sa vie. Gina, elle, s'était contentée de lire une scène de ce genre. Est-ce que ça comptait ?

Non. Pas du tout.

Ford toussota. Elle essaya de sourire, mais sa bouche était tellement sèche que ses lèvres étaient comme collées à ses dents. Bon sang, tout ça n'était pas *du tout* super gênant.

Elle devait dire quelque chose, quelque chose d'intelligent et de drôle de préférence, comme… Son cerveau était en panne sèche. Rien ne lui vint. Qui était ces femmes qui trouvaient toujours la bonne répartie au bon moment ? Et comment les imiter ? Il y avait peut-être un Mooc pour les gens aussi maladroits qu'elle ?

Ford se passa la main sur la nuque.

— Je suis désolé.

— Quoi ?

Oh ! génial, Regina. Tu devrais donner des cours de flirt.

Il secoua la tête.

— J'aurais dû me douter qu'un truc louche se tramait quand j'ai surpris Ruggiero et Gallo en train de filer du fric au mec à la caméra avant de filer.

— C'est fini, à présent, répondit-elle en se ressaisissant. Dieu merci.

— Est-ce que je peux vous offrir un verre pour me faire pardonner ?

Tous les efforts qu'elle venait de fournir pour rallumer son cerveau partirent en fumée. Un verre ? Avec elle ? Ce mec ultra-canon *et elle* ? En une fraction de seconde, ses ondes cérébrales furent neutralisées. Et ces mots franchirent ses lèvres :

— C'est un *open bar*.

Le demi-sourire de Ford faiblit.

Merde. Il tentait visiblement de ne pas se comporter comme un connard et elle venait de brandir l'équivalent d'un doigt d'honneur alors qu'il voulait faire la paix.

Bien joué, Regina.

Elle recula rapidement, impatiente de s'échapper avant de se ridiculiser davantage.

— J'ai des trucs à terminer.

Ford posa les yeux sur ses lèvres et se remit à tambouriner du majeur et du pouce.

— Une autre fois, peut-être, dit-il.

Mais bien sûr. Les femmes moches comme elle ne sortaient pas avec des mecs sexy comme lui – surtout quand le mec en question était flic et que sa famille à elle fréquentait les Esposito, dans le genre on-n'a-jamais-croisé-une-loi-sans-avoir-envie-de-l'enfreindre. Ses frères surprotecteurs péteraient un plomb si elle suggérait l'idée de sortir avec un flic. Ford Hartigan ne serait jamais rien d'autre pour elle qu'un fantasme.

— J'en doute, répliqua-t-elle en tournant les talons et en s'éloignant de l'endroit où elle venait de subir sa dernière humiliation aussi vite que ses petits talons le lui permettaient.

Mais à quoi tu pensais quand tu as fourré ta langue dans sa bouche, bordel, Hartigan ? Tu as perdu la boule ou quoi ?

Ford avait enfin réussi à s'échapper de cet interminable mariage et, tout en traversant le hall de l'hôtel à la recherche des deux abrutis à l'origine de la KissCam, il se demandait à quel point le baiser avait été atroce pour que l'organisatrice du mariage le plante là sans hésiter.

Sans surprise, il aperçut les inspecteurs Johnnie Gallo et Tony Ruggiero accoudés au bar, en train de descendre des amaretto sours à la paille comme des étudiantes à une *happy hour*.

En bons crétins, Gallo et Ruggiero levèrent leurs verres en le voyant approcher.

— Tu es dans tous tes états, Hartigan ? demanda Ruggiero avec un sourire aussi large que son cul, qui avait vu plus de beignets qu'il ne pouvait en compter. Tu veux du baume à la javel pour te stériliser les lèvres ?

Gallo et lui étaient pliés en deux, hilares, tapant du plat de la main sur le bar poli devant eux. Et dire que c'était le binôme d'experts qui dirigeait l'unité opérationnelle spécialisée dans le crime organisé chargée d'enquêter sur l'affaire Esposito. Ou, comme il aimait à dire : griffes d'ours contre cannoli.

— Elle est loin d'être laide, rétorqua Ford en espérant vivement que cette remarque mettrait un point final à la conversation.

D'autant que c'était vrai. Certes, elle ne gagnerait pas de concours de beauté, mais comme la plupart des gens. De plus, Hartigan était formé à ne jamais se fier aux apparences. La vérité d'une personne se trouvait rarement à la surface. Et ce baiser… ça faisait bien longtemps que personne ne l'avait surpris de cette façon.

Elle avait l'air professionnelle avec sa robe et ses chaussures parfaites. Mais, bon sang, la chaleur qui brûlait sous son apparence maîtrisée faisait toujours vibrer ses sens.

— La meuf qui a organisé le mariage ? postillonna Gallo. Tu as vu la taille de son nez et la mocheté de sa gueule ? Il faut qu'on dise au capitaine de t'envoyer faire une visite médicale pour vérifier ta vue ?

Ford lança un regard meurtrier aux inspecteurs qui, techniquement, étaient ses supérieurs.

— Ferme-la, Gallo.

Ce genre de remarques le foutait en rogne. De tous les hommes du monde, ils auraient dû être les derniers à tomber dans le panneau du sexy-égale-bonne. C'était des flics après tout. Ils passaient leurs journées plongés jusqu'au cou dans des affaires où des gens attirants et séduisants n'étaient en réalité que des fosses septiques radioactives. Et pourtant ces deux débiles ne voyaient pas plus loin que la surface, ce qui expliquait probablement pourquoi leur équipe n'obtenait aucun résultat.

— Allez, tu dois bien admettre que l'organisatrice de mariage n'est pas agréable à regarder, contrairement à celle-là, poursuivit Ruggiero en lançant un coup d'œil à la dérobée à la réceptionniste. Elle a posé des questions sur toi quand on est arrivés.

Ford n'avait pas envie de la regarder, mais il ne put s'en empêcher. C'était une blonde sexy avec de gros nichons et un cul à faire se damner un saint – le genre de nana que ses frères dragueraient sans hésiter. Mais lui ? Jamais de la vie.

Il n'était pas le charmant Hartigan. C'était l'intello rigide qui avait choisi une carrière dans la police plutôt que chez les pompiers et qu'on charriait toujours à ce sujet.

Ses frères Frankie et Finian seraient tombés aux pieds de l'hôtesse. Pas lui – surtout si Ruggiero et Gallo affirmaient qu'il lui plaisait. Ils avaient charrié tellement de monde au commissariat que le capitaine les avait plus d'une fois convoqués pour les remettre à leur place.

— Comme si j'allais vous croire, asséna Ford en cherchant du regard Kapowski, qui avait promis de le rejoindre s'il le pouvait.

Gallo brandit trois doigts.

— Parole de scout.

Ignorant le piège délibérément tendu, Ford ramena la conversation sur le boulot. Essayer de faire rentrer ces deux-là dans le droit chemin était aussi vain que de dresser un chien sauvage. Après avoir éprouvé un remords temporaire, cinq minutes plus tard, Rover plongeait le museau entier dans la poubelle de la cuisine. De nouveau.

— Est-ce que Kapowski est passé déposer les dossiers des dernières filatures d'Esposito ?

Gallo secoua la tête.

— Négatif.

— Vous l'attendez ici pour prendre connaissance des rapports le plus rapidement possible ?

— Oh non, putain.

Ruggiero brandit son verre en entrechoquant les glaçons, le signe international pour réclamer un verre de plus.

— Nous n'avons rien d'autre pour toi, fiston.

— T'es vraiment un cas, Ruggiero.

— Je sais.

Il lui adressa un sourire radieux, peu perturbé par la pique.

— C'est pour ça que les femmes m'adorent.

Gallo s'esclaffa bruyamment.

— Personne ne croit ça.

— Dis-le à ma femme, râla-t-il. Elle est persuadée que je me tape la moitié des infirmières de St Vincent.

Ford ne voulait absolument pas participer à cette conversation.

— Je vais me coucher. Si Kapowski se pointe, demandez-lui de monter les dossiers dans la chambre 205.

Pourquoi était-il impatient de passer la nuit à bosser au lieu de relancer l'organisatrice de mariage ? Parce qu'il désirait plus que tout coincer ces mafieux d'Esposito.

Il avait été à deux doigts, à deux doigts vraiment, de pouvoir les envoyer au tribunal. Mais, comme son grand-père disait toujours, la seule occasion dans laquelle on peut gagner à deux doigts, c'est sur la banquette arrière d'une voiture. Ça ne comptait pas dans une enquête policière et c'était pour ça qu'il était coincé à court terme dans cette équipe de débiles où il se tapait le sale boulot. Mais cette situation ne durerait pas.

Il avait toujours été l'intrus parmi les sept enfants Hartigan et il avait appris de bonne heure que, l'important, ce n'était pas de gagner la bataille, mais la guerre. S'il la jouait finement – ce qu'il faisait toujours –, il finirait par diriger l'équipe. Et au bout de vingt ans, à cinquante ans, il serait le plus jeune préfet de police de l'histoire de Waterbury.

Gallo lui lança un regard interrogateur.

— Tu dors ici ?

— J'ai bu deux bières, expliqua Ford, qui évita de leur servir le refrain sur la loi et le règlement de la police.

— Jésus, Marie, Joseph, fit Ruggiero en aspirant une gorgée à la paille du nouvel amaretto sour que le barman avait posé devant lui. Même ma grand-mère prend le volant après deux bières.

— Ça va à l'encontre du règlement.

Section 42, alinéa 8, point 3.

— T'es vraiment chiant à être réglo comme ça.

Gallo leva les yeux au ciel et fit pivoter son tabouret pour faire face au bar et à l'écran géant du téléviseur qui diffusait la défaite des Ice Knights, l'équipe de hockey de Harbor City. Une de plus.

— Nous sommes des représentants de la loi.

Ce qui signifiait qu'ils devaient être irréprochables et porter la loi et l'ordre au-dessus de tout le reste.

Ruggiero ricana.

— Ça ne veut pas dire qu'on doit se transformer en abrutis de je-sais-tout.

Ford pinça les lèvres et tapota le bout de son majeur de son pouce en comptant à rebours depuis vingt-cinq : dix ne suffiraient pas avec ces deux-là.

Une fois son décompte achevé, il poussa un soupir.

— Faites monter Kapowski avec les dossiers s'il passe. Il faut que ses renseignements payent. Si le tuyau qu'on nous a filé sur le gros deal est juste, les Esposito vont inonder Waterbury d'héroïne.

Même Ruggiero et Gallo grimacèrent en entendant ça.

Malgré leur attitude d'enfoirés, ils savaient que beaucoup de gens en pâtiraient s'ils n'interrompaient pas ce deal – et jusqu'à présent ils n'avaient rien du tout pour y parvenir.

Ford sortit une clé magnétique de la poche intérieure de sa veste et la tendit à Ruggiero.

— Chambre 205. Il peut laisser les dossiers et la clé sur le bureau de ma chambre. Je vais prendre une douche.

Ruggiero haussa les épaules et un sourire débile remplaça sa grimace.

— Je vais peut-être demander à la réceptionniste canon de te les monter.

— Tu es hilarant, rétorqua Ford avant de se diriger vers les ascenseurs.

Il fallait vraiment qu'il se débarrasse de son costume de pingouin.

Si Ford avait ressemblé à ses frères, il aurait été capable d'amadouer les autres hommes pour qu'ils se comportent moins comme des connards. Mais il avait accepté depuis longtemps le fait qu'il était différent des membres de sa famille. Cassant. Réglo. Pragmatique. Il était comme ça, ennuyeux, brun, l'intrus dans la famille folle, chahuteuse et qui aimait s'amuser – le mec qui faisait fuir les femmes après un seul baiser. Ouais. Un bon parti, un vrai.

2

L'estomac de Gina faisait des saltos chaque fois qu'elle pensait à ce baiser, mais la réception était enfin terminée et l'heureux couple fraîchement uni avait disparu en chancelant dans la suite nuptiale. Cela signifiait donc que Gina avait purgé sa peine en enfer. Merci, tous les saints du paradis.

Elle adorait son job d'organisatrice de mariages et d'événements – pour de vrai –, mais rien ne valait l'instant où elle achevait un travail bien fait. Dans moins de vingt minutes, elle pourrait ôter ces escarpins et cette robe verte jolie-mais-décente, et elle serait chez elle, avec pour toute compagnie le silence grinçant de sa vieille maison victorienne. Il avait hâte.

Sa vie n'était pas des plus excitantes, elle le savait, mais c'était la sienne et elle était bien résolue à en tirer le meilleur parti possible. Pas question de rester assise à attendre le prince charmant, qui n'existait que dans les livres. Oublié, ce blaireau apprêté. Elle avait besoin d'un bricoleur qui ne fuirait pas en courant en voyant la liste interminable des rénovations à accomplir. Et de davantage de clients pour son business récent. Des orgasmes, ce ne serait pas mal non plus, mais elle avait découvert que son vibro était beaucoup plus performant pour ça que les quelques hommes qui avaient partagé son lit.

Son sac à la main et le regard rivé sur la porte d'entrée de l'hôtel afin de ne pas se laisser alpaguer par des invités ivres, Gina faillit bousculer l'un des flics qui avait abondamment versé à boire au jeune couple. *Bravo, Regina.*

Le type – qui s'appelait comment déjà, ça commençait par un G, Gerry ? Gionni ? Non, Johnnie – s'était écarté de la réception de l'hôtel pour lui barrer le chemin. Comment était-elle parvenue à s'arrêter à temps, elle n'en avait aucune idée.

— Comment va, ce soir, Miss Organisatrice de Mariage ? demanda Johnnie.

Son regard légèrement flou annonçait des ennuis.

Génial. C'était bien la dernière chose dont elle avait besoin.

Non, le pire aurait été d'être rappelée au boulot par la mariée éméchée, mais une prise de bec avec un invité soûl arrivait en deuxième position. Elle ne pouvait cependant pas le rembarrer.

Pour que son entreprise prospère, elle devait veiller à sa réputation et ne pouvait pas se permettre de se montrer grossière. Déjà que ses frères, Paul et Rocco, avaient plusieurs fois eu affaire à la police… L'inspecteur aurait largement de quoi se retourner contre elle, et le contrarier n'était pas très malin. Ses frères avaient beau ne pas jouer un rôle important dans l'organisation Esposito, ils étaient quand même impliqués – même si elle avait essayé toute sa vie d'adulte de les dissuader dans leurs plans débiles.

Le seul avantage de leur job d'usurier, c'était qu'ils aidaient réellement les gens en galère au détriment de leur tâche. Ils étaient les usuriers les plus sympas du monde. Ses frères étaient prêts à porter secours à tous ceux qui leur tiraient des larmes, et à faire signer des clauses plus souples, qui ne menaçaient pas de briser des jambes en cas de retard de remboursement. Ce genre de pratiques était inhabituel dans la profession et leur marge était pourrie. Ils ne le lui avaient pas expliqué directement, mais elle avait entendu dire qu'ils essayaient de se hisser plus haut dans la hiérarchie des Esposito pour abandonner le recouvrement de créances à d'autres. Ses frères étaient peut-être des sentimentaux, mais ils voulaient avant tout gagner du fric.

Du coup, même si elle n'avait rien à voir avec le business familial, il était hors de question d'énerver les flics et d'attirer l'attention sur ses frères. Merde. Certains jours, quoi qu'on fasse, on est perdant.

— Je vais bien, merci, répondit-elle de son ton qui disait je-suis-là-pour-bosser. Vous avez besoin d'aide ?

— Non.

Il s'interrompit, certainement pour ménager ses effets.

— Mais *je* peux faire quelque chose pour *vous*.

Il y eut un silence embarrassé : il continua à la dévisager et le cerveau de Gina se figea instantanément, incapable de rebondir sur cette remarque idiote – parce qu'elle doutait fort que ce mec puisse faire quoi que ce soit pour elle. Et, d'expérience, elle savait que, lorsqu'un homme affirmait qu'il voulait lui rendre un service ou lui adressait un regard intéressé, c'était qu'il avait autre chose en tête. Ce délicieux rappel de la façon dont fonctionnait sa vie lui donna aussitôt les mains moites et elle sentit sa poitrine se serrer, comme d'habitude.

Il lui fallut quelques respirations profondes, mais elle géra son angoisse beaucoup plus vite que par le passé.

Trois applaudissements pour l'adulte qu'elle était devenue.

— Si fascinante que soit votre proposition, je vais devoir la décliner.

Elle indiqua du menton les portes closes de la salle de réception, où les basses pulsaient encore pour ceux qui étaient restés après le départ du jeune couple.

— Le mariage m'a épuisée, ajouta-t-elle.

— Bien sûr, bien sûr, fit Johnnie en tapotant sa large paume avec une carte magnétique de l'hôtel. C'est juste que Ford Hartigan m'a demandé de garder un œil sur vous. Vous voyez qui c'est, pas vrai ? C'est le type que vous avez embrassé ce soir.

Les joues de Gina s'enflammèrent.

— Et pourquoi vous aurait-il demandé une chose pareille ?

— Je n'en sais rien, répondit Johnnie.

Il jeta un coup d'œil par-dessus chacune de ses épaules, puis fit un pas en avant et baissa la voix.

— Mais il m'a demandé de faire attention à la nana canon de la KissCam. Je pense qu'il n'est pas insensible, si vous voyez ce que je veux dire.

Gina se raidit. Personne ne l'avait jamais appelée « nana canon » de toute sa vie. Absolument personne. Elle n'était pas jolie, encore moins canon, et nier la réalité ne lui rendrait jamais service.

Elle parvint à garder le menton haut et la respiration régulière – merci, les heures de yoga –, arbora un sourire neutre et fit un pas en direction de la porte.

— Je dois y aller.

Il brandit la clé magnétique.

— Chambre 205.

Elle s'immobilisa.

— De quoi parlez-vous ?

— C'est le numéro de sa chambre. Ford voulait vous voir, mais il est coincé dans sa chambre à attendre un rapport.

— Pourquoi voudrait-il me voir ?

Son cynisme naturel luttait contre l'espoir que les choses soient différentes, cette fois-ci. Il avait proposé de lui payer un verre. C'était elle qui l'avait éconduit. Et ce baiser… Peut-être espérait-il une autre chance ? Était-ce possible ?

L'inspecteur poursuivit :

— Écoutez, vous êtes une femme intelligente. Vous savez que la KissCam était un piège. Ford a passé la soirée à vous mater et, vous ne le croirez peut-être pas, mais il est du genre timide et il ne savait pas comment vous aborder. Ce mec est marié à son job. Il ne sort avec personne, *jamais*. J'essaye juste de rendre service à un ami.

— Vraiment ?

Elle ne prit pas la peine d'effacer l'expression « mais-bien-sûr » qui se lisait sur son visage, même si la petite voix qui lui ordonnait de le croire devenait de plus en plus forte.

— Je sais, ce n'est pas le type le plus, disons, démonstratif, mais vous lui plaisez, vous savez ?

Johnnie haussa les épaules.

— Mais si vous ne ressentez pas la même chose je peux le lui dire. Il espérait juste que…

Le flic n'acheva pas sa phrase.

Tout ça clochait, pourtant un ballon plein d'espoir emplissait désormais sa poitrine.

— Ne le prenez pas mal, répondit-elle, mais pourquoi devrais-je croire ce que vous me dites ?

Il se frappa le cœur du plat de la main.

— Ça vient du cœur.

Il lui tendit la clé.

— Écoutez, vous ne me connaissez ni d'Adam ni d'Ève, mais je jure que je fais ça dans l'intérêt de mon pote. Et puis, vous avez l'air sympa.

Il leva sa main libre pour l'empêcher de protester.

— Je m'en veux de vous avoir mise dans une situation gênante avec la KissCam. Ford se sent super mal aussi, même s'il ne savait pas du tout ce que j'avais manigancé. Il veut se faire pardonner. Et au moins s'excuser en personne. Personne ne peut forcer une femme indépendante et intelligente comme vous à faire quoi que ce soit. Prenez la clé. Allez parler à Ford, ou n'allez pas lui parler, c'est vous qui choisissez.

Gina contempla le bout de plastique. C'était peut-être le signe que sa vie était sur le point de changer. C'était ce que son grand-père aurait dit.

Il lui aurait ordonné de saisir cette chance et l'aventure partout où elle se présentait. Passer la nuit – parce qu'ils étaient adultes et que, même si personne ne l'avait formulé, c'était de ça qu'il s'agissait – dans une chambre d'hôtel hors de prix avec un homme super sexy ? Ce n'était pas le genre de choses qui lui arrivait tous les jours, ni même tous les cinq ans. Qui sait si cette chance se représenterait un jour ? Et quel genre de poule mouillée serait-elle si elle tournait les talons – alors qu'en plus elle avait envie de lui autant qu'il semblait la désirer ?

— D'accord. Je vais au moins lui permettre de s'excuser en personne.

Elle lui arracha la carte magnétique des mains, pivota et se dirigea vers les ascenseurs, prête à donner sa chance à l'aventure et à une nuit de sexe débridé avec un flic canon.

Des gouttes d'eau brûlante martelaient les épaules de Ford et ôtaient toute la tension accumulée depuis le baiser désastreux avec Gina. Gina. Il aimait ce prénom. Il roulait sur sa langue, à la fois comme un gémissement et une prière – surtout quand ses yeux étaient fermés et que sa main était enroulée autour de son sexe qu'il caressait lentement.

Il n'avait pas menti. Elle ne ressemblait pas à une reine de beauté, mais elle avait quelque chose, un truc séduisant et stimulant, qui avait attiré son attention et l'avait poussé à se poser des questions sur… tout. Sa peau était-elle douce au creux de sa taille ? Son rire était-il grave et coquin ou léger et tendre ? Gémirait-elle quand il ferait glisser la fermeture de la robe verte qui dévoilait toutes ses courbes ? Que fallait-il faire pour qu'elle crie son nom ?

Il n'y pouvait rien : il était flic jusqu'au bout des ongles.

Trouver les réponses à toutes ces questions l'excitait – surtout si elles concernaient Gina. Cette femme éveillait sa curiosité. Il fit courir sa main le long de son sexe, l'autre main posée, doigts écartés, contre le mur carrelé, et laissa le fantasme le submerger. Une caresse. Deux. C'est alors que le son reconnaissable entre mille de la porte de la chambre d'hôtel qui s'ouvrait l'interrompit. Il rouvrit les yeux et la réalité le rattrapa.

Merde.

Kapowski.

Le rapport de surveillance.

Bien content d'avoir presque fermé la porte de la salle de bains, ce qui lui évitait d'être surpris en pleine branlette par son collègue, il arrêta l'eau juste à temps pour apercevoir un éclat de robe verte et de cheveux bruns bouclés passer devant la porte. Puis plus rien. Kapowski était blond et ne s'habillait qu'en noir. Bon sang, qui… Son sexe raide devina la réponse avant son cerveau. Gina, l'organisatrice de mariage, était dans sa chambre.

Qu'est-ce qui se passait ?

Comment était-elle entrée ?

Pourquoi était-elle là ?

Une voix se mit à crier dans sa tête : *On s'en fout, putain !* Elle est là, et ne le serait pas si elle n'avait pas envie de coucher avec toi.

Peut-être avait-elle refusé de boire un verre avec lui parce qu'elle bossait et non pas à cause de lui ?

Arrête de te poser des questions alors que tu as toujours ta bite en main et va parler à la femme qui est dans ta chambre d'hôtel, hurla la voix.

— Je suis sous la douche ! s'écria-t-il, conscient que cette remarque brillait par son inanité.

Les lumières de sa chambre s'éteignirent et elle répondit :

— J'avais deviné.

S'il se tapait la tête contre le carrelage, elle l'entendrait depuis la pièce voisine, aussi préféra-t-il fermer les yeux et compter jusqu'à dix. Puis il tourna le robinet à fond vers la gauche en espérant que le jet froid lui éclaircirait les idées et lui permettrait de débander afin qu'il puisse sortir de la salle de bains sans avoir l'air d'un gros naze qui venait de se branler tout seul sous la douche.

Ce qu'il était.

Mais elle n'avait pas besoin de le savoir.

Lorsqu'il ferma complètement le robinet, de la musique lui parvint de la chambre. Ce n'était pas le genre je-vais-te-prendre-contre-le-mur ni te-faire-l'amour-toute-la-nuit ; ça ressemblait à ce qu'écoutait sa sœur Fallon quand elle faisait du yoga. *Et merde.* Il n'avait aucune envie de se mettre à penser à sa sœur. Son sexe se recroquevilla sur lui-même. *Bordel.* Sortir de là tout mou n'était pas le but non plus. La vie pouvait-elle lui foutre la paix ?

T'oublies le fait qu'une nana qui te faisait fantasmer il y a trois minutes se trouve présentement dans ta chambre d'hôtel, ducon ?

Il s'empara vivement de la serviette en haut de la pile posée sur l'étagère et se sécha.

— J'arrive tout de suite.

— Prenez votre temps, répondit-elle d'un ton un peu précipité.

Il s'interrompit. Quelque chose clochait. Mais le sang qui irrigua immédiatement son sexe en entendant le son de sa voix fut plus fort que sa petite voix intérieure. Il était cependant homme à toujours suivre la loi en toutes circonstances. Il ne plaisantait pas avec le consentement.

— Tout va bien ? demanda-t-il. Vous n'êtes pas obligée de rester si vous n'en avez pas envie.

Il y eut un bref silence qui lui sembla durer quatre cent quatre-vingt-huit ans et pendant lequel il scruta comme un idiot l'obscurité derrière la porte entrouverte.

Elle finit par demander à voix basse :

— Voulez-vous que je m'en aille ?

— Certainement pas.

Il n'avait pas besoin de réfléchir pour répondre.

Elle éclata de rire. C'était un son grave et rauque – voilà qui répondait à une de ses questions – qui sembla s'adresser directement à son sexe.

— Alors, pourquoi discutons-nous ?

Bonne question.

Il enroula la serviette autour de ses reins et se dirigea vers la porte.

3

Tandis que la musique de son téléphone emplissait la chambre d'hôtel mal éclairée, Gina réfréna l'adrénaline et l'excitation qui coulaient dans ses veines avec tant de force qu'elle pouvait presque les entendre. Les mains dans le dos, elle tenta désespérément d'atteindre la fermeture à glissière de sa robe. C'était peut-être à cause de la pression du moment ou du fait que le diable en personne avait dessiné ce vêtement, mais elle dut utiliser tous les talents acquis au yoga pour mettre la main sur la satanée glissière. Il n'y avait qu'à prier pour ne pas faire une crise d'angoisse en la faisant descendre en utilisant uniquement le bout de ses doigts.

Elle surveilla la porte de la salle de bains pour que Ford ne la surprenne pas dans une position rappelant celle d'une contorsionniste recalée par le Cirque du Soleil.

Le stress fit perler la sueur à ses tempes et ses cheveux se mirent à frisotter. Bon, d'accord, elle ne pouvait pas le vérifier, vu qu'elle avait éteint la lumière, mais elle *savait* que c'était le cas.

Elle finit par faire coulisser la fichue fermeture et glisser la robe sur ses hanches juste au moment où la porte de la salle de bains s'ouvrait. Merde. Elle n'était pas prête. Elle avait besoin de cinq minutes supplémentaires. N'avait-il pas besoin d'un après-shampoing ? Les mecs faisaient-ils ce genre de trucs ?

Tais-toi, Regina, ce n'est pas le moment de te poser des questions débiles.

Voilà. Elle avait raison. Un rire nerveux lui échappa. Non seulement elle se parlait à elle-même, mais en plus elle se donnait raison.

Depuis sa place près du pied du lit, elle apercevait la salle de bains. Cela lui donnait une vue imprenable sur Ford en train d'ouvrir la porte en verre dépoli. Enfin, ça aurait été le cas si la panique n'avait pas fait voler Gina sur le lit. Là, à quatre pattes, telle une gazelle affolée, elle gagna en toute hâte la tête de lit pour se glisser sous les couvertures. Et bien sûr sa culotte lui rentra dans les fesses durant l'opération.

Elle poussa un gémissement et ferma les yeux. Elle portait sa diabolique gaine de grand-mère. Elle n'avait pas prévu de coucher avec qui que ce soit ce soir. Les hommes ignoraient-ils que les femmes *programmaient* ce genre de choses ? Et si elle ne s'était pas épilée depuis une semaine ? Ou si elle avait ses règles ? N'envisageaient-ils pas ce genre d'éventualités ?

— Salut, toi, fit Ford d'une voix grave et sexy.

Des papillons volèrent dans son estomac et ses nerfs fondirent sous l'assaut du désir brûlant qui parcourut ses veines.

— Salut toi-même, répondit-elle en passant les pouces dans l'élastique de sa culotte.

Comme une mère qui fait usage d'une force surhumaine pour soulever la voiture qui emprisonne son enfant, elle parvint à ôter sa gaine et à l'envoyer valser sur le tas que formait sa robe sur le sol. Les mains moites, elle arracha son soutien-gorge avant que Ford ne sorte de la salle de bains et ne s'immobilise sur le seuil, éclairé par la lumière derrière lui.

Grâce au bref éclair de bon sens qui lui avait fait éteindre les lampes, elle avait une meilleure vue de lui que lui d'elle. Sa silhouette se découpait contre la lumière. Épaules larges, bras musclés et hanches étroites recouvertes par la serviette. Waouh. Ford était l'exception à la règle plus-séduisant-habillé-que-nu, même si elle ne voyait que sa silhouette. Elle chercha une réplique aguicheuse, mais son cerveau s'était fait la malle – jusqu'au moment où Ford tendit la main vers l'interrupteur qui rallumerait toutes les lampes de la chambre.

— Non ! ordonna-t-elle en plongeant plus profondément sous les couvertures. N'allume pas.

Bonsoir, ici ton subconscient, je sais très bien pourquoi tu veux faire ça dans le noir.

Oui, parce que de cette façon il ne verrait pas son visage. *Aïe.* C'était un sacré uppercut dans l'estomac. Cependant, avant que le doute ne s'empare d'elle, Ford éteignit la lumière de la salle de bains et la pièce fut plongée dans une obscurité quasi totale grâce aux rideaux opaques presque tirés. Heureusement, un peu de la lueur des réverbères extérieurs se faufilait entre les rideaux, ce qui lui permit de le voir avancer vers elle tout en dénouant sa serviette.

Qui que tu sois, là-haut, merci de me permettre de voir ça. Je promets d'être une meilleure personne à présent.

Ce fut sa dernière pensée car ce fut à ce moment-là que la serviette heurta le sol.

Le lit s'affaissa un peu quand il grimpa dessus et elle sentit de nouveau l'anxiété la gagner. Dire que ça faisait longtemps qu'elle ne s'était pas retrouvée nue au lit avec un homme était un euphémisme. Ford tendit la main vers sa joue, posa sa bouche sur la sienne et son angoisse s'envola comme les verres gratuits à une réception de mariage.

Ses lèvres fermes se pressèrent contre les siennes et sa langue caressa ses lèvres, sans exiger l'entrée, mais sans supplier non plus. Il la… tentait, et son corps répondait comme si elle avait attendu toute sa vie d'accepter son offre. Cet instant, comme cet homme, était juste – bon, d'accord, c'était probablement aussi dû à la tonne de phéromones qui s'écrasaient contre les siennes. Elle sentit quelque chose se débloquer en elle et tous ses doutes et ses insécurités s'évanouirent.

Une fraction de seconde plus tard, ils étaient étendus face à face dans le noir – mais ça n'avait aucune importance, parce que Gina se servait de ses mains. L'obscurité intensifiait la moindre caresse tandis que ses doigts suivaient les contours bien nets de ses abdos, glissaient sur la courbe de ses fesses et parcouraient l'extérieur de ses cuisses.

Pouvait-elle être stone rien qu'en touchant quelqu'un ? Parce que c'était ce qu'elle ressentait. Tout son corps était devenu électrique et, juste au moment où elle pensait que ça ne pouvait pas être meilleur, il posa une main sur sa hanche pour l'attirer à lui, et son sexe dur et épais frôla les boucles du sien. Pour une fois, elle ne se mit pas à gamberger. Elle enroula la jambe autour de la sienne et bascula les hanches pour pouvoir frotter son intimité contre lui.

Ford poussa un gémissement rauque qui effleura la peau sensible de son cou.

— Putain, je suis tellement content que tu aies trouvé le moyen de me rejoindre.

Gina se figea, le cerveau envahi de bruit blanc.

— Tu m'as laissé une clé.

— Quelle clé ? demanda-t-il en tendant le bras en arrière pour allumer la lampe de chevet.

Elle fut aveuglée un instant par la lumière vive qui envahit la chambre. Elle cligna des yeux et…

— Oh ! mon Dieu, tu ne m'as pas laissé de clé, pas vrai ?

Elle posa les deux mains sur le torse de Ford pour le repousser. La panique envahissait tout son corps et la brûlait comme la piqûre d'un millier d'abeilles.

Il secoua la tête puis plissa les yeux.

— Qui t'a donné la clé ?

— La clé, répéta-t-elle alors que son cerveau ne suivait plus.

Puis les mots franchirent ses lèvres, précipités.

— Tu as laissé une clé pour moi à tes amis, Johnnie…

La vérité éclata alors dans son esprit, et sa phrase finit en cendres empoisonnées dans sa bouche. Elle avait envie de vomir. C'était un piège. Tout ça n'était qu'un piège. Et, s'il n'en était pas l'instigateur, ses connards de potes, si.

Ce n'était pas la première fois qu'on se fichait d'elle ainsi. Elle en avait pris plein la tête quand elle était gamine. Et l'histoire de Johnnie n'était pas complètement folle. Un peu bizarre, mais quand même raisonnable. Pourquoi ? Parce que c'était un bon menteur. Il était resté le plus près possible de la vérité pour rendre son bobard vraisemblable. Elle le *savait*, et pourtant elle était tombée dans le panneau.

Bien joué, Regina.

Elle serra les dents pour s'empêcher de pleurer, escalada Ford et gagna le bord du lit à la vitesse de la lumière.

— Tu ne voulais pas venir ? demanda-t-il.

Il s'assit et lui saisit le poignet. Elle se dégagea brusquement.

— Qu'est-ce que ça change ? rétorqua-t-elle d'une voix grinçante.

Ses pieds se posèrent sur la serviette qu'il avait laissée tomber avant de se coucher. Comment avait-elle pu accepter de se retrouver dans cette situation ? Pourquoi avait-elle cru que cette fois-ci ce serait différent ?

La panique la rendait fébrile ; elle avait du mal à repérer ses affaires éparpillées sur le sol, mais impossible en revanche de rater l'homme dans le lit. Il était gravé au fer rouge dans son esprit. Des cheveux bruns légèrement ondulés, des yeux vert foncé sans pattes-d'oie et une bouche – cette bouche – qui l'avait embrassée passionnément, mais ne semblait jamais sourire. Il était canon. Trop pour la plupart des femmes, et encore plus pour quelqu'un comme elle. Des larmes d'humiliation brûlantes lui montèrent aux yeux.

Elle devait fuir. Tout de suite.

Elle se précipita en avant. Son pied se prit dans la serviette et elle bascula. Elle tomba sur les fesses avec un bruit sourd qui heurta davantage son orgueil que son coccyx, mais sa fierté déjà mise à mal n'avait pas besoin de ça. Elle ferma les yeux et baissa la tête : ses cheveux formèrent un rideau frisé devant son visage. Elle prit une profonde inspiration. Évidemment, son humiliation ne saurait être complète avec le building de soixante étages qu'elle venait de prendre en pleine figure. Non, il fallait qu'en plus elle se montre maladroite.

— Tu vas bien ? demanda Ford.

Elle poussa un soupir qui fit voleter ses cheveux, bien résolue à ne pas montrer à cet homme à quel point elle était embarrassée. Elle leva donc les yeux – très haut – vers lui et son cerveau court-circuita sitôt que son regard se posa sur son corps musclé, son sexe raide contre le drap et son beau visage. Bon sang, le destin n'avait-il donc aucune pitié pour elle ? Avant qu'elle ne tende le bras pour vérifier qu'il était réel et que ce n'était pas encore une blague cruelle, un reste d'instinct de survie l'envahit : elle détourna le regard et se garda de le toucher.

— Parfaitement, répondit-elle en se levant, la fesse droite endolorie, avant de se hâter vers ses vêtements entassés dans un coin.

Impatiente de quitter les lieux, elle ignora sa gaine de grand-mère, enfila sa robe et tenta maladroitement de la fermer.

Ford se leva et se dirigea vers elle.

Son cœur cabriola dans sa poitrine et elle bondit en arrière.

— Ne me touche pas.

Il laissa retomber son bras et voûta les épaules.

— Je voulais juste t'aider.

Ce serait sympa, vu qu'elle avait beau gigoter dans tous les sens, elle n'avait réussi qu'à la remonter à moitié, mais il était hors de question d'accepter. Elle avait subi assez d'affronts comme ça, sans avoir besoin d'être habillée par un homme qui ne lui avait jamais laissé la clé de sa chambre. Il avait dû la trouver pathétique à se pointer de cette façon et à se faufiler en douce dans sa chambre. Ça devait lui arriver tout le temps. Cette idée l'irrita aussi.

Elle fusilla Ford du regard.

— Et si tu te couvrais, plutôt ?

Il arracha le drap du lit et enroula le tissu hors de prix autour de sa taille.

— Je vais exiger que Gallo et Ruggiero te présentent leurs excuses. Ils sont clairement allés trop loin.

Il avait l'air sincèrement furieux, comme si ce genre de choses était impensable dans son monde. Elle supposait que ça n'arrivait jamais à un mec dans son genre.

Grand, beau – le badge de policier posé sur la table de chevet lui apparut – et flic : les choses se déroulaient certainement toujours comme il le souhaitait. Le dernier détail s'imprima dans son cerveau. Flic. *Bon sang.* Au moment où elle croyait que la situation ne pouvait pas empirer, voilà qu'elle avait oublié que Ford était policier, comme presque tous les invités du mariage. Merde. Si ses frères l'apprenaient, ils la tueraient. Ou ils le buteraient. Très probablement. Ils étaient simples usuriers, mais avec elle ils avaient tendance à se montrer surprotecteurs. S'ils découvraient ce qui s'était passé, ils péteraient un plomb. Certaines choses étaient tout simplement inadmissibles.

Impatiente de quitter la scène du crime, elle abandonna l'idée de réussir à remonter la fermeture au-delà de sa clavicule et fourra un pied dans une chaussure.

— Je m'en vais.

Le visage de Ford se rembrunit et il serra les dents.

— On peut peut-être trouver…

— Non, d'accord ? l'interrompit-elle en enfilant rageusement son deuxième escarpin.

La sauter parce qu'il avait pitié d'elle ? Hors de question. Elle compta jusqu'à vingt dans sa tête pour oublier que les larmes lui brûlaient les yeux et pour chasser le sentiment fataliste qu'elle n'aurait jamais mieux que ce genre de plans foireux.

— Tes amis sont complètement malades.

Que dire d'autre ? Rien. Et, pour couronner le tout, ses connards de potes devaient être encore au bar, attendant de la voir quitter l'hôtel, honteuse. Ils étaient probablement en train de se moquer d'elle. Il faudrait qu'elle fasse comme si de rien n'était jusqu'à ce qu'elle soit enfin arrivée chez elle où elle pourrait pleurer tout son soûl.

Vingt minutes. C'est tout ce que tu dois supporter, Regina. Tu peux le faire.

Une fois motivée, elle tourna les talons et se dirigea vers la porte sans un regard pour Ford – elle en était incapable. Malgré sa tolérance élevée à l'humiliation, c'était plus qu'elle n'en pouvait supporter. Elle posa la main sur la poignée de la porte et sa voix l'arrêta.

— Je suis désolé, dit-il d'un ton bas et navré.

Elle ferma les yeux pour repousser la gentillesse de son intonation, parce que c'était la dernière chose dont elle avait besoin si elle voulait quitter les lieux sans éclater en sanglots.

Gina prit une profonde inspiration, releva les paupières et ouvrit la porte.

— Oui. Moi aussi.

Puis elle franchit le seuil, la gorge serrée.

S'il y avait un bon côté à cette histoire pourrie, c'était qu'elle ne reverrait jamais Ford.

Elle tira derrière elle la porte qui pesait une tonne. Et se retrouva nez à nez avec le visage ahuri de ses frères. Elle était trop ébahie pour se demander ce qu'ils faisaient dans un hôtel où se déroulait le mariage d'un flic.

Rocco et Paul la dévisagèrent, bouche bée. Tous deux enlaçaient des femmes qu'elle n'avait jamais rencontrées et dont, à en croire la rougeur qui se répandait sur le cou de Paul, elle était censée ignorer l'existence. Il se plaça devant la blonde décolorée en minijupe, qui vacillait un peu sur ses talons de dix centimètres.

— Qu'est-ce que tu fiches ici, Gina ? demanda Rocco d'un ton calme qui ne la trompa pas.

De quatre ans son aîné, il s'était attribué le rôle de tuteur en chef quand leurs parents avaient déménagé en Floride. Qu'elle soit adulte et qu'il ne vive pas exactement du bon côté de la loi n'y changeaient rien.

Elle enfonça plus profondément sa gaine dans sa pochette puis se cramponna à la poignée de la porte pour retrouver l'équilibre tout en jetant un regard noir à ses frères.

— J'avais un mariage.

— Dans une chambre d'hôtel ? s'enquit Paul, qui semblait retrouver son sang-froid tandis que ses soupçons à l'égard de sa sœur se précisaient.

— Pas vraiment, répondit-elle en essayant de refermer la porte le plus discrètement possible.

Quelque chose la bloquait. Elle était prête à parier que ce quelque chose appartenait à l'homme avec qui elle avait failli coucher un peu plus tôt.

Son agacement devait se lire sur son visage, parce que Rocco lâcha la main de la grande rousse qui l'accompagnait et fit un pas en avant en scrutant l'entrebâillement de la porte.

— Qui est avec toi ? demanda-t-il.

Elle tira plus fort, mais Ford ne comprit pas l'intention de son geste. L'obstacle ne bougea pas.

— Personne.

Paul haussa un sourcil.

— Si maman t'entendait mentir comme ça, elle irait allumer un cierge à l'église.

Leur mère pratiquait ce rituel depuis leur naissance – et ça n'aidait en rien. Gina était toujours célibataire et ses frères traînaient toujours avec les mauvaises personnes. La blonde derrière Paul avança de quelques pas en chancelant et adressa un sourire amical à Gina. Elle ne devait pas être bien maligne pour fréquenter ses frères – et certainement du genre plan cul, mais ce n'était pas le problème de Gina, de la même manière que ses frères n'avaient pas à la juger. Ça ne signifiait pas pour autant qu'elle voulait leur dire qui les espionnait derrière la porte, parce qu'il les espionnait, c'était certain. Elle avait tenté de fermer la porte à deux reprises et cet idiot n'avait pas ôté son pied. Il était temps que ses frères déguerpissent. Tout de suite.

Gina leur adressa son regard le plus innocent.

— Vous avez l'air bien occupés, tous les deux, pourquoi ne...

— Avec qui étais-tu, Regina Marie ? l'interrompit Rocco.

Son deuxième prénom ? Vraiment ? Comme si elle n'avait pas trente et un ans, un prêt immobilier sur le dos, un job et un cerveau ?

— Tu n'es ni maman ni papa, alors ne me parle pas sur ce ton.

Elle lâcha la poignée pour pouvoir croiser les bras et lança à son frère le regard meurtrier qu'il méritait, menton levé et tout le bazar.

— Et pour la dernière fois je suis...

La porte de la chambre s'ouvrit brusquement dans son dos.

— Avec moi, affirma Ford derrière elle.

Et, pour une raison qui lui échappait, le sol ne s'ouvrit pas sous ses pieds pour l'avaler comme elle le souhaitait de toutes ses forces. Au lieu de ça, elle vit de près le visage de ses frères rougir de colère de manière totalement disproportionnée, même pour leurs personnalités surprotectrices d'hommes des cavernes des temps modernes. Elle recula instinctivement pour parer une attaque directe contre Ford et cacher à ses frères le fait qu'il ne portait qu'un drap pour tout vêtement.

— Hartigan ? cracha presque Rocco.

Oh. Merde.

— Vous vous connaissez ?

Les hommes l'ignorèrent et les femmes se contentèrent de poser sur lui leurs yeux écarquillés.

— C'est à ça que ton équipe en est réduite ? demanda Paul en faisant un pas en avant vers eux. Soutirer des infos sur l'oreiller à notre sœur ?

Putain de merde étalée sur un cracker sans gluten. Ford bossait dans une équipe. Et ses frères le connaissaient. Ça ne pouvait signifier qu'une chose : il enquêtait sur le crime organisé et, donc, il était plongé jusqu'au cou dans les affaires de ses frères. À en croire les poings serrés de Rocco et le geste peu subtil de Paul en direction de la poche intérieure de sa veste, les choses étaient sur le point de s'envenimer rapidement. Et, ça, c'était hors de question.

Ses frères se comportaient parfois comme des idiots, mais ils restaient ses frères, et il n'était pas question qu'ils aillent en taule pour avoir agressé un officier de police juste parce qu'elle avait été assez crétine pour croire que Ford voulait coucher avec elle.

— Arrêtez tout de suite, ordonna-t-elle en se redressant de toute sa hauteur.

Personne ne lui prêta attention.

— Il ne cherchait pas des infos sur vous, poursuivit-elle d'une voix que la panique rendait aiguë.

Cherchant désespérément un moyen d'intervenir avant qu'il ne soit trop tard, elle lâcha :

— C'est mon petit ami.

— Quoi ? hurla Rocco.

Ford se raidit derrière elle. Elle ne pouvait pas prendre le risque de lui jeter un regard pour lui faire comprendre qu'elle n'était pas stupide au point de croire ce qu'elle prétendait. Si elle le faisait, elle ferait tout capoter. Elle pourrait gérer le mensonge plus tard. En revanche, si ses frères se retrouvaient en prison, elle ne pourrait rien arranger du tout et elle avait promis à sa mère de veiller sur eux.

— Oui, affirma-t-elle d'une voix tremblante malgré la brièveté du mot. On sort ensemble depuis des mois.

— Et tu sais depuis le début que c'est un flic ? demanda Paul sans sortir la main de sa veste.

Ford poussa un grondement et elle tendit la main en arrière sans se retourner pour s'emparer de la sienne, qu'elle serra de toutes ses forces.

Même un idiot aurait compris que ça signifiait « ferme-la ».

— Depuis que je l'ai rencontré.

Ce n'était pas un mensonge. Ce n'était pas non plus la stricte vérité, mais ce n'était pas un mensonge.

— Ça ne me plaît pas, répondit Paul, mais il déplaça sa main, qui de partiellement cachée dans sa veste devint totalement visible. Imagine un flic aux quatre-vingt-dix ans de mamie dans deux semaines.

— Tu n'as pas besoin d'imaginer, parce qu'il sera là.

Elle pouvait jouer les culottées. Elle le pouvait. S'il vous plaît, que la terre m'avale tout de suite.

— Je suis une adulte, et je n'ai pas besoin de ta permission pour choisir mes petits copains.

Une veine pulsait sur la tempe de Rocco.

— Je n'approuve pas.

— Je m'en fiche.

Elle haussa les épaules en espérant de toutes ses forces que le mouvement était naturel et n'avait pas l'air d'un geste maladroit, plus nerveux qu'assuré.

— Écoutez, j'ai veillé sur vous pendant deux ans depuis que les parents sont partis en Floride. C'est à mon tour de m'amuser.

Ce qu'elle ne disait pas – et ses frères ne le mentionnèrent pas, car malgré leur attitude ils l'aimaient vraiment –, c'était qu'elle n'était pas le genre de personne à s'amuser comme ça.

Elle regarda fixement ses frères, les mettant au défi de protester. Pour une fois, ils firent le bon choix et restèrent silencieux.

— Sois prudente, au moins, dit Rocco.

Il s'empara de la main de la femme qui l'accompagnait et l'entraîna dans le couloir.

Paul et sa compagne lui emboîtèrent le pas et la blonde toute en jambes adressa à Gina un au revoir joyeux. Une fois qu'ils furent tous les quatre parvenus au bout du couloir, ils tournèrent à gauche et disparurent.

Gina poussa un soupir de soulagement. Elle se serait volontiers laissée aller contre le mur, sauf que celui qui se dressait derrière elle n'était pas en pierre mais en muscles.

— Il faut qu'on parle, déclara Ford.

Elle pivota, fit face à son faux petit ami pas-même-pour-une-nuit et secoua la tête.

— Je n'ai rien à te dire.

Sérieusement, que lui dire ? Désolée d'avoir menti, mais je ne voulais pas que mes débiles de frangins finissent en taule pour avoir frappé un flic à cause de leur sens de l'honneur déplacé ?

Il était temps de rentrer chez elle comme elle aurait dû le faire depuis longtemps.

— Dommage, parce que moi, si.

Il ouvrit grand la porte de la chambre et le mouvement mit en valeur son avant-bras musclé et ses grandes mains.

— Et je pense que toi aussi.

Sa robe était de travers, elle avait fourré sa culotte dans sa pochette, elle avait les nerfs en pelote et il voulait *discuter* ? C'était une blague. Mais elle leva les yeux – très haut – jusqu'à son visage, et comprit qu'il était très sérieux. Soit ça, soit son visage au repos était furieux. Son estomac chuta dans ses chaussettes. Qu'avait-elle fait en acceptant cette clé ?

Ford accrocha la chaîne de sécurité, s'adossa au mur et regarda Gina aller et venir devant le lit. Cette femme ne devrait jamais jouer au poker – surtout pas avec les partenaires hebdomadaires de Hartigan. On lisait en elle comme dans un livre ouvert. Sa façon de tripoter la bandoulière de son sac à main. La manière dont son regard se promenait d'un côté à l'autre de la pièce en l'évitant soigneusement. Sa démarche à la fois hésitante et précipitée. Les frères et sœurs de Hartigan la dépouilleraient avant la quatrième donne.

Ce n'était évidemment pas la seule raison pour laquelle il ne devait pas l'inviter à jouer au poker avec lui. L'organisatrice de mariage, avec ses rougissements mignons et sa nervosité maladroite, était Gina Luca, bordel. La sœur de Rocco et de Paul, deux usuriers qui nourrissaient des rêves de grandeur. Que son nom n'ait jamais été évoqué par son équipe n'était pas une surprise. Les Luca étaient tout en bas de l'échelle, pour bien informés qu'ils soient sur l'organisation d'Esposito.

Pourquoi l'avait-il invitée à revenir dans sa chambre ? Faire entrer une parente de criminels notoires dans sa chambre d'hôtel alors qu'il ne portait qu'un drap pour tout vêtement n'était pas vraiment la procédure standard. Si les affaires internes l'apprenaient, il en prendrait pour son grade.

Elle finit par s'immobiliser, croisa les bras, leva le menton et rencontra enfin son regard.

— Qu'est-ce que tu voulais ?

— Tu es Gina Luca.

Il ne savait pas quoi dire d'autre.

Elle haussa les épaules.

— Et ?

— Tes frères sont Paul et Rocco Luca.

Le bout de son nez rougit et une plaque colorée naquit à la naissance de son cou.

— C'est de ça que tu voulais parler ? Mon arbre généalogique ?

Elle serra plus étroitement les bras.

— Ma mère s'appelle Barbara, mon père Sal et mon grand-père est Tommy Gros Nez, enfin, *était*, vu qu'il a disparu depuis vingt ans.

Disparu. C'était une façon de dire qu'il était probablement au fond du port avec des chaussures en ciment.

— Tu as besoin d'un cavalier pour l'anniversaire de ta grand-mère et tu viens de dire à tes frères que j'étais ton petit ami.

Bon, ce n'était pas super sympa, ni vraiment la chose à dire, mais il n'avait jamais prétendu être le plus diplomate des Hartigan de Waterbury.

Elle ricana.

— C'est parce que je ne voulais pas devoir payer la caution de mes frères qui trouvaient honorable de te défoncer la gueule. Si tu n'as rien d'autre à me dire, je m'en vais.

Elle avait des frangins idiots, elle aussi. Il comprenait. Il fallait qu'il s'écarte en lui ouvrant la porte pour la laisser retrouver sa vie. Mais au lieu de ça il restait planté là comme une souche.

— Je suis passé par là moi aussi, lâcha-t-il sans réfléchir.

Le coin de sa bouche s'étira, formant presque un sourire.

— Tu t'es retrouvé dans une chambre d'hôtel avec ta culotte dans ton sac à main ?

Il pouffa de rire, surpris.

— Pas vraiment.

Pourquoi avait-il sorti ça comme ça ? Il ne parlait jamais de ces conneries. Qu'est-ce qu'il ferait ensuite ? Lui avouer qu'il travaillait comme un dingue sur chaque affaire parce que tous ses collègues pensaient à tort, comme ses frères, qu'il aurait dû être pompier, à l'exemple de tous les autres Hartigan mâles depuis que son arrière-arrière-il-ne-savait-quoi avait débarqué aux États-Unis ? La seule idée de se livrer à ce genre de considérations lui donnait envie de vomir.

— Je suis un peu le mouton noir de ma famille.

Elle leva les yeux au ciel et témoigna de la même attitude que lorsqu'elle avait envoyé bouler ses frères.

— J'ai beaucoup de mal à le croire.

— C'est pourtant vrai.

Si elle savait.

Gina lui lança un regard qui hurlait : « Ouais, c'est ça », et se dirigea vers la porte.

— Bon, écoute, je suis sûre que tu es un pauvre malcompris, mais j'ai deux frères qui vont me surveiller comme le lait sur le feu après ce désastre, une entreprise que j'essaye de faire démarrer de toutes mes forces et une maison victorienne que je pensais facile à rénover et qui le serait si je parvenais à garder un putain d'artisan plus d'une semaine. Je n'ai ni le temps ni l'énergie de me pointer à l'anniversaire de ma grand-mère avec un faux petit ami. Merci, mais non.

Elle s'immobilisa devant lui, trop loin pour qu'il puisse la toucher, et le considéra bien en face. Son regard exprimait un timide-mais-j'assume « Va te faire foutre », et il ne put s'empêcher de lui sourire. Il n'y pouvait rien s'il n'était qu'un abruti : elle était étrangement à l'aise avec sa propre vulnérabilité, et il trouvait ça attachant.

Dans sa propre famille, la vantardise et la fanfaronnade étaient largement partagées. Reconnaître sa faiblesse revenait à admettre la défaite. Mais avec Gina les choses ne marchaient pas comme ça. Pour reprendre une expression de sa mère, elle avait du cran. Elle était dépassée par la situation, mais elle l'affrontait – et ce comportement l'excitait.

— C'est fini, alors ? demanda-t-il en baissant les yeux sur sa bouche.

Elle pinça ses lèvres pulpeuses avant de déclarer :

— Oui. Je suis certaine que tu n'es pas habitué à l'entendre.

— Seulement parce que je n'abandonne pas aussi facilement.

Il ouvrit quand même la porte de la chambre, qu'il tint pour elle.

— Au revoir, inspecteur Hartigan, dit-elle à voix basse.

Non. Il n'aimait pas le caractère définitif de ce mot.

— Bonne nuit, Gina Luca.

La rougeur révélatrice s'élargit à la base de son cou et elle se hâta de remonter le couloir jusqu'aux ascenseurs. Malheureusement pour lui, les portes s'ouvrirent dès qu'elle appuya sur le bouton. Il les regarda se fermer puis rentra dans sa chambre avant qu'un client ait le temps de se plaindre qu'un pervers qui ne portait qu'un drap autour de la taille traînait dans le couloir.

La porte claqua derrière lui, le laissant seul avec pour toute compagnie le parfum de Gina. Dommage que ce soit l'unique chose d'elle qu'il posséderait jamais. Une Luca et un inspecteur de l'unité de lutte contre le crime organisé étaient aussi bien assortis qu'un gilet pare-balles et un cours de yoga.

Il ne la reverrait plus.

Et il refusait de s'attarder sur le pincement au cœur que provoquait cette idée.

4

Une semaine plus tard

Gina possédait une masse et savait s'en servir. Bon, elle ne savait pas *vraiment* s'en servir, mais elle avait regardé assez d'émissions de déco pour avoir l'air de gérer lorsqu'elle la souleva et l'abattit sur le demi-mur qui divisait le grenier de sa maison – une demeure qui avait désespérément besoin d'amour – en deux pièces, coupant ainsi la circulation.

La tête métallique de la masse produisit un bruit satisfaisant en fracassant le mur de pacotille, pour la millionième fois ce matin.

Elle recula un peu et posa la masse pour admirer son œuvre. Ses bras étaient douloureux à cause de l'effort fourni pour brandir l'instrument de huit kilos, mais le mur était pulvérisé.

Il restait encore des bouts à arracher du plancher, cependant le soleil qui se déversait par les vitraux du mur côté est projetait des taches colorées sur le sol poussiéreux, ce qui la fit sourire malgré le désordre.

Le grenier serait le quartier général idéal de son agence d'organisation de mariage, *C'est comme si c'était fait*. Elle rencontrerait les clients en bas, dans le salon qui donnait sur la spacieuse terrasse couverte, mais la magie opérerait vraiment à l'étage. La préparation, l'organisation, les arrangements – tout serait fait ici.

Si seulement elle pouvait régler ses problèmes aussi facilement.

Oui, elle pratiquait la thérapie par les travaux. Et alors ? Sept jours s'étaient écoulés depuis qu'elle avait traversé le hall de l'hôtel à toute allure et elle entendait toujours les ricanements de ces connards de flics assis au bar.

Au lieu d'y réfléchir, elle avait choisi l'approche DIY de la chose et imaginé la gueule de ces abrutis sur chaque mur qu'elle avait abattu. Elle possédait peut-être un peu du tempérament sicilien de ses frères et de leur goût pour le sang, mais elle les canalisait mieux.

Elle ne rêvait plus des visages de ces porcs à présent. Seul celui de Ford hantait ses nuits – et c'était pire, parce qu'elle entendait aussi son gémissement rauque très excitant chaque fois qu'elle se couchait. C'était vraiment injuste.

Avait-il participé à cette comédie humiliante et joué la surprise ? Possible, mais elle ne parvenait pas à le croire.

C'était quand même plus sympa de prétendre qu'il n'était au courant de rien. Une fille comme elle avait besoin de fantasmer sur un homme honnête qui ne mentait pas et ne manipulait personne, qui avait juste envie d'elle. Tout ce dont elle avait besoin pour ça, c'était de cesser net son fantasme juste avant qu'il lui avoue qu'il ne lui avait pas laissé sa clé.

Tes idées sont déprimantes, Regina.

Sa petite voix intérieure n'avait pas tort. Elle s'empara de la bouteille d'eau posée sur le sol et en but une longue gorgée. Il était temps de tourner la page et de rénover la maison que son grand-père lui avait léguée. Le tribunal avait déclaré quelques mois plus tôt que l'homme qu'elle avait adoré toute sa vie et qui était porté disparu depuis vingt ans était officiellement décédé. Penser à lui ne faisait qu'aggraver une déprime qui la conduirait à pleurer et à se gaver de chocolat et, ça, c'était hors de question. Sa vie avait été suffisamment triste jusqu'à présent. Les choses allaient enfin changer. Elle refusait que son apparence physique, sa famille ou sa vie de vieille fille – *bonjour, j'ai lu trop de romans de Jane Austen* – l'empêchent de réaliser ses rêves.

Il était temps de prendre sa vie en main, en commençant par la rénovation de la maison de son grand-père, vide depuis des années, et par se débarrasser des planches restantes après le passage de la masse. Son grand-père aurait été fier que sa petite-fille achève les travaux qu'il avait commencés il y avait si longtemps. Ce n'était peut-être pas une façon conventionnelle de rendre hommage à un grand-parent, mais il l'aurait appréciée.

— Alexa, ordonna-t-elle au palet de hockey électronique branché dans le mur près de l'escalier. Joue ma *playlist* « travaux ».

Au lieu des airs de pop habituels, l'alto grondant de nanas bafouées bien décidées à en découdre se déversa bruyamment des enceintes. Voilà qui allait faire danser sa masse.

Le menton levé, les épaules rejetées en arrière – et l'allure tordue parce que la masse était lourde –, elle regagna le mur d'un pas décidé.

Dans les films, cela aurait été le moment où elle se serait lâchée sur ce qui restait du mur pour le réduire en miettes avant d'admirer son œuvre, triomphante. Mais sa vie ne ressemblait pas à ce genre de films, parce que la masse, au lieu d'abattre les dernières planches, lui échappa des mains – grâce à la transpiration et à la condensation de la bouteille d'eau – et atterrit lourdement de l'autre côté de la pièce, dans la partie inachevée du grenier.

— Et tu te demandes pourquoi tu ne présentes pas ta propre émission de déco ? marmonna-t-elle en traversant la pièce pour constater l'étendue des dégâts.

Prudemment – le plancher n'avait pas été posé sur l'isolant dans cette partie-là –, les bras étendus pour ne pas perdre l'équilibre, elle avança sur la pointe des pieds sur les poutres en direction du mur est et de la masse, appuyée sur un amas d'isolant emballé de rose. La lumière qui se déversait par le vitrail dansait sur l'isolant comme de minuscules arcs-en-ciel sur un ciel rosé. Ça aurait été joli si ça ne lui avait pas rappelé l'énorme quantité de travail qu'il restait à accomplir.

Alors qu'elle tendait la main vers la masse, son regard fut attiré par un reflet. Il était différent des autres taches colorées formées par la fenêtre, plus solide et plus doré. Elle se pencha en avant. Le miroitement venait de dessous l'isolant. Un outil coincé entre les poutrelles ?

Elle déplaça la masse, rabattit l'isolant en prenant bien soin de ne pas déchirer l'emballage pour ne pas inhaler des éléments toxiques, et mit au jour un espace étroit et ouvert qui, bien que sombre, lui sembla descendre jusqu'au sous-sol, à en juger par l'air froid qui en remontait. Cet espace devait se trouver au-dessus d'un des murs, qui étaient tous légèrement creux. Elle avait appris ça de manière douloureuse lorsqu'un écureuil qui squattait le grenier s'était retrouvé coincé dans un de ces espaces. Le dératiseur ne lui avait épargné aucun détail atroce.

Les écureuils collectionnaient-ils les objets brillants ? Il avait peut-être laissé une bricole derrière lui.

Elle sortit son portable de la poche arrière de son jean, fit glisser son pouce sur l'écran pour allumer la torche et pointa le faisceau lumineux vers les ténèbres.

Quatre bâtons pointus étaient alignés, l'un entouré d'une bague en or. *C'est bizarre…*

Elle comprit soudain ce qu'elle voyait et s'étala sur les fesses.

Aucune importance, elle s'éloigna à quatre pattes le plus vite possible de l'anfractuosité, parce que ce n'était pas quatre bâtons. C'était des os. Les os d'une main. Et la bague ? Elle appartenait à son grand-père.

Qu'est-ce qu'elle a ma gueule ?

***

— Hartigan ! hurla le capitaine Grant depuis le seuil de son bureau dans l'*open space* des inspecteurs. Ici. Tout de suite.

Ford remonta instinctivement les épaules jusqu'aux oreilles. Ce n'était pas bon signe. Non pas d'être convoqué dans le bureau du capitaine mais, quand ce dernier aboyait de cette façon, ça signifiait qu'une enquête pourrie allait vous tomber dessus.

La dernière fois que ça lui était arrivé, c'était après que le fils du député s'était fait ramasser pour détention d'herbe. On lui avait refilé l'affaire parce qu'il se foutait royalement de qui ce gamin était le fils. La loi était la loi et elle devait être respectée.

Il se leva de son bureau et repoussa une boîte de baume à lèvres sur laquelle le mot « javel » avait été griffonné au feutre. Un cadeau de Ruggiero et Gallo, certainement. Ils avaient raconté au reste de l'équipe qu'ils l'avaient piégé pour la KissCam avec un troll qui avait des liens avec la mafia. Tout le monde s'était bien marré. *Bande de cons.*

Le duo de débiles n'avait cependant pas raconté aux autres qu'il avait donné la clé de sa chambre à Gina. Soit ils avaient compris qu'ils n'étaient pas obligés de se comporter en permanence comme des enculés, soit ils gardaient cette information secrète pour pouvoir s'en servir au pire moment – comme lorsqu'il était convoqué dans le bureau du capitaine, pour voir celui-ci appeler les affaires internes afin de les informer que la réputation d'un inspecteur avait été compromise.

Ford gagna rapidement le bureau de son supérieur.

— Vous vouliez me voir ?

L'autre ne leva pas les yeux de l'écran de son ordinateur.

— Fermez la porte et asseyez-vous.

Ford sentit ses cheveux se mettre à danser la samba sur sa

nuque, mais il obéit, comme d'habitude. De toute façon, si les choses devaient mal tourner, il préférait entendre les mauvaises nouvelles seul et pas devant tout le commissariat.

— J'ai cru comprendre qu'il y avait eu un incident avec Gina Luca le week-end dernier.

Le capitaine pivota dans son fauteuil, fit glisser ses lunettes sur l'arête de son nez et dévisagea Ford par-dessus ses verres à double foyer.

— Quelque chose à propos d'une KissCam ?

Ford poussa un soupir. C'était embarrassant, mais ça ne nécessitait pas une enquête interne.

— Oui.

Le capitaine ôta ses lunettes et les nettoya avec une petite chamoisine posée près de son clavier. Tout ça dans le silence le plus total. D'abord le verre droit, puis le gauche, puis il les retourna et recommença l'opération. Lentement. Délibérément. Pour montrer que c'était lui qui avait la main. Il adorait faire mariner ses subordonnés, ce qui en rendait dingue plus d'un. Pas Ford. Il saisit cette opportunité pour envisager tout ce qui pourrait suivre et comment réagir.

Le capitaine finit par rechausser ses lunettes. Il plia ensuite la chamoisine en deux, et de nouveau en deux, avant de la reposer sur son bureau parfaitement parallèle à son clavier.

— Y a-t-il une raison pour laquelle vous ne pourriez pas fréquenter Mlle Luca de manière professionnelle ? demanda-t-il en regardant Ford droit dans les yeux.

— Non, monsieur.

Il pouvait surmonter la vue de son corps nu – et de ses doigts sur sa peau douce –, mais pas s'empêcher d'y songer tout le temps.

— Tant mieux, parce que nous devons utiliser ce lien qu'elle croit avoir avec vous à notre avantage.

Des quarante-huit possibilités que Ford avait envisagées, c'était celle à laquelle il ne s'attendait pas.

— Monsieur ?

— Elle vient d'appeler pour signaler la découverte d'un corps dans son grenier.

Le capitaine joignit les doigts et se tapota le menton avec en silence, attendant que Ford réagisse.

Quand il vit que rien ne venait, il poursuivit.

— Le corps était là depuis longtemps, des décennies certainement. C'est le département des affaires non classées qui devrait se charger de l'enquête, mais comme vous le savez ses frères s'agitent en ce moment.

Encore une pause théâtrale. Le capitaine pratiquait le théâtre en amateur au centre communautaire de Waterbury, et ça se voyait.

— Nous avons besoin que quelqu'un nous renseigne sur leurs actes et découvre s'ils ont un lien avec la cargaison d'héroïne dont notre indic nous a parlé cette semaine.

— Et vous pensez qu'elle est au courant ?

Gina était proche de ses frères, il s'en était rendu compte à leur façon de se parler à l'hôtel, mais selon le règlement de l'organisation ce serait très inhabituel de la part de Rocco et de Paul de partager des informations avec elle. Et, si par hasard ils le faisaient, elle ne serait pas du genre à les balancer. Sa loyauté était peut-être mal placée, mais – au vu du comportement de Gina avec ses frères – elle était aussi évidente que la tache de confiture sur la cravate de Gallo ce matin. Cependant, se trouver au bon endroit au bon moment était important et, puisque la filature de Kapowski l'autre nuit n'avait absolument rien donné, l'unité opérationnelle ne pouvait se permettre de négliger aucune piste, vu que la date de la livraison approchait. Merde. Ça lui faisait mal de l'admettre, mais utiliser Gina était une bonne idée.

— Non, répondit le capitaine. Tout indique qu'elle est clean. *Cela étant*, un bon enquêteur peut trouver toutes sortes d'informations – surtout sur quelque chose d'aussi gros que ce trafic d'héroïne est censé l'être. (Il ôta de nouveau ses lunettes. Saisit la chamoisine et la déplia. Essuie. Essuie. Retourne. Essuie. Essuie. Plie. Plie. Chamoisine posée. Lunettes enfilées.) Êtes-vous un bon enquêteur ?

— Oui, monsieur. Ce n'était pas de l'orgueil mais la vérité. Et il était plus que prêt à le prouver. Donc, le plan, c'est de se rapprocher de Mlle Luca pour rassembler des informations sur les œuvres de la famille Esposito et la transaction à venir ?

Tout ce qu'il avait à faire, c'était de gagner la confiance de Gina, innocente spectatrice, afin que ses frères lui fassent confiance à leur tour. Comme tout policier le savait, les gens en révélaient beaucoup sans même ouvrir la bouche. Mais la culpabilité enrobait sa langue comme s'il venait d'avaler une gorgée de lait tourné. Le baiser devant la KissCam et la douceur de sa peau tournaient en boucle dans sa tête depuis le mariage.

Elle avait peut-être cru qu'il plaisantait en affirmant qu'il était prêt à assister à l'anniversaire de sa grand-mère, mais il était on ne peut plus sérieux. Il y avait quelque chose qui lui plaisait chez Gina, et c'était pour ça que la situation l'irritait au plus haut point.

Si ses frères tenaient à elle autant qu'ils le prétendaient, pourquoi ne la tenaient-ils pas éloignée mieux que ça de leurs affaires ? Il était devenu flic, refusant de suivre la voie tracée par sa famille, parce qu'il croyait dans la justice et dans l'importance de veiller sur ceux qui ne pouvaient pas le faire pour eux-mêmes. Draguer Gina sous de faux prétextes était dégueulasse – il l'admettait volontiers – mais pas injuste, et c'était pour le bien de la jeune femme.

Il pouvait le faire sans la blesser tout en récoltant des informations qui lui permettraient de mettre des criminels derrière les barreaux et de sauver des vies en évitant que l'héroïne n'arrive sur le marché. Elle n'avait pas besoin de savoir le rôle qu'elle aurait joué. Correction. Elle ne *saurait* jamais quel rôle elle avait joué. Il ferait ce qu'il fallait pour s'en assurer.

Le capitaine opina.

— Allez jeter un coup d'œil au corps. D'après la description du premier officier de police sur place, il pourrait s'agir de la dépouille de Tommy Luca, dit Gros Nez. Trouvez ensuite un moyen de gagner sa confiance et de pénétrer dans sa vie pour deviner ce que mijotent les frères. Nous connaissons la date de l'arrivée de la cargaison d'héroïne, mais ni le lieu ni l'heure. D'après les dossiers que nous possédons, il est clair qu'elle est proche de ses frères. Fréquentez-la et voyez ce que vous apprenez.

Ford tapota son pouce du bout de son majeur trop vite pour compter.

— Vous ne pensez pas qu'il y a peu de chances pour qu'on obtienne des résultats ?

Comme l'équipe des Ice Knights qui enchaînait les défaites et qui participait quand même aux *playoffs* du championnat de hockey.

— J'ai bien conscience que cette mission n'est pas complètement en accord avec votre jugement moraliste et votre façon de vivre réglo. Si c'est trop pour votre sensibilité, dites-le-moi et j'affecterai quelqu'un d'autre. Gallo a du temps devant lui.

Le café du commissariat ne fit qu'un tour dans son estomac. Hors de question que Gallo s'approche de Gina à moins d'un kilomètre. Même s'il ne se permettrait pas de faire devant elle les remarques déplacées dont elle était l'objet dans le bureau des inspecteurs, l'idée qu'il puisse s'approcher d'elle donnait à Ford envie d'arracher l'écorce d'un arbre avec les dents. Il était incapable d'expliquer une réaction aussi viscérale, mais elle était bien réelle et, en tant que flic, il avait appris à faire confiance à son intuition.

— Inutile d'aller chercher Gallo, affirma-t-il en se levant. J'accepte l'affaire.

— Comment parviendrez-vous à entrer dans sa vie ?

— Je trouverai un moyen.

Comme toujours.

— Excellent. Vous devez donc filer, dit le capitaine. Vous pouvez disposer.

Ignorant les regards interrogateurs des autres membres de l'unité, Ford récupéra son blouson et son parapluie – cinquante pour cent de risques de pluie aujourd'hui –, et se dirigea vers la sortie. Il allait se rendre chez une femme à qui il allait mentir pour lui éviter de trouver Gallo sur son paillasson. Qu'est-ce qui pouvait mal tourner ?

5

Gina était sur le point de péter un câble. Tout allait tellement de travers qu'il allait falloir inventer un nouveau mot pour ça.

Ford Hartigan était chez elle. Ses frères aussi. De même qu'un cadavre qui était probablement celui de son grand-père que l'on croyait mort depuis longtemps. Et, tout ce à quoi elle pensait, c'était qu'elle portait une paire de leggings troués et un T-shirt maculé de peinture sur lequel était dessiné un chien en train d'agresser sexuellement une plante.

Le T-shirt était une blague de l'une de ses meilleures amies, Lucy, qui adorait acheter des choses totalement indécentes, juste pour le plaisir de voir Gina passer par toutes les nuances de rouge. Pour se venger, Gina laissait la musique à fond chaque fois qu'elle empruntait la voiture de Lucy.

Si elles n'avaient pas été copines depuis qu'elles avaient découvert qu'elles partageaient un goût pour les bonbons très acidulés à la fac, elles se seraient certainement entretuées depuis des années. Mais en l'état actuel des choses elles étaient meilleures amies.

Qu'est-ce qu'elle ne donnerait pas pour que Lucy soit là maintenant – ou Tess, le troisième membre tranquille de leur bande peu séduisante. Elles préféraient se baptiser *Célibataires et Fières de l'être*. C'était plus *girl power*, elle devait bien l'admettre. Ses amies étaient les seules habitantes de Waterbury à ne pas être présentement comprimées dans la cuisine de Gina, qui était remplie à craquer de fournitures de DIY, de cartons et d'hommes qui la regardaient comme si elle avait toutes les réponses.

— Tu veux bien répéter ? demanda Ford, qui avait l'air beaucoup trop sexy pour un mec qui portait un blouson de sport froissé qu'il avait l'air d'avoir enfilé pour respecter le code vestimentaire des inspecteurs. Tu étais en train de lancer ta masse…

Rocco se tourna vers elle et interrompit Ford :

— Qu'est-ce que tu fichais avec un outil pareil ? Tu aurais pu te tuer.

Vraiment ? Son sang ne fit qu'un tour. C'était la tournure que son frère voulait donner à la conversation ?

— On vient de découvrir que le corps de papi était caché entre les murs du grenier depuis des années et tu as peur que je m'assomme avec une masse ?

Il haussa les épaules, peu impressionné par son emportement.

— Excuse-moi de m'inquiéter pour ma sœur.

— Et d'abord comment on sait que c'est papi ? intervint Paul, dont les cheveux ondulés étaient totalement ébouriffés : aucune quantité de gel n'était suffisante pour résister à l'assaut constant de ses doigts qui malmenaient son épaisse crinière depuis qu'il avait franchi la porte. Ça pourrait être les os d'un pervers qui aime vivre dans le grenier des femmes seules.

Le pauvre. Il s'accrochait à l'espoir que leur grand-père revienne un jour. Pas elle. Au fond, cela faisait des années qu'elle savait que l'homme qui lui achetait des bonbons et des stylos à paillettes était mort depuis longtemps. Elle avait fait son deuil dix ans plus tôt. Pas ses frères. C'était peut-être des criminels, mais ils accordaient beaucoup d'importance à la famille. Elle aussi. Elle s'approcha de Paul et le serra brièvement contre elle.

— J'ai vu la bague en or qu'il portait tout le temps, expliqua-t-elle calmement. C'est lui. Je le sais.

Ford s'éclaircit la voix.

— Le médecin légiste confirmera l'identité et essayera de déterminer les causes de la mort.

— Ah ouais ? ricana Rocco. Et est-ce que le même médecin sera capable d'expliquer comment notre grand-père a pu pourrir ici pendant vingt ans sans que personne s'en rende compte ? Tu es en train de dire que les locataires qui se sont succédé ces dix dernières années n'ont rien remarqué ?

Ford plissa ses yeux verts et rangea son petit carnet dans la poche intérieure de son blouson.

— Je n'aime pas spéculer.

— Fais-le quand même, ordonna Paul.

— S'il te plaît, ajouta Gina.

Pendant un instant, Ford se contenta de dévisager les frangins qui se tenaient de l'autre côté de la cuisine. Rocco était adossé au réfrigérateur, bras croisés et regard dur. Paul faisait les cent pas devant la baie vitrée et sa banquette intégrée recouverte d'un seul coussin élimé. Immobilité et mouvement, tels étaient ses frères. Et elle ? Par habitude, elle se tenait quelque part au milieu, entre deux camps, et elle tripotait la poignée du tiroir à bordel, qui semblait toujours dévissée. Une expression indéchiffrable passa sur les traits de Ford avant qu'il réponde.

— *Si* c'est votre grand-père, il est porté disparu depuis vingt ans. *Si* sa mort est accidentelle, il a pu trébucher sur les solives, étant donné qu'il n'y a pas de plancher dans cette partie-là du grenier, et glisser dans l'espace entre les murs. Comme à cette époque il vivait seul et qu'il avait des fréquentations, disons, discutables, tout le monde a supposé qu'il avait quitté la ville ou que quelqu'un s'était occupé de lui. Puis la maison est restée vide pendant un certain temps. Combien d'années déjà ?

— Dix, répondit Gina. Ma mère espérait qu'il reviendrait.

Ford lui adressa un petit sourire avant de reporter son attention sur Rocco.

— Après tout ce temps, la décomposition naturelle – ou du moins l'essentiel – était terminée. Elle prend en général entre six à douze ans. Et, une fois la décomposition achevée, il n'y a pas d'odeur. Bien sûr, nous n'aurons des certitudes qu'une fois que le médecin légiste en aura terminé. Jusque-là, l'affaire est considérée comme suspecte et sera traitée en conséquence.

— Et tu dis tout ça devant notre sœur, *ta copine*, sans même un tressaillement de dégoût ? demanda Paul en se passant de nouveau la main dans les cheveux. Elle est sensible, putain.

Gina hésitait entre étrangler son frère ou le serrer dans ses bras.

— Je ne suis pas délicate, protesta-t-elle en ignorant délibérément l'autre partie de son affirmation. Je suis une adulte.

— Et on est là pour te protéger, affirma Rocco. Parce qu'on ne peut pas faire confiance aux flics.

Ford serra les dents.

— J'ai confiance en lui.

Les mots franchirent ses lèvres avant qu'elle ait le temps d'y réfléchir, mais alors qu'ils planaient entre eux elle se rendit compte que c'était vrai. Il y avait quelque chose en lui qui apaisait l'inquiétude épuisante qui vrombissait sans relâche à l'arrière-plan de son cerveau.

Rocco émit un gloussement sans joie, gagna la table d'un pas vif, posa les mains sur le dossier d'une chaise et se pencha en avant.

— Ouais, on verra. Il ne se comporte pas vraiment comme un petit ami.

Cette fois-ci, ce fut au tour de Ford de hausser les épaules.

— Elle ne vous a pas dit que j'emménageais ici ?

— Quoi ? s'écria-t-elle en même temps que ses frères mais, à en croire l'expression horrifiée des deux frangins, pas pour les mêmes raisons.

Ford la rejoignit, l'enlaça par la taille et l'attira à lui.

— Ça nous a semblé plus prudent. Si votre grand-père a été assassiné, celui ou celle qui a commis le crime pourrait revenir pour s'assurer que toutes les preuves ont bien disparu, étant donné qu'en cas de meurtre il n'y a pas prescription.

L'odeur du parfum de Ford chatouillait ses sens et la caresse de ses doigts sur sa propre hanche, par-dessus son pantalon de yoga et sous son T-shirt hideux, lui coupait le souffle. Ford ? Ici ? Non. Ce n'était pas possible. Elle se le répéta dans sa tête. Il était juste sympa. Il se montrait gentil par pitié, pour que ses frères la lâchent. Il ne pensait pas ce qu'il disait.

Rocco les regarda tous les deux, tour à tour.

— Je n'aime pas ça.

— Tu n'es pas obligé, répondit-elle en se concentrant sur ses mots plutôt que sur les papillons qui dansaient la Macarena dans son ventre – parce que, avec Ford si près d'elle et qui la touchait, elle en oubliait de respirer. Mais comme tu le vois tout est sous contrôle. Rentrez chez vous, les gars. Je vous tiendrai au courant des développements de l'affaire.

Ses frères se regardèrent et tinrent l'une de ces conversations silencieuses qu'ils avaient toujours et durant lesquelles ils prenaient des décisions sans échanger un seul mot.

Paul finit par se tourner vers elle.

— D'accord. Mais tu nous appelles dès que tu as du nouveau.

Après quelques embrassades pour elle et quelques regards noirs en direction de Ford, ils disparurent, la laissant seule dans la cuisine avec ce dernier tandis qu'une petite armée de policiers grimpait l'escalier qui menait au grenier pour se livrer à toutes les activités qui lui retournaient l'estomac quand elle tombait par hasard sur des émissions policières à la télévision. Comme elle avait besoin de s'occuper les mains, elle alluma le gaz sous la bouilloire, attrapa deux mugs dans le placard et les posa sur le plan de travail. Ce n'était pas parce qu'elle s'apprêtait à mettre Ford dehors qu'elle devait se montrer grossière.

— Tu ne restes pas.

Voilà. Ferme et assuré, mais pas mal élevé parce qu'elle le lui dit en lui tendant une boîte contenant dix-sept variétés de thé vert. Comme le disait toujours sa mère, les petites choses avaient de l'importance.

Il choisit un sachet de thé au jasmin à l'orange sans même regarder les étiquettes et le lui tendit.

— Si je m'en vais, alors toi aussi. Ta maison est une scène de crime.

Tout s'arrêta pendant une fraction de seconde. Rien dans cette phrase ne sonnait juste. Elle n'était pas le genre de personne que l'on menaçait. Sauf si on comptait les *bridezillas* sur le sentier de la guerre, mais elle parvenait généralement à régler la situation avec du chocolat ou du champagne.

— De quoi tu parles ? Tu as dit qu'il s'agissait probablement d'un accident.

Ford soutint son regard.

— On ne le saura pas tant que la légiste n'aura pas rendu son rapport. D'ici là, on traite l'affaire comme un homicide.

— C'est des conneries.

Le sifflement strident de la bouilloire retentit à cet instant, comme si l'univers mettait un point d'exclamation à la fin de son affirmation.

— Nous devons prendre la menace plus au sérieux que si on avait été appelés par un citoyen lambda.

Elle mit les sachets de thé dans les mugs et versa l'eau brûlante dessus.

— Tu veux dire quelqu'un qui n'a pas de lien avec la mafia.

— Exactement.

Comme s'il était chez lui, Ford programma le minuteur du four sur trois minutes, le temps d'infusion recommandé au dos des sachets de thé.

Il venait juste de lui dire que sa maison était une scène de crime, que parce que ses idiots de frères bossaient pour la mafia la police prenait tout ça très au sérieux, et il pensait quand même qu'il était important de laisser son thé infuser selon les instructions ? C'était quoi ce bordel ? Encore un truc qui l'irritait au plus haut point et rendait la situation insupportable. Pourquoi les hommes dans sa vie éprouvaient-ils le besoin de lui en faire voir de toutes les couleurs ?

— Je vais dormir sur ton canapé pendant quelques jours, jusqu'à ce que la légiste confirme sa théorie de mort accidentelle et qu'on soit sûrs que ta vie n'est pas en danger.

— Tu es fou ou quoi ?

Elle sortit rageusement le sachet de thé du mug de Ford même s'il restait une minute et demie au minuteur, et le jeta à la poubelle.

— Tu crois que je vais accepter parce que tu as dit à mes frères qu'on sortait ensemble – comme si c'était crédible. Tu penses vraiment que les gens croient qu'on est en plein dans une comédie romantique naze dans laquelle le mec canon tombe amoureux de la mocheté ? Scoop : je ne porte pas de lunettes, donc je ne peux pas les enlever et me transformer d'un coup en nana sexy et petite amie crédible.

Les mots sortirent à toute allure et, quand elle en eut terminé, elle était à bout de souffle. Ses joues étaient rouges de honte. Bon sang. Elle pensait qu'elle avait digéré d'être toujours la fille la plus moche de la classe, mais un canular le soir d'un mariage avait tout fait remonter à la surface et voilà qu'elle avait de nouveau seize ans et qu'elle entendait les chuchotements moqueurs qui la traitaient de Tronche-de-Cake quand elle passait dans le couloir.

Elle serra les dents pour empêcher son menton de trembler et concentra toute son attention sur son mug. Elle prit soin d'enlever son sachet de thé et de le jeter plus doucement qu'elle ne l'avait fait pour celui de Ford afin de gagner quelques précieuses secondes pour reprendre son souffle et se ressaisir. Une fois certaine que sa voix ne tremblait plus, elle pivota vers l'homme qui ne cessait d'assister aux moments les plus humiliants de cette décennie.

Le regard rivé sur la fossette qu'il avait au menton, parce qu'il était hors de question de le fixer dans les yeux, elle dit :

— Ce n'est pas seulement ma maison. C'est aussi mon bureau.

— On peut se débrouiller pour que seul le grenier soit interdit d'accès, répondit-il en tapotant du pouce l'anse de son mug.

Son assurance revenant à chaque inspiration, elle leva le menton et les yeux.

— Si quelqu'un a vraiment tué mon grand-père, il a disparu depuis longtemps.

Son pouce se mit à battre la mesure plus vite.

— Tu en es sûre ?

— Je pourrais demander de l'aide à mes frères.

Beurk. Une fois formulée à haute voix, l'idée était pire que dans sa tête. Mais elle était quand même meilleure que l'autre solution. Ford ? Chez elle ? Non, non, non.

— Ils resteront ici.

— C'est ce que tu veux ?

Ford haussa un sourcil et sirota une gorgée de thé.

— Prendre le risque que tes frères réagissent de manière irréfléchie lorsque le facteur sonnera pour livrer un colis ? Et puis de toute façon le choix est le suivant : soit je reste, soit tu vas dormir à l'hôtel.

Le thé lui brûlait la langue, mais elle s'en fichait. Elle avait besoin que quelque chose dans sa bouche l'empêche de hurler : « NON ! » Parce qu'il n'avait pas tort. Rocco et Paul étaient plus que pénibles dans leur volonté de la protéger. Ils étaient comme ça depuis qu'un connard s'était moqué d'elle. C'était des frères sympas. Mais aussi des idiots finis qui frappaient d'abord et réfléchissaient ensuite, ce qui n'était pas génial pour celui qui se retrouvait avec le nez cassé ou celui qui – il fallait bien admettre que c'était pire – ne l'avait pas menacée.

Elle reposa sa tasse et balaya la cuisine du regard, faisant l'inventaire des cartons de carrelage, des tuyaux en PVC et des pinceaux – posant le regard partout sauf sur l'homme qui perturbait sa réflexion.

Ses frères étaient les dernières personnes dont elle avait besoin chez elle. Et alors que Tess était un vrai soutien calme et silencieux, et Lucy aussi enthousiaste qu'impulsive, s'il y avait une possibilité que son grand-père *n'ait pas* juste glissé tout seul entre les murs, elle ne voulait pas leur faire courir le moindre risque en les faisant venir.

Elle finit par poser les yeux sur Ford. Plus précisément sur ses mains entre lesquelles le mug disparaissait presque entièrement. C'était des mains puissantes. Capables. Et ça avait été si bon quand elles avaient caressé sa peau…

Meuf, tu es en danger !

Gina s'interdit de poursuivre sur cette voie.

— Tu es adroit de tes mains ?

Ford posa la tasse sur le comptoir en souriant.

— J'aime à le croire.

Elle était incapable d'avaler sa gorgée de thé, fascinée qu'elle était par son sourire arrogant. Le breuvage restait coincé alors que son corps ne se souvenait même plus comment accomplir les tâches les plus simples.

Elle se rappelait parfaitement à quel point il était adroit de ses mains. Elle n'avait oublié aucun détail de ce qu'il avait fait dans la chambre d'hôtel et elle se repassait le film tous les soirs. Où était le trou dans le plancher, histoire qu'elle disparaisse ? Non, sérieusement : il y avait vraiment un trou dans le sol de sa cuisine. Posséder une maison victorienne à rénover présentait des avantages. Dommage qu'elle ait posé la table dessus afin que personne ne tombe dedans.

Ce n'était pas malin de penser d'abord à la sécurité, Regina.

Quand elle se rendit compte qu'on pouvait lire en elle comme dans un livre ouvert et qu'elle ne pouvait y échapper, son corps se souvint soudain de la façon dont il devait bouger. Elle avala son thé, posa sa tasse sur le plan de travail et lança à Ford ce qu'elle espérait de toutes ses forces être un regard dur.

— Toute cette histoire craint mais, si tu veux rester, tu dois m'aider à faire les travaux.

Voilà. Ça devrait le faire fuir.

Ça aurait dû. Mais il ne bougea pas.

— J'ai bossé sur des chantiers pour payer mes études.

Il s'empara de son mug et sirota une gorgée sans la quitter des yeux.

— Les travaux, c'est dans mes gènes.

Évidemment.

Ce ne fut que plusieurs heures plus tard, une fois les techniciens partis, laissant derrière eux un sillage de poudre pour prendre les empreintes et un grand X au ruban adhésif devant la porte menant à l'escalier du grenier, que Ford eut la possibilité d'appeler son capitaine.

Il avait fait du chantage à Gina pour rester chez elle. Il pouvait prétendre que c'était uniquement pour son job, mais la vérité était tout autre.

Au départ, il avait peut-être accepté la mission pour la sauver de Gallo, mais le capitaine essayerait de lui soutirer des informations d'une manière ou d'une autre. Si Ford avait refusé et si Gallo n'avait pas pris l'affaire, le capitaine aurait trouvé quelqu'un d'autre. Ça n'excusait pas les mensonges pour autant. C'était même pire. Pourquoi ? Parce qu'il y avait d'autres moyens d'obtenir ces renseignements.

Mais, dans la cuisine, elle avait eu l'air d'avoir besoin d'aide pour résister à ses frères envahissants. Et il voulait la protéger. Il n'avait pas menti à ce sujet. Si quelqu'un avait assassiné son grand-père, il était probable que le criminel revienne pour s'assurer qu'il n'avait rien laissé sur la scène de crime. L'idée lui était venue comme ça. Rester chez Gina pour veiller sur elle, empêcher le capitaine d'envoyer quelqu'un d'autre la surveiller et être suffisamment proche d'elle pour pouvoir la protéger au cas où ses crétins de frangins montaient en grade dans le clan Esposito.

Il jeta un coup d'œil dans la maison qu'il avait accepté de rénover pendant quelques jours.

Le soleil couchant qui se déversait par la grande baie vitrée baignait le *salon* – Gina avait employé le mot français pour le désigner – d'une chaude lumière dorée. La maison avait un beau potentiel, mais il était évident qu'elle tombait en ruine.

Il était impressionné que Gina ait décidé de s'atteler à la tâche. Il n'était pas surpris qu'elle ait du mal à trouver des entrepreneurs prêts à accepter ce gros œuvre spécialisé pour rénover la maison tout en respectant son histoire.

Il composa le numéro du bureau du capitaine et arracha doucement le papier-peint qui pendait sur un des murs pour apercevoir ce qui se cachait dessous tandis que le téléphone sonnait.

— J'espère que vous avez de bonnes nouvelles, dit le capitaine Grant en guise de salut.

— J'ai préparé le canapé, si c'est ce que vous voulez dire.

Gina lui avait donné un oreiller, un drap et une épaisse couverture aux couleurs des Ice Knights avant de disparaître dans une autre partie de cette maison pleine de grincements.

— Je n'ai pas besoin de vous rappeler les règles, je suppose ?

— Non, monsieur.

— Laissez-moi vous résumer la chose en deux points, alors. Primo, extorquez aux frères Luca les informations dont nous avons besoin. Deuzio, Mlle Luca n'est pas une cible, mais je vous interdis de la draguer – même si, à en croire les ragots de Gallo et Ruggiero sur son compte, je n'ai aucune raison de m'inquiéter à ce sujet.

Une pause.

— Elle est si moche que ça ?

La ressemblance avec Tommy Gros Nez était flagrante et ses yeux ne cadraient pas avec son visage, mais ce n'était pas un troll aux dents de travers et à la bave empoisonnée. Elle n'avait rien de commun avec les femmes qu'il fréquentait d'habitude, ce qui rendait d'autant plus intéressant le fait qu'il bandait chaque fois qu'il pensait à elle. Était-elle si moche que ça ? Il entendit la voix de Gina dire qu'elle ne portait pas de lunettes et qu'elle ne pouvait donc pas les enlever et se révéler belle comme dans les films. Son estomac se noua.

— Cette information n'est pas pertinente pour l'affaire, répondit-il d'une voix neutre.

— C'est ce que j'apprécie chez vous, Hartigan, répondit le capitaine en gloussant. Vous êtes tellement réglo. Je n'ai aucun souci à me faire, je sais que vous ne vous emballerez pas.

— Non, monsieur.

Il était le mec qui laçait ses chaussures avec un double nœud, gardait ses tickets de caisse et attendait que le feu piéton passe au vert pour traverser – sur un passage piéton.

— Des nouvelles de la légiste ? demanda le capitaine.

— Confirmer l'identité de Tommy Gros Nez est une formalité.

Certes, Dr Dev lui avait expliqué qu'elle avait besoin de se procurer son dossier dentaire mais, si on considérait l'endroit où on avait découvert le corps, la bague et la taille du squelette, elle était à 96,8 % sûre qu'il s'agissait bien de lui. C'était le genre de précision qu'il aimait. Ensuite, il n'y aurait plus qu'à trouver la cause du décès.

— Homicide ?

— La doc dit que non, d'après l'examen préliminaire.

Elle lui avait expliqué pourquoi en long, en large et en travers, mais il ne comptait pas le répéter au capitaine.

— Où est Gina en ce moment ?

Ford pivota vers la porte coulissante fermée qui séparait la pièce dans laquelle il se trouvait de la grande entrée et de l'escalier qui menait au premier étage.

— Dans sa chambre pour la nuit.

— Elle a cru l'histoire que vous lui avez racontée pour vous incruster chez elle ?

Il se souvint de son expression quand elle lui avait tendu la couverture. Elle n'avait rien dit, mais ses soupçons se lisaient sur son visage. Elle ne ferait jamais une bonne espionne.

— Pour un temps.

— Il vous est donc compté, Hartigan. Agissez en conséquence.

Il resserra sa prise sur le téléphone.

— Je ferai de mon mieux.

— J'y compte bien, parce que le patron veut remanier l'unité opérationnelle. Soit vous lui prouvez que vous êtes compétent, soit vous donnez raison à tous ceux qui pensent que vous auriez mieux fait d'être pompier comme le reste de votre famille.

Un tout petit enjeu pour une mission qui risquait de ne déboucher sur rien. Génial.

6

Le lendemain matin, lorsque Ford se réveilla sur le canapé, il se sentait nul. Non. Il se sentait vieux. Et courbatu. Et comme quelqu'un qui s'est donné des coups sur la nuque avec des clubs de golf. Le sofa en skaï était peut-être confortable pour regarder un match – si la pièce avait été équipée d'un téléviseur – mais, pour dormir, c'était l'horreur.

La couverture enroulée autour des hanches, il chercha le T-shirt qu'il avait ôté au beau milieu de la nuit et une douleur aiguë se propagea de son oreille à son épaule.

Bordel de merde.

Il frotta l'endroit douloureux entre sa nuque et sa clavicule. Le nœud commençait juste à se défaire lorsqu'un hurlement féminin en provenance de la cuisine résonna à travers la maison pleine de courants d'air. Ford s'empara de son revolver, courut vers le bruit et s'immobilisa en dérapant sur le seuil de la cuisine.

Gina se tenait devant l'évier, une partie du robinet dans une main, l'autre pressée sur l'endroit d'où jaillissait l'eau. Un jet manifestement abondant avait plaqué ses cheveux bruns sur sa tête et une longue mèche mouillée était collée le long de son nez. Elle leva les yeux vers lui, surprise, et une grosse goutte d'eau tomba du bout de son nez. Elle attira son attention plus bas sur sa poitrine – son débardeur presque transparent était tellement mouillé qu'il avait dû se retrouver juste en face du jet – et encore plus bas sur le short de pyjama en coton rose pâle qui couvrait à peine ses fesses. Son érection matinale se réveilla.

— Tu as un problème ? demanda-t-il en abaissant son arme.

Elle souffla en direction de la mèche mouillée collée à son visage et lui jeta un regard meurtrier.

— Dis-moi que tu ne m'as pas menti à propos de tes talents dans le bâtiment et que tu peux couper l'eau.

— Je peux faire ça.

Il pénétra dans la pièce, posa son revolver sur la table et la rejoignit devant l'évier.

— Pousse-toi un peu que je puisse ouvrir la porte du placard et atteindre le robinet de l'arrivée d'eau.

— Si je pouvais bouger, tu ne crois pas que je l'aurais fait ? Si je me déplace ne serait-ce que de cinq centimètres le jet repart. Je maintiens à peine ce truc.

Super. Elle était plantée, pieds largement écartés, devant la porte du placard.

— Est-ce que tu peux faire pivoter tes jambes ?

Elle se tourna vers le placard.

— Non.

Il s'accroupit à côté d'elle, l'attrapa par les hanches et la fit bouger dans l'autre sens.

— Comme ça.

Sauf que, *comme ça*, ça n'allait pas. Pas du tout. Son short était aussi fin qu'il en avait l'air, ce qui signifiait que non seulement il sentait la chaleur de son corps sous ses mains, mais en plus il distinguait la culotte sombre qu'elle portait dessous. Son pouce se mit à battre la mesure contre la hanche de Gina et elle inspira, saisie. Il leva les yeux pour constater que ses tétons s'étaient dressés sous son débardeur et que le désir donnait à ses yeux marron une teinte noisette.

Tout l'air contenu dans ses poumons s'échappa d'un coup. Ce n'était pas un gémissement frustré qui en sortit, mais plutôt un soupir. Et, même si c'était une victoire à la Pyrrhus, il la prenait quand même.

— Pardon, marmonna-t-il en ouvrant le placard.

— C'est pas grave, répondit-elle à mi-voix.

Tout en faisant de son mieux pour ignorer la femme aux jambes longues d'un kilomètre qui se tenait juste à côté de lui, il scruta l'intérieur du placard et repéra l'arrivée d'eau. Enfin quelque chose qui se déroulait correctement ce matin. Il attrapa le robinet et le tourna. En vain. Heureusement pour lui, il avait de la frustration à revendre, ce qui lui donnait de l'énergie. Il maintint fermement la valve et essaya de nouveau. Cette fois-ci, le foutu truc que personne n'avait certainement touché depuis cinquante ans céda.

— Essaye, ordonna-t-il.

Une fraction de seconde plus tard, de l'eau froide éclaboussa la pièce et Gina se remit à jurer. Il se releva. Elle avait posé une main sur la moitié du robinet qui déversait de l'eau. Une nouvelle rivière coulait depuis son nez et son T-shirt était entièrement trempé et moulait ses seins. Il sentit sa bouche s'assécher.

Non, Hartigan. Tu n'as pas le droit de l'approcher.

Ce rappel suffit à lui faire lever les yeux. Gina avait l'air furieuse.

— Je vais couper l'eau depuis l'arrivée principale.

— Bonne idée, répondit-elle sans desserrer les dents.

— Tu sais où elle est ?

Elle ferma les yeux et poussa un soupir traduisible dans toutes les langues : *idiot*.

— Au sous-sol.

Il n'avait jamais été aussi content de quitter une cuisine de toute sa vie. Pas même quand il était enfant et que la règle stipulait que le dernier à traîner avec sa mère dans la cuisine après le déjeuner dominical devait se taper la vaisselle. Il avait six frères et sœurs et, avec son mètre quatre-vingt-huit, il faisait partie des plus petits : il y avait donc une tonne de vaisselle à faire après avoir nourri autant de monde.

Le sous-sol était situé en bas d'un escalier branlant. C'était une pièce sombre uniquement éclairée par une ampoule de laquelle pendait une ficelle. En d'autres termes, c'était le genre d'endroit où il se serait attendu à être appelé pour le boulot. Malgré l'atmosphère et le fait qu'on était dans une maison ayant appartenu à Tommy Gros Nez Luca, il ne trouva pas de corps – du moins pas un de plus –, mais bien l'arrivée d'eau principale cachée derrière une pile de cartons qui avaient l'air d'être là depuis un siècle. Il la ferma et se hâta de remonter dans la cuisine, où il faillit faire une crise cardiaque.

Assise à la table de la cuisine, Gina – toujours mouillée – était en train de démonter son arme de service comme une professionnelle.

— Qu'est-ce que tu fous ?

— Je ne veux pas d'armes à feu dans ma maison.

Elle s'empara d'un tournevis et appuya sur le collier noir autour de la partie découverte du percuteur tout en faisant glisser simultanément la plaque arrière. Une bleue aurait laissé tomber le percuteur et la sécurité, qui auraient volé à travers la pièce, mais pas Gina. Elle les maintint tous deux puis les ôta et les posa sur la table à côté du chargeur de son 9 mm.

Il n'avait jamais été excité par une femme qui savait manier un revolver. Jusqu'à ce qu'il regarde Gina faire.

C'était quoi son problème, à la fin ? D'habitude, il n'était pas attiré par les fruits défendus. Il préférait les futures mères réglo et qui s'en tenaient à un emploi du temps bien précis. Ce détail lui faisait perdre la tête. Et pas que la tête.

— Tu te souviens que je suis en service ? demanda-t-il en pénétrant en trombe dans la cuisine.

Il s'immobilisa de l'autre côté de la table et se pencha pour donner plus de poids à ses propos.

— Quelqu'un attend peut-être le meilleur moment pour se débarrasser des détails embarrassants qu'il a laissés derrière lui après avoir assassiné ton grand-père.

Elle poursuivit sa tâche sans même se donner la peine de lever les yeux vers lui.

— Tu te souviens que c'est moi qui rembourse le prêt ? Ma maison, mes règles. Les armes à feu sont interdites sous mon toit.

— C'est ridicule.

Elle haussa les épaules.

— Eh bien, va-t'en.

— Hors de question.

Pas si l'autre solution était que Gallo s'asseye à cette table pour soutirer des informations à la sœur des frères Luca à laquelle il n'avait pas le droit de toucher – *n'oublie pas ça, Hartigan.*

— Et je garde mon flingue.

Gina faisait de son mieux pour ignorer la façon dont les avant-bras de Ford se contractaient quand il pressait les paumes sur la table de la cuisine et se penchait en avant. Ratage total.

Elle n'avait jamais compris pourquoi certaines femmes s'extasiaient sur l'excitation que pouvaient provoquer des bras. Maintenant, elle comprenait. Elle s'agita sur sa chaise et posa le tournevis à côté de la barrette et du ressort du 9 mm.

— Si tu restes dans cette maison, c'est sans arme.

C'était sa limite et personne ne la franchirait.

Elle ne croyait pas un mot de son histoire à dormir debout sur un criminel tapi dans le noir prêt à nettoyer la pagaille laissée derrière lui après un meurtre commis plus de vingt ans plus tôt.

Ça ne pouvait signifier qu'une chose. Ses frères mijotaient un coup encore plus naze que d'habitude, qui avait attiré l'attention de la police de Waterbury. Entrer dans ce jeu absurde était le meilleur moyen de découvrir ce que tramaient Paul et Rocco, et c'était la seule raison pour laquelle elle avait accepté la présence de Ford. Vraiment. Il n'y en avait pas d'autre.

— Pas de revolver ?

Il se redressa et croisa les bras sur son torse nu.

— C'est n'importe quoi.

— Je n'aime pas les armes à feu.

Brillante répartie, Regina.

Elle aurait trouvé mieux si elle était parvenue à faire du café, ce qu'elle avait commencé lorsque le maudit robinet qu'elle avait essayé de resserrer avait lâché et inondé la cuisine. C'était à cause de ça. Pas du tout parce qu'elle était troublée par ses biceps, ses tablettes de chocolat ou la ligne de poils qui naissait sous son nombril et disparaissait sous la ceinture de son jean.

— Tu as l'air pourtant bien à ton aise avec.

Il fit un signe du menton en direction des pièces détachées de son 9 mm étalées sur la table.

Il n'avait pas tort. Les Luca fréquentaient la mafia avant même de quitter l'Italie, mais son père était le vilain petit canard qui avait coupé les ponts avec le business familial. Elle avait grandi sans armes. En revanche, dans cette maison, ça avait été différent, du temps où son grand-père était en vie.

— C'est mon grand-père qui m'a appris.

Ce n'était pas vraiment le genre d'activités auquel se livrait un grand-père avec sa petite-fille, mais ça leur ressemblait.

Ses parents avaient tenté de les maintenir tous les trois, Rocco, Paul et elle, loin de l'influence pernicieuse de leur grand-père, mais ils étaient parvenus à le fréquenter un peu en douce. L'homme était loin d'être parfait, mais c'était des enfants et tout ça n'avait aucune importance pour eux.

Ford tira une chaise et s'assit, l'air décontracté, mais le regard intense.

— Et tes frères ont suivi les traces de Tommy Gros Nez ?

Pas besoin d'avoir des liens avec la mafia pour deviner le piège.

— Hors de question de te parler de ça. Ce sont peut-être des trous du cul, mais ce sont *mes* trous du cul.

Ses lèvres frémirent.

— Tu en as deux ? demanda-t-il.

Il lui fallut un instant pour saisir.

— Tu as très bien compris.

Ils tinrent quatre secondes avant de se mettre à glousser comme des gamins de douze ans. Immature ? Très. Besoin de briser la tension qui lui nouait le ventre ? Et comment.

Elle poussa un soupir et ses épaules se détendirent un peu.

— Bon, c'est mort pour le café, mais j'ai du lait et des céréales.

Il lui adressa de nouveau ce demi-sourire qui la faisait frémir.

— Bonne idée.

Quelques minutes plus tard, après qu'elle eut enfilé un T-shirt sec et un pantalon de yoga et lui une chemise, ils s'installèrent à la table de la cuisine pour manger leurs céréales. Pendant qu'elle se changeait et appelait un plombier en urgence, il avait épongé le sol de la cuisine et le plan de travail. Mais il n'avait pas touché à son revolver. Petit malin. Le 9 mm désossé prenait pas mal de place entre eux. Gina laissa son regard aller de l'arme à Ford.

— Je dois garder mon arme, affirma-t-il. C'est mon job.

— Ton job craint, répondit-elle en se levant pour déposer son bol vide et sa cuillère dans l'évier qui n'essayait plus de la noyer.

— Négatif.

Ford la suivit, bol et cuillère en main, et les laissa dans un coin de l'évier avec les siens.

— Qu'est-ce que tu aimes tant dans ce métier ?

Elle ne comprenait pas. Pour elle, c'était un boulot dans lequel tout était noir et blanc alors que le monde était tellement plus coloré que ça.

Ford pivota pour lui faire face.

Le soleil matinal qui se déversait par la fenêtre au-dessus de l'évier mettait en valeur son menton viril et les mèches plus claires de ses cheveux sombres. Elle avait envie de baisser les yeux pour savoir si les poils qui sortaient de sa chemise variaient de la même manière, mais elle résista. En fait, non. Elle l'imagina dans sa tête. Les poils sur ses pectoraux connaissaient le même changement de nuance. Ce n'était pas sa faute, elle était humaine et un homme canon se tenait dans sa cuisine. Quel genre de sous-vêtements portait-il sous son jean ? Un boxer ? Un slip ? C'était des questions à garder pour plus tard, pas alors que Ford la regardait avec une expression sérieuse qui faisait voler des papillons dans son ventre.

— J'aime résoudre des choses. J'aime l'ordre. J'aime savoir que quelqu'un s'assure que les gens suivent les règles. Et j'aime l'idée que ces règles protègent les gens.

Gina aimait les tableaux Excel, et aller au Container Store la faisait soupirer de plaisir, mais se retrouver piégée dans une liste de règles écrites par quelqu'un d'autre ? Ce n'était pas du tout son truc. C'était pour ça qu'elle aimait le yoga. Il y avait des étapes et des guides, mais il fallait surtout écouter son corps et comprendre ce dont il avait besoin. Certains jours, elle parvenait à tenir la pose de la luciole, appuyée sur les mains, les jambes enroulées autour de ses bras. D'autres jours, elle ne parvenait pas à faire plus que la pose du guerrier.

— La vie est trop folle pour suivre les règles *tout le temps*, répliqua-t-elle. Parfois, il faut s'adapter et être flexible.

— Flexible, ricana-t-il.

Très bien, monsieur Je-suis-les-règles, c'est le moment d'une petite démonstration.

— Oui, tu sais…

Elle fit quelques pas en arrière, inspira puis, sur son expiration, elle accomplit un grand écart debout, le nez sur le genou et l'autre jambe pointée vers le plafond.

— Flexible.

Elle regretterait de ne pas s'être échauffée avant, mais ça en valait la peine rien que pour l'expression ahurie de Ford quand elle reposa le pied par terre. Elle avait le sentiment qu'il n'était pas souvent bouche bée comme ça. *À moi, la victoire.*

— Mon corps ne fera jamais ça, dit-il d'une voix plus rauque que quelques instants plus tôt.

— On ne sait jamais, rétorqua-t-elle en haussant les épaules. Assiste à quelques cours de yoga et tu te surprendras peut-être.

La sonnette de la porte d'entrée retentit. Le plombier. Elle allait devoir fournir à Huey son poids en cannoli pour être venu aussi vite. Elle se dirigeait vers l'entrée quand la voix de Ford l'arrêta.

— Je vais garder mon flingue, Gina. Ça fait partie de mon boulot, mais tu ne le verras pas.

Elle ne se retourna pas. Elle n'aimait pas les armes à feu. Elle les haïssait, même. Seulement, il avait raison. L'idée que quelqu'un revienne sur l'éventuelle scène de crime était tirée par les cheveux, mais si c'était le cas…

— D'accord, parvint-elle à lâcher à travers ses dents serrées. Mais je ne veux pas le voir. Jamais.

— Sauf si tu es en danger.

Cette fois-ci, elle pivota vers lui. Ford était adossé à l'évier. Il ressemblait à un mannequin en jean au lieu d'un… slip. Oui, c'était un mec à slip. Il en portait certainement un blanc et moulant, et bon sang, elle ne pouvait pas se mentir, son jean taille basse lui tombait bien sur les hanches ce matin, lui permettant d'imaginer ce V qui poussait des gens très intelligents à faire des conneries. En fait, elle se plaisait à croire qu'il ne portait aucun sous-vêtement.

Concentre-toi, Regina ! Tu es sur le point de l'engueuler. Tu te souviens ?

Oh ! oui. Ça. Son histoire discutable. Un flic fouineur. Toute pensée concernant les sous-vêtements de Ford – ou leur absence – s'évanouit.

Elle croisa les bras et lui adressa ce qu'elle espérait être un sourire narquois.

— Sauf qu'on ne s'attend pas à ce que je coure le moindre danger, n'est-ce pas ?

Il haussa un sourcil puis croisa les bras comme elle.

— Comme tu le dis toi-même, on ne sait jamais. C'est pour ça que la flexibilité est importante.

La sonnette retentit de nouveau. Huey était sympa, mais il n'allait pas attendre toute la journée sur son perron dont les lattes grinçaient et tremblaient même sous le poids d'un écureuil. Elle était agacée de laisser le dernier mot à Ford, surtout qu'il le lui avait piqué, mais elle voulait absolument prendre une douche et ça ne risquait pas d'arriver si elle empêchait Huey de faire des miracles.

Après avoir lancé un regard noir à son invité indésirable mais canon, elle quitta la cuisine pour aller ouvrir.

Mais elle comptait bien reprendre cette conversation plus tard. La façon dont il avait détourné les yeux au dernier moment ne lui avait pas échappé.

Ford cachait quelque chose, elle en était certaine.

7

Donna Taylor et Scott Drake étaient mignons tout plein, pourtant Gina avait envie de les étrangler. Étant donné qu'un flic vivait chez elle, ce serait mauvais à la fois pour son business et pour sa résolution de ne pas finir derrière les barreaux comme d'autres Luca avant elle.

— J'hésite. Le rose est magnifique, mais j'aime bien le jaune.

Donna leva la tête, ses grands yeux bleus appelant à l'aide.

— Je suis incapable de me décider. Scott, qu'est-ce que tu en penses, mon chéri ?

Scott baissa les yeux vers les enveloppes – pas les invitations, non, juste les enveloppes qui les contiendraient – avec l'expression d'un lapin pris dans les phares d'une voiture.

Ça avait été comme ça pour toutes les décisions – absolument *toutes* – que ces deux-là avaient dû prendre concernant leur mariage. Gina avait déjà eu affaire à des mariées qui changeaient d'avis, des mères envahissantes et des futurs mariés qui arrivaient ivres à l'autel, mais rien de comparable à Donna et Scott, qui voulaient prendre la moindre décision eux-mêmes en passant des heures à analyser et comparer chaque détail. Comment ils avaient réussi à décider de se fiancer était un mystère.

Heureusement, après cinq ans passés à gérer le chaos engendré par l'organisation des mariages, elle savait exactement comment s'y prendre pour les orienter dans la bonne direction.

Gina poussa un soupir, s'encadra dans la grande baie vitrée qui donnait sur le jardin victorien – celui qui un jour serait l'endroit idéal pour célébrer des mariages en petit comité – et reporta son attention vers Donna et Scott qui contemplaient les enveloppes comme si le destin du monde libre reposait sur cette décision.

Elle venait à peine d'ouvrir la bouche quand la porte s'ouvrit sur son invité-qui-n'en-était-pas-vraiment-un dans toute la splendeur de son jean moulant.

— Désolé de t'interrompre, dit l'homme qui venait de débouler dans son bureau sans frapper, mais je pense que tu as un problème.

Il affirma ça en la regardant droit dans les yeux avant de jeter un coup d'œil au couple.

— Je peux peut-être t'aider.

Les épaules de Donna se relâchèrent sous l'effet du soulagement. Scott, content de ne plus être le seul porteur de chromosome Y dans la pièce, sembla prendre quelques centimètres. Quant à Gina ? Elle dut faire appel à toute sa volonté pour ne pas laisser son côté sicilien l'emporter.

Pour qui se prenait-il à faire irruption pendant un rendez-vous professionnel ? C'était inadmissible.

— Ford, je peux te parler dans l'entrée ? demanda-t-elle en enfonçant les ongles dans les paumes de sa main pour empêcher sa voix de trembler.

— Avant ça, intervint Donna en battant des cils en direction de Ford malgré la présence de celui qui lui avait passé une énorme bague au doigt, est-ce que je peux vous poser une question ?

Ford regarda tour à tour Donna et Scott avant d'endosser son expression impassible de flic. N'importe qui l'aurait trouvé assuré et maître de lui. Cependant, depuis son poste d'observation près de la fenêtre, Gina avait une vue imprenable sur son profil et elle se rendit tout de suite compte qu'il avait gardé les mains derrière le dos, au garde-à-vous, et qu'il battait rapidement la cadence du pouce. Ce petit signe de nervosité n'aurait pas dû atténuer son irritation, mais qui essayait-elle de tromper ? Qu'il se soit précipité – invité ou pas – pour essayer de l'aider était plutôt mignon.

Donna brandit les enveloppes.

— Quelle couleur évoque pour vous la félicité éternelle ?

Ford cilla une fois. Deux fois. Ses doigts se mirent à danser la sarabande. Gina n'avait aucune envie de le soutenir, pas après qu'il avait déboulé comme ça dans la pièce, mais elle était bien obligée d'admettre qu'elle était de tout cœur avec lui. Il pouvait le faire. Il pouvait tout arranger d'un mot. Rose ou jaune, aucune importance.

Il s'éclaircit la voix.

Gina retint son souffle.

Le staccato joué par son pouce cessa et il répondit :

— Elles sont toutes les deux très jolies.

L'expression pleine d'espoir de Donna se transforma de nouveau en incertitude. Gina, cependant, n'était pas du tout indécise. Elle allait être la prochaine d'une longue lignée de Luca à découvrir si la combinaison orange des prisonniers seyait à son teint.

— Je peux te parler maintenant ? demanda-t-elle d'un ton qui laissait bien entendre que ce n'était pas vraiment une question.

Sans attendre de réponse, elle adressa un bref sourire à ses clients et se rua hors de la pièce. Elle attendit près de la porte que Ford sorte et, dès qu'il eut franchi le seuil, elle referma derrière lui et s'approcha suffisamment pour pouvoir chuchoter sans le toucher – parce que, si agacée qu'elle fût, le désir de poser la main sur lui n'était pas loin.

— Qu'est-ce que tu fous ? demanda-t-elle.

Il leva un sourcil.

— Je t'aide ?

— C'est comme ça que tu appelles ça ?

Elle avait chaud et était tendue.

— C'est marrant parce que moi j'appelle ça de l'interférence. Tu me rends la tâche encore plus difficile.

Ford ricana avec un dédain qui lui apprit ce qu'il pensait de son travail.

— Oh ! allons, ça fait une demi-heure qu'elle tergiverse. Je me suis dit qu'elle avait juste besoin qu'on la pousse un peu.

Bien sûr. Organiser des mariages était un boulot de nana, un truc facile, après tout. Et pas quelque chose qui demandait de l'expérience et des études.

— Et cette idée t'est venue parce que tu as beaucoup d'expérience en tant qu'organisatrice de mariage ?

Quelque chose dans le ton de sa voix sembla alerter Ford. Il avait commis une erreur fatale.

— Non, mais…

— Oh ! l'interrompit-elle, tu l'as eue grâce à ton diplôme en hôtellerie et tes stages non rémunérés auprès des organisateurs de mariage les plus exigeants de Harbor City ?

Entre les tâches ingrates et la maltraitance, elle avait vécu un véritable enfer durant ces stages.

— Non, mais…

Elle balaya son explication fumeuse.

— J'en déduis que, parce que tu as une bite, tu crois que ça te donne réponse à tout, même si tu n'as aucune expérience dans le domaine, que tu ne travailles pas avec ces clients depuis des mois et que tu ne sais absolument pas comment les manœuvrer habilement dans un sens ou dans l'autre, parce que, si on s'y prend mal, ils restent indéfiniment coincés dans leur indécision.

Ford resta bouche close. Il avait donc un instinct de survie. Bien.

— Tu considères peut-être que c'est un job débile, mais c'est très sérieux. Les gens mettent beaucoup d'espoir dans leur mariage ; ils réalisent un rêve. Une organisatrice de mariage doit avoir des talents d'organisation, de psychologie, de négociation et de gestion de crise. Ne crois pas une seconde que débarquer dans mon bureau sans que je t'y aie autorisé en pensant que tu peux faire mon boulot sans savoir ce qu'il implique était une bonne idée.

Elle prit une profonde inspiration, prête à continuer. Ford n'était pas le seul à ne pas la prendre au sérieux. Ses frères non plus. Ce qu'ils ne comprenaient pas, c'était qu'elle était la gérante d'une petite entreprise qui trouvait toujours le moyen de réaliser l'impossible. Son job était une succession de défis et, même s'il la rendait parfois folle, elle l'adorait.

— Tu as raison, répondit-il avec sincérité.

Elle faillit s'étouffer dans son indignation justifiée.

— Pardon ?

— Je n'aurais pas dû penser ça. Tu as raison.

Son cerveau répétait en boucle « c'est quoi ce bordel, c'est quoi ce bordel, c'est quoi ce bordel », tandis qu'elle essayait de comprendre à quel jeu il jouait. Elle était certaine que sa façon de reconnaître ses compétences faisait partie du plan qu'il avait mis en place depuis qu'il l'avait convaincue de laisser son joli petit cul dormir sur le canapé.

Elle lui jeta un regard soupçonneux.

— C'est quoi le plan ?

— Y en a pas.

Il secoua la tête.

— Je voulais juste t'aider.

— La prochaine fois, commence par demander. C'est ma boîte, et tu la trouves peut-être sans intérêt, mais je vais en faire une compagnie importante et durable – mais d'abord je dois persuader Donna et Scott de choisir le jaune afin que leurs faire-part ne ressemblent pas à des faire-part de naissance.

Elle se dirigea vers la porte et posa la main sur la poignée. La voix de Ford l'arrêta.

— Je suis certain que tu vas y arriver.

Ses paroles étaient tellement inattendues que le rythme cardiaque de Gina s'accéléra. Ce n'était pas à cause de la lueur dans ses yeux, qui prouvait qu'il les pensait vraiment. Ce qu'il pensait lui importait peu. Pourtant, son cœur battait quand même à tout rompre quand elle regagna son bureau et suggéra à Donna et Scott de choisir le jaune.

— Allez, frappe avec conviction.

Ford recula et regarda Gina soulever la masse et l'abattre sur le mur du couloir. Elle voulait détruire le mur et ouvrir le couloir sur la bibliothèque, avec ses étagères pleines de livres et ses grandes fenêtres qui donnaient sur le jardin et laissaient entrer le soleil toute la journée.

Lui et Gina se chargeaient de la démolition du mur et un artisan spécialisé dans la rénovation des demeures anciennes viendrait construire une arche à la place.

C'était une bonne idée, qui lui permettait de voir Gina s'attaquer au mur en placo comme une femme en mission.

Quelque chose dans sa façon de pincer ses lèvres pleines et de pousser un profond soupir avant de brandir sa masse lui faisait un peu oublier pourquoi il campait sur son inconfortable canapé depuis deux jours.

Un des ressorts du sofa s'enfonçait dans ses reins et le maintenait éveillé tard dans la nuit. C'était ça, et pas du tout le fait qu'il spéculait sur ce que Gina faisait à l'étage quand il suivait le bruit de ses pas ou qu'il essayait d'imaginer ce qu'elle portait en se couchant et qu'il se demandait si elle pensait parfois à ce qui s'était passé entre eux à l'hôtel. Son besoin désespéré quotidien de caféine était dû à ce maudit ressort qui lui transperçait le bas du dos.

Il prit une gorgée du breuvage garant de sa lucidité et regarda Gina abattre la masse sur le mur, dans lequel elle laissa un trou béant.

— Dois-je demander qui tu imagines à la place de ce mur ? interrogea-t-il.

Gina posa la masse sur le plancher poussiéreux et lui adressa un grand sourire.

— Probablement pas.

— Qu'est-il arrivé au quatrième artisan que tu avais embauché ?

Elle lui avait raconté le cauchemar qu'elle avait vécu avec trois entrepreneurs successifs depuis qu'ils avaient commencé à abattre le mur. Elle avait une malchance de dingue.

— Sylvie ? répondit Gina d'un ton plein de dégoût. Elle a disparu une fois l'acompte en poche.

Il s'empara à son tour de la masse et se positionna face au mur.

— Tu as porté plainte ?

Elle leva les yeux au ciel.

— Oui, mais il s'agit seulement de cinq factures. Tes collègues ne vont pas se bouger pour la retrouver.

— Et c'est là que tu t'es dit « J'en ai marre, je vais faire les travaux de démolition moi-même » ?

Il balança la masse et la fracassa contre le mur, lui portant un coup d'autant plus satisfaisant que le reste de sa vie ne le satisfaisait pas du tout. Il était flic, pas espion, et cette mission d'infiltration commençait à le rendre nerveux.

Les frères Luca mijotaient quelque chose et, s'il pouvait comprendre de quoi il s'agissait, il n'aurait plus à mentir à une femme qu'il commençait à apprécier sincèrement. L'autodérision de Gina le faisait rire, elle était intelligente et du genre à réussir à faire tourner sa boîte et rénover sa baraque. Et en plus elle avait des jambes magnifiques.

— Non.

Elle secoua la tête et releva ses cheveux en queue-de-cheval. Ce faisant, il eut une vue imprenable sur ses tétons pressés contre son T-shirt, sur lequel était dessiné un paresseux en train de faire du yoga.

— J'ai cessé de chercher quelqu'un après Julio.

— Qu'est-ce qui s'est passé avec lui ?

— Il est entré, a jeté un coup d'œil à la maison et m'a proposé un devis tellement exorbitant que, cette fois, j'ai compris tout de suite qu'il voulait juste se barrer et ne plus jamais revenir.

Ford donna encore quelques coups sur le mur avant de reposer la masse sur le sol. Le mur était suffisamment troué pour être scié. Abattre un mur intérieur n'était pas compliqué, mais ça pouvait se révéler chronophage. Et salissant.

— Trop de boulot ? demanda-t-il avant de prendre une gorgée de café.

Elle secoua de nouveau la tête et sa queue-de-cheval ondulée se balança.

Il se demanda à quoi ressembleraient ses cheveux s'il les empoignait alors qu'elle se trouvait nue sous lui. *Merde.* C'était quoi son problème à la fin ? Gina était un job, pas une option. Il y avait des règles et il ne les transgressait jamais.

— Ces vieilles baraques font flipper la plupart des gens, expliqua Gina sans se rendre compte – heureusement – de la tournure qu'avaient prise ses pensées. J'ai eu de la chance que Juan accepte le vrai travail de rénovation. Il a une liste d'attente d'un million d'années pour une vieille maison comme celle-là. C'est le meilleur et il le sait.

Il brancha la scie, histoire de s'occuper les mains pour arrêter de penser à toucher Gina.

— Si c'est difficile, pourquoi ne pas laisser tomber ?

— Elle a un superbe potentiel.

Elle fit courir la main sur le rinceau sculpté de la rampe de l'escalier.

— Il faut seulement qu'on lui refasse une beauté.

— C'est une histoire de relooking, hein ?

Il sourit.

— Pas du tout.

Elle lui tendit un masque et en attrapa un pour elle.

— Elle est parfaite comme elle est, elle a juste besoin d'être aimée comme elle le mérite.

— Je croirais entendre ma sœur Fallon parler de sa voiture.

Le regard de Gina se mit à briller d'excitation.

— Qu'est-ce qu'elle a, comme voiture ?

— Une Pontiac GTO décapotable.

— Ooooh, c'est sexy.

Sexy ? Il aimait la façon dont elle prononçait ce mot.

— Tu aimes les voitures ? demanda-t-il en se mettant soudain à chercher tout ce qu'il savait sur elles, ce qui n'était quasiment rien en dehors de l'endroit où verser l'essence et du numéro de téléphone de son garagiste.

— Je ne m'y connais pas du tout, mais je sais très bien celles qui me font m'arrêter net en disant : « Oh oui, je veux ça, s'il vous plaît. »

Elle ponctua sa remarque d'un clin d'œil théâtral et enfila le masque.

Ford s'agita : il comprenait exactement ce qu'elle voulait dire, mais lui ne pensait ni à une maison ni à une voiture.

***

Gina avait tenu autant que possible – travailler avec Ford rendait le polissage de l'escalier beaucoup plus agréable que prévu – mais, quand elle jura avoir entendu son estomac gronder assez fort pour couvrir le bruit de la ponceuse, elle dut se rendre à l'évidence.

— Bon, j'abandonne, dit-elle en éteignant la ponceuse et en retirant son masque. J'ai besoin de manger.

Il ôta son masque à son tour et se rapprocha d'elle.

— Bonne idée.

Ford tendit la main pour ramener derrière son oreille une mèche de cheveux qui s'était échappée de sa queue-de-cheval. Son geste n'avait probablement aucune signification, pourtant il la fit frissonner. Puis il recula, souleva l'ourlet de son T-shirt pour s'essuyer le visage, dévoilant les contours de ses abdos et envoyant les pensées de Gina s'éparpiller aux quatre coins du monde pendant les trois secondes et deux centièmes qu'il lui fallut pour laisser retomber le vêtement.

— Il y a juste un petit problème, annonça-t-elle en luttant pour se souvenir qu'elle devait respirer et – ah oui, manger. Je n'ai pas eu le temps de faire les courses cette semaine.

Il lui adressa ce sourire de côté qu'elle s'était un peu trop habituée à voir ces derniers jours.

— Pizza ou chinois ? demanda-t-il en lui ôtant la ponceuse des mains avant d'aller la poser sur la table de fortune qui servait à ranger les outils.

— Ils devraient combiner les deux, le taquina-t-elle en retrouvant ses esprits maintenant que ses phéromones n'étaient plus assez près pour lui susurrer des mots doux à l'oreille. Je m'enfilerais bien une pizza garnie de poulet Tao bien croustillant.

L'horreur pure qui s'afficha sur le visage de Ford la fit rire si fort qu'elle ne prêta pas attention à l'endroit où elle posait le pied, qui atterrit sur la partie abîmée de la troisième marche de l'escalier. Le bois bougea bizarrement, craqua et céda sous son poids. Elle eut à peine le temps de crier que déjà les bras puissants de Ford se refermaient autour d'elle. Elle se retrouva pressée contre son torse. Serait-ce mal si elle se blottissait contre lui ? Ou si elle lui mordillait l'oreille ? Ou…

Regina ! Ressaisis-toi.

— Tu peux me reposer à présent.

Ou jamais, en fait, ce serait pas mal non plus.

— Oui, répondit-il d'une voix plus grave et plus rauque que d'habitude. Ça va ?

Au moment où ses pieds touchèrent le sol, elle eut envie de répondre que non, mais elle se retint de dire la vérité.

— Cette marche est branlante. Elle figure sur la liste interminable des trucs à réparer.

Ford l'examina de plus près.

— Je peux le faire.

— Ah bon ?

Elle aurait dû observer la marche, mais c'était lui qu'elle matait. Encore.

— Juan a commandé des pièces spéciales pour restaurer l'escalier.

— Préviens-moi quand elles seront arrivées et fais attention en attendant.

Puis il saisit le col de son T-shirt et fit passer ce dernier par-dessus sa tête.

— Je me change et ensuite on pourra aller dîner.

Il n'avait besoin que d'un nouveau T-shirt ? De son côté, elle se faisait du souci pour sa culotte après cet étalage d'abdos et d'épaules. Une femme pouvait très vite s'habituer à sa présence : sauveteur, réparateur, canon – c'était un mélange dangereux.

Une heure plus tard, ils étaient assis dans une pizzeria du quartier devant une pizza au pepperoni, dont il ne restait que la moitié, et un pichet de bière presque vide, et il lui racontait un scoop sur la vie de Ford Hartigan, douze ans et déjà flic dans l'âme.

— Tu étais vraiment surveillant de couloir ? demanda-t-elle, même si elle connaissait déjà la réponse.

Ford hocha la tête en mordant dans sa part de pizza.

— Ça veut dire que tu ne dénonçais pas tes frères quand ils séchaient ?

Il protesta.

— Certainement pas.

— Tu as toujours été super réglo, alors.

Bizarrement, ça ne la surprenait pas.

— La plupart du temps, répondit-il avant de prendre une gorgée de bière. Et toi ? Tu as toujours voulu être organisatrice de mariage ?

Elle secoua la tête.

— J'adore organiser des trucs et j'ai toujours su que je voulais travailler dans l'événementiel. C'est pour cette raison que j'ai passé deux diplômes, un en commerce et un en management hôtelier, mais, les mariages, c'est arrivé par hasard, quand ma cousine a eu besoin d'aide pour organiser le sien. J'ai découvert que j'adorais aider les gens à préparer ce grand jour. Une fois que la maison sera restaurée, je pourrai recevoir les clients dans le salon, où j'afficherai des photos de tous les mariages que j'ai organisés pour leur donner une idée. Et, si tout se passe bien, je pourrai embaucher des employés et créer une franchise. Pas si mal pour un job dans lequel je suis tombée par hasard.

— Tu n'étais pas du genre à planifier ton propre mariage dès le CE1 alors ?

— Loin de là.

Enfant déjà, elle savait qu'elle était différente. Elle ne pouvait pas vraiment comprendre pourquoi à l'époque, mais elle le savait.

Elle avala une gorgée de bière avant que les souvenirs ne la submergent.

— J'étais trop occupée à suivre mon père sur ses chantiers. La boucle est bouclée à présent : il était entrepreneur et j'ai le nez dans les rénovations.

— En parlant de ça, tu as quelque chose…

Ford se pencha par-dessus la table et essuya la mousse qu'elle avait sur le nez.

— Voilà.

La chaleur envahit ses joues.

— Ce foutu truc se met toujours en travers.

— J'aime ton nez.

Il se rassit, les bras croisés, sans la quitter des yeux.

— Il donne du caractère à ton visage.

— Bien sûr. C'est d'ailleurs ce que tout le monde dit.

Il plissa les yeux et arbora son expression qui lui signifiait qu'il était sur le point de la sermonner, ce qui était bien la dernière chose dont elle avait envie. Ils passaient un bon moment et elle ne voulait pas le gâcher.

Elle se hâta de poursuivre avant qu'il ait le temps de dire quoi que ce soit :

— Quel est ton film préféré ?

Son cœur eut un raté devant son grand sourire.

— Tous ceux qui contiennent des explosions.

— Les films d'action ? Vraiment ?

Ce n'était pas vraiment une surprise, mais elle s'attendait à une autre réponse de la part de quelqu'un qui aimait aller au fond des choses.

— J'aurais parié que tu étais plus du genre film noir.

— Tu n'aimes pas les films d'action ? demanda-t-il en enfournant la dernière bouchée de pizza.

— Non.

Elle ne crachait pas sur les acteurs sexy, mais pour elle un bon film ne se limitait pas à des mecs musclés.

— Tu n'as pas vu les bons, alors, répliqua-t-il en se levant. Il est temps d'y remédier.

Oh ! quelle mauvaise idée. Mais elle ne put s'empêcher quand même de demander :

— Comment ça ?

— Il est temps de trouver où tu caches ton téléviseur pour commencer ton éducation.

— Je regarde les films sur mon ordinateur portable.

Quel talent de répartie, Regina. C'est quand ton cours de flirt, déjà ?

— C'est une partie du problème, mais on s'en contentera.

Il jeta quelques billets sur la table.

— Allez, je sais exactement où commencer. C'est un classique dans lequel un flic se rend à Los Angeles pour aller voir sa famille à Noël et une bande de terroristes allemands s'empare de l'immeuble.

— Ça a l'air sympa, répondit-elle sans tenter de dissimuler son sarcasme.

C'était quoi cette intrigue débile ?

— Tu n'imagines pas à quel point.

Il posa la main au creux de ses reins sans la pousser, mais tous ses boutons bonjour-j'ai-envie-de-faire-des-cochonneries-avec-toi s'allumèrent.

— Allez, on a un rencard sur le canapé. Je partagerai même ma couverture des Ice Knights avec toi.

Et c'est exactement l'endroit où elle se retrouva un peu plus tard dans la soirée, à renifler subrepticement la couverture qui portait son odeur tandis que des explosions illuminaient l'écran de son ordinateur portable et que le flic de New York sautait du toit d'un gratte-ciel en utilisant une lance à incendie comme une corde. En d'autres mots, ça n'avait rien à voir avec les comédies qu'elle regardait avec Lucy et Tess, mais c'était hyper sympa, même si elle ne l'admettrait pour rien au monde.

— Ce mec est dingue, fit-elle en se rapprochant, mais pas vraiment – en fait, si, vraiment –, un peu de Ford.

— Il est en train de sauver un immeuble plein de civils.

— Et son ex-femme aussi.

C'était un détail important.

— Tu ne m'avais pas dit que ton film d'action préféré était en réalité une romance.

Il la regarda comme si elle venait de lui avouer qu'elle rangeait ses livres par ordre alphabétique selon le prénom des auteurs et non leur nom.

— Pas du tout.

— Tu crois vraiment qu'il transgresserait autant de règles pour n'importe qui ?

Les hommes. Tellement aveugles face à l'évidence.

— Je t'en prie, si c'était juste un immeuble plein d'inconnus, il aurait suivi le règlement à la lettre.

— C'est un cow-boy, rétorqua Ford comme si ça expliquait tout.

— Il le fait par amour.

Elle leva les yeux vers lui et se rendit compte qu'elle était beaucoup plus près que ce qu'elle croyait : leurs nez se touchaient presque. Le regard de Ford s'attarda sur ses lèvres. Gina sentit son pouls s'accélérer.

— Crois-moi, poursuivit-elle d'une voix soudain plus basse. L'amour est mon fonds de commerce, je sais de quoi je parle.

— D'expérience ? demanda-t-il.

Le timbre grave de sa voix et sa proximité lui faisaient perdre plusieurs points de QI par quart de seconde. Elle se mordit la lèvre inférieure en espérant que la douleur l'empêcherait de commettre une erreur fatale – et qu'elle ne voulait pas répéter. Les mecs canon étaient de beaux parleurs, mais c'était aussi des menteurs, surtout avec elle. Elle devait absolument se méfier de Ford, même s'il devenait facile de lui faire confiance.

C'était bien la dernière chose dont elle avait envie, mais Gina enfila une ceinture de chasteté métaphorique, prit une profonde inspiration et s'obligea à se lever.

— Il est temps que j'aille me coucher.

— Tu vas rater la fin si tu t'en vas maintenant.

Bon sang. Ce n'était pas la fin du film qui l'intéressait.

— Laisse-moi deviner. Il gagne contre les méchants et reconquiert le cœur de sa femme.

— Et en plus elle frappe ce connard de journaliste.

Dix points pour la femme fictive du flic.

— C'est un rebondissement que je suis presque triste de rater, mais j'ai un rendez-vous avec une cliente demain matin.

Et elle ne se faisait pas confiance. Elle craignait de lui sauter dessus, aussi se concentra-t-elle sur ses pieds qui s'éloignaient du canapé plutôt que sur ses mains qu'elle brûlait de poser sur lui.

— Bonne nuit, Ford.

— Fais de beaux rêves, Gina.

S'il entendait par là « fais de beaux rêves frustrés de Ford Hartigan nu », alors, oui, elle en ferait. Heureusement, son instinct de survie s'enclencha avant que cette réplique ne franchisse ses lèvres ; elle se précipita hors de la pièce et gravit les marches de l'escalier quatre à quatre. Elle savait pertinemment qu'elle surfait sur une corde raide avec lui.

Mais elle ne pouvait pas s'empêcher de tomber quand même un tout petit peu amoureuse de lui.

8

— J'ai du nouveau.

Gina détourna son attention du magnifique ciel rose orangé pour la reporter sur l'homme qui se tenait sur le seuil de la porte qui menait à la terrasse, où elle s'était assise avec une limonade alcoolisée pour profiter des derniers moments de cette superbe journée d'avril. Ford, l'air sombre, s'approcha d'elle, une bouteille de bière à la main.

— C'est à propos de ton grand-père.

— Ils sont sûrs que c'était lui ?

Elle s'y était préparée. Elle savait depuis qu'elle était enfant qu'il était mort et qu'il ne reviendrait pas – et la bague n'avait fait que confirmer les rumeurs qui couraient depuis des années. Mais la nouvelle était quand même douloureuse à encaisser.

— Dr Dev a réussi à l'identifier.

Il s'immobilisa devant elle, échevelé comme s'il avait passé la journée à se passer les mains dans les cheveux.

— Je peux m'asseoir ?

Elle hocha la tête.

— Mais fais attention, certaines planches sont très abîmées. Reste sur le bord à côté de la rampe.

Ford la contourna et s'assit à côté d'elle sur la marche, assez près pour que leurs genoux se touchent. Ils restèrent assis dans un silence confortable en contemplant les trop nombreuses touffes d'herbes folles qui se battaient pour l'emporter dans la brise printanière. Un écureuil traversa le jardin en courant pour rejoindre deux passereaux qui gazouillaient dans un arbre du jardin voisin. Les tulipes que quelqu'un avait plantées une éternité plus tôt avaient fleuri et leur ligne vive rose et jaune bordait la clôture qui aurait eu bien besoin d'une couche de peinture blanche.

Gina poussa un long soupir d'acceptation. Son grand-père ne reviendrait pas, mais la maison dans laquelle il avait grandi était en train de renaître. Ce serait son monument commémoratif à la mémoire d'un homme qui avait été un criminel, et parfois un homme mauvais, mais qui s'était montré bon envers la petite fille qui avait toujours su qu'elle était différente des autres.

Ford rompit le silence.

— Tes frères ont préparé l'enterrement ?

— Il n'en voulait pas.

Elle sirota une gorgée de limonade. Le breuvage rose était un parfait mélange de douceur acide et de vodka, pour achever une longue journée sur une note triste mais attendue.

— Il s'était montré très précis à ce sujet et ma grand-mère insiste pour qu'on respecte son souhait.

— Je croyais qu'ils étaient divorcés quand il a disparu.

— Séparés. Ils n'ont jamais divorcé, ils ont juste mené leurs vies chacun de leur côté. Trop têtus et trop catholiques pour divorcer.

— Elle le prend comment ?

Elle imagina sa grand-mère, qui l'avait appelée en FaceTime l'autre soir depuis sa partie de bingo pour lui dire qu'elle était en train de gagner. Cette femme était un requin. Bien obligé quand on vivait avec Tommy Gros Nez Luca.

Lorsque Gina lui avait appris qu'elle avait probablement trouvé le corps de son grand-père dans le grenier, les yeux de sa grand-mère s'étaient embués un instant avant qu'elle ne cille pour repousser ses larmes.

— Je pense qu'elle l'a pleuré il y a longtemps, comme tout le monde.

— Je suis quand même désolé.

— Merci.

Elle lutta contre l'envie de poser la tête sur son épaule, comme si elle en avait eu le droit. Elle n'était jamais aussi facilement à l'aise avec les gens. Elle s'était brûlée trop de fois pour baisser sa garde. Mais il y avait quelque chose chez Ford qui la poussait à lui faire confiance, comme si c'était normal.

— Tu sais, pour un flic, t'es plutôt pas mal.

Il lui adressa un sourire paresseux qui transforma l'air contenu dans ses poumons en bulles de champagne.

— Est-ce que je dois le prendre comme un compliment ?

— De la part d'une Luca ? Absolument.

Luca. Elle n'aurait jamais cru que son nom l'empêcherait de sortir avec un homme. Non que son patronyme l'emporte sur son grand nez et ses yeux globuleux, mais c'était un frein de plus. Et d'ailleurs, en y réfléchissant...

— On en sait davantage sur la cause du décès ? Quelqu'un pourrait vraiment rôder dans l'ombre pour s'assurer qu'on ne le relie pas à la mort de papi ?

Ford se figea un instant, sa bouteille de bière à mi-chemin des lèvres, avant de la reposer sur la terrasse. Il plongea son regard dans le sien.

— Pas encore.

Elle réfléchit un instant à ce qu'il venait de dire et soupesa sa réponse au regard de sa méfiance initiale. C'était différent à présent qu'elle avait passé du temps avec lui. Ford était fiable, solide et, en dehors des discussions normales sur sa famille, il ne lui avait jamais posé de questions sur ses frères. Elle était peut-être devenue trop cynique. Il était peut-être temps de cesser de s'attendre au pire en ce qui le concernait.

Elle sirota une gorgée de son cocktail en observant les lanternes solaires en train de s'allumer, suspendues à la clôture de son voisin.

— Personne ne s'en prendra à moi.

Elle en était certaine.

Ford pivota pour lui faire face et lui adressa un clin d'œil taquin.

— Tu crois que toute cette histoire est une mascarade pour que je puisse me rapprocher de toi ?

Elle ricana, ce qui ne fut pas très joli.

— Certainement pas, non. Mais je suis habituée à ce que les gens me manipulent pour parvenir à leurs fins.

— Explique-moi, répliqua-t-il d'une voix dure.

Quoi ? Elle était censée s'allonger sur le dos et exposer sa vulnérabilité au mec assis à ses côtés parce que c'était son boulot ? Elle ne devrait pas lui répondre, mais les mots jaillirent malgré elle.

— Quand on a ma tête, on s'habitue à ce que les gens te traitent comme une occasion de plus de faire des blagues et pas comme un véritable être humain. Alors, oui, on m'a enfermée dans les vestiaires des garçons, on m'a plantée en plein milieu d'une phrase parce qu'une nana sexy venait d'entrer dans la pièce, et – oh, oui – on m'a envoyée dans une chambre d'hôtel dans laquelle je n'étais pas invitée. Ce genre de choses m'est arrivé toute ma vie. Ça explique pourquoi mes frères sont surprotecteurs.

Elle poussa un soupir tremblant, mais refusa de se laisser submerger par l'inquiétude et l'anxiété qui la dévoraient chaque fois qu'elle était confrontée à la laide réalité de sa vie – sans jeu de mots.

Ford ne répondit pas. Il se contentait de la regarder, la tête légèrement inclinée comme s'il ne comprenait pas ce qu'elle disait. Pourquoi la comprendrait-il ? Il était canon, sexy, et avait un sens de l'humour séduisant. Il s'empara de sa bière, l'avala en une seule longue gorgée et tapota l'étiquette du bout du pouce, le rouge aux joues.

— À propos de l'hôtel…

Elle lui sourit. C'était plus fort qu'elle. Il était manifestement très embarrassé par ce qui s'était produit.

— Ce n'est pas ta faute.

— Mais quand même…

Le ventre noué à l'idée de l'entendre s'excuser juste pour ne pas la blesser, Gina lui coupa la parole :

— Ne t'inquiète pas pour moi, déclara-t-elle avec plus de bravade qu'elle n'en ressentait réellement. Ma vie s'est nettement améliorée depuis que j'ai accepté qui je suis et que j'ai envoyé chier tous les connards de la terre.

Il haussa un sourcil.

— Accepté qui tu es ?

Elle haussa les épaules.

— Une nana avec qui on ne sort pas.

— C'est faux.

Elle haussa de nouveau les épaules. Inutile de contester la vérité, et elle avait cessé de se raconter des histoires. Ça craignait, mais c'était comme ça.

— Le monde est visuel. Les gens se jugent sur leur apparence, leur couleur de peau, leur âge, leurs handicaps et leur beauté durant les quelques secondes qui suivent chaque rencontre. Tu sais bien que c'est vrai. Tout un tas d'études prouvent que les gens beaux ont plus d'opportunités que ceux qui ont un physique moyen – ou en dessous de la moyenne.

Ford posa immédiatement les mains sur les genoux de Gina et il pivota pour lui faire face. L'intensité de son expression lui coupa le souffle. Il agrippa ses jambes et son pouce se pressa contre l'intérieur de sa cuisse, lui envoyant des décharges électriques sur la peau.

— Tu n'es pas laide.

Les gens beaux disaient toujours ce genre de choses, mais elle connaissait la vérité.

— Mes yeux sont globuleux.

— Ils sont grands. Et alors ?

Ce n'était pas ce qu'elle voulait dire et il le savait, aussi poursuivit-elle :

— Tu as vu mon nez de profil ? Je suis vraiment la petite-fille de Tommy Gros Nez.

— Beaucoup de personnes ont des grands nez ou d'autres traits qui sont considérés comme des défauts, rétorqua-t-il en se rapprochant très près d'elle. Ça ne devrait pas modifier la façon dont tu te perçois. J'aimerais que tu sois capable de voir la femme que je vois quand je te regarde.

Il se montrait vraiment têtu. Elle savait très bien à quoi elle ressemblait et comment son apparence influençait la façon dont les autres la traitaient – toutes les femmes savent ça. Et ses paroles la blessaient. Ça n'aurait pas dû être le cas, parce qu'il essayait juste d'être sympa, mais les mensonges bienveillants menaient toujours à l'espoir et au cœur brisé.

— C'est sympa de ta part, mais les bobards ne me rendent pas service. Je ne ressemble pas au genre de femmes avec qui les hommes veulent sortir. Je ne vois pas l'intérêt de débattre, je préfère l'accepter et avancer.

Il ne cilla pas, se contentant de la réduire au silence par l'intensité de son regard.

— Moi, je crois qu'il y a quelqu'un pour tout le monde.

Une chaleur dangereuse se répandit dans tout le corps de Gina. Ce n'était pas la brûlure de l'embarras, qu'elle ne connaissait que trop bien, ni le brasier intense du désir. C'était de l'espoir. S'il croyait quelque chose de manière aussi farouche, alors cette chose pouvait peut-être se réaliser. C'était une idée agréable, mais Gina ne pouvait pas se permettre de s'y attarder.

— Inspecteur Hartigan, dit-elle en s'obligeant à utiliser un ton taquin qui ne reflétait absolument pas ce qu'elle ressentait. Je ne vous aurais jamais pris pour un romantique.

— Je suis plein de surprises.

Il la lâcha, ramassa sa bouteille vide et se leva.

— Tu veux une autre limonade ?

— Non, merci.

Si elle buvait encore, elle céderait aux idées cochonnes que lui avaient inspirées ses mains.

— D'accord.

Il se frotta la nuque comme s'il avait l'intention de dire quelque chose sans savoir ce que c'était.

— On se retrouve à l'intérieur.

Gina marmonna son assentiment et le suivit du regard. Il traversa la terrasse en évitant les planches pourries, puis disparut à l'intérieur.

Une fois la porte refermée derrière lui, elle exhala tout l'air qu'elle avait retenu.

Cela sonna comme un soupir. Elle ne put s'en empêcher. Elle jouait dans un film pour ados et tenait le rôle de la *geekette* qui devenait amie avec le mec populaire et canon et se retrouvait à faire ce qu'elle ne devait surtout pas faire – tomber amoureuse.

— C'est un bidule, affirma Gina. Qui a besoin d'un truc pareil ?

Elle savait bien qu'en réalité c'était le plus magnifique carrelage étamé vintage pour plafond qu'elle avait jamais vu. Admirer la surface argentée du carreau composée d'une couronne centrale entourée d'un carré de feuilles faisait battre son cœur plus vite. C'était splendide. Elle avait envie de le caresser. Mais, avec toutes les autres rénovations et son entreprise d'organisation de mariage, elle n'avait pas d'argent à consacrer à ce genre de pièces sublimes. Ce n'était pas un indispensable. Plutôt un « peut-être plus tard ». Du coup, l'appeler « bidule » lorsque Ford le brandit chez Wooden Barber Hardware Shop sur Main Street rendait le mensonge plus facile.

Ford lui lança un regard qui montrait bien qu'il n'était pas dupe. C'était super craquant. De qui se moquait-elle ? C'était carrément sexy.

— Pense à l'effet que ça ferait dans ton bureau. Tu pourrais éblouir tous les Donna et Scott quand ils hésiteront entre le rose et le jaune, et ça leur permettrait d'en venir beaucoup plus vite au choix que tu avais anticipé depuis le début.

Il n'avait pas tort. Elle consulta le prix au mètre carré écrit à la main sur l'étiquette fixée sur l'étagère. Aïe. Son compte en banque la giflerait si elle faisait seulement mine d'envisager l'achat.

— C'est vulgaire.

Elle parvint à grand-peine à ne pas sursauter après avoir proféré un mensonge aussi gros.

En réalité, rien n'était vulgaire chez Wooden Barber. La boutique semblait être le produit d'une liaison clandestine entre une quincaillerie lambda et un magasin de meubles de luxe : un mélange paradisiaque de praticité et de beauté dans une boutique de bricolage spécialisé.

— Tu es folle ou quoi ? répliqua Ford, les yeux lui sortant pratiquement de la tête. Ce carrelage est parfaitement assorti à l'esprit victorien de ta maison et fera un effet « waouh » à tous ceux qui le verront.

— Tu regardes trop d'émissions de déco.

Et il avait tout compris.

— N'importe quoi.

Il ricana et jeta un coup d'œil à un autre couple un peu plus loin dans l'allée, qui discutait des avantages et des inconvénients d'un vitrail de récupération.

— Tu sais très bien que je ne regarde que des films d'action et policiers pour me moquer de toutes les erreurs.

Il tendit la main pour coincer derrière l'oreille de Gina une mèche de cheveux échappée de sa queue-de-cheval.

— Prends ce carrelage, au moins pour ton bureau, mais il serait fabuleux dans tout l'étage.

C'était vrai. Elle en grimaçait presque, tellement ce serait incroyable, mais c'était hors de question. Elle était pragmatique et elle avait des priorités. Être adulte, ça craignait vraiment parfois.

Dommage qu'elle ne puisse pas trouver une solution quand même.

— Non, inspecteur Autoritaire.

Ford lui lança un regard tellement intense qu'elle sentit le rouge lui monter aux joues. Elle avait envie de presser les mains sur son visage, mais elle refusait de se laisser entraîner dans ce manque de confiance en elle si familier.

— C'est à cause du prix ? demanda-t-il.

Bien sûr que oui.

— Non.

Il arbora aussitôt son expression de flic.

— Tu sais que mon job consiste à démasquer les gens qui mentent, pas vrai ?

— Et alors ?

Elle essuya ses paumes soudain moites contre son jean usé et se mordilla la lèvre inférieure.

Il s'approcha d'elle et ce qu'il lui dit ensuite effleura son oreille et fit totalement dérailler son cœur.

— Je sais que tu mens.

— Et comment ?

Merde, elle avait l'air essoufflée.

— Parce que si tu continues à te mordre la lèvre tu vas te faire saigner.

Elle cessa immédiatement.

— D'accord, tu as gagné. Je le veux, mais je n'ai pas les moyens de l'acheter.

Il lui sourit.

— Heureusement que tu n'as pas besoin de le faire.

Il fallut quelques secondes pour que les mots pénètrent le brouillard lubrique qui aveuglait quasiment son cerveau.

— Qu'est-ce que tu racontes ?

Il dégaina son téléphone et ouvrit la calculatrice.

Attends une minute. Comment se souvenait-il des dimensions du plafond de son bureau ? Elle comprit soudain. Cette visite chez Wooden Barber était un piège. Il avait tout planifié.

— C'est mon cadeau de crémaillère, expliqua-t-il en achevant ses calculs avant de se mettre à charger l'époustouflant carrelage dans leur chariot.

Elle le regarda faire, partagée entre oh-bon-sang-oui et il-n'en-est-pas-question.

— Je ne peux pas accepter.

— Pourquoi ? rétorqua-t-il sans ralentir. Tes amis ne t'offrent pas de cadeaux ?

— C'est ce qu'on est ? Des amis ?

Elle n'aimait pas le mot qu'il venait d'utiliser pour décrire leur relation, mais elle aimait encore moins la raison pour laquelle elle ne l'appréciait pas.

— Avec intérêts : plan bricolage régulier.

Il lui adressa un clin d'œil.

— N'oublie pas cette partie.

— Comme si je le pouvais, répondit-elle d'un ton beaucoup trop désespéré et qui n'avait rien à voir avec les talents de Ford pour manier le marteau.

Oh là là, elle était dans la panade.

Il lui sourit de toutes ses dents.

— Tant mieux, je détesterais être le seul à m'en souvenir.

Tandis qu'il finissait de remplir le chariot, Gina repoussa l'espoir étourdissant qui bouillonnait en elle – celui qui lui donnait envie de croire que leur relation pourrait déboucher sur quelque chose de plus permanent entre eux. Comme si c'était possible. Comme si elle pouvait imaginer un seul instant devenir Cendrillon. Elle n'attendait pas le prince charmant et aucune bonne fée ne la relookerait. Elle était qui elle était – et c'était Miss Plan Q et non pas Miss Qu'on Épouse.

Si elle ne voulait pas se mettre dans les ennuis, elle avait intérêt à ne pas l'oublier.

Racheter sa culpabilité ? Ford ? C'était exactement ce qu'il était en train de faire. Il détestait mentir, mais il racontait quand même n'importe quoi à Gina et c'était la raison pour laquelle il tendait sa carte bleue à l'employée de Wooden Barber.

L'autre éventualité était de tout lui avouer. Impossible. Il devait suivre le règlement de l'enquête et trop en révéler à un civil était une erreur de débutant. Or, il était tout sauf un débutant. Il était un enfoiré qui commençait à beaucoup trop penser à une femme qu'il ne devait considérer que comme une source, une façon d'obtenir les informations dont il avait besoin pour arrêter les Esposito.

— Pourquoi tu t'es engagé dans la police ? demanda Gina alors qu'ils rapportaient les deux cartons de carreaux étamés à la voiture de Ford.

Ce dernier agrippa plus fort la boîte.

— Tout le monde doit travailler.

— Ça ne te va pas de raconter des conneries, répondit-elle en riant.

Il profita du fait qu'il était obligé de tenir le carton en équilibre sur une seule main afin de sortir de sa poche la clé de la voiture pour dissimuler son malaise et gagner quelques secondes.

— Tu me connais si bien que ça ?

— Assez pour savoir quand tu te défiles.

Il ouvrit le coffre.

— C'est une histoire sans intérêt.

Elle leva les yeux au ciel.

— Ça m'étonnerait.

Ford posa son carton rempli de carreaux puis s'empara de la boîte à moitié pleine de Gina, qu'il rangea à côté. Elle le dévisageait, bras croisés, un petit sourire aux lèvres. Ce fut la courbe de sa bouche qui le décida. Il voulait s'assurer que ce sourire ne la quitterait pas.

— Au lycée, j'avais un pote, Jake, qui s'est retrouvé au mauvais endroit au mauvais moment. Il traversait la rue et un chauffard bourré a grillé un feu rouge et l'a renversé avec tant de force qu'il en a perdu ses chaussures.

Il poussa un soupir pour chasser la scène de son esprit.

— Le mec ne s'est pas arrêté pour vérifier que Jake respirait toujours. Il s'est barré, laissant derrière lui des traces de pneus et le cadavre d'un ado de dix-sept ans au coin de Phillips et de Granbury.

— C'est horrible, dit-elle dans un souffle. Est-ce qu'on l'a retrouvé ?

Il referma le coffre avec plus de force que nécessaire.

— Non.

— Je suis désolée.

Elle se rapprocha, enroula les bras autour de lui et le serra contre elle.

Ce ne fut pas une longue étreinte, plutôt une brève pression, mais il la sentit jusqu'au tréfonds de lui-même. Et, quand Gina le lâcha, son contact lui manqua aussitôt. Il ne comprenait pas ce qui lui arrivait. Pourquoi elle ? Pourquoi maintenant ? Mais les réponses à ces questions n'avaient aucune importance parce qu'il était en train de se passer quelque chose.

Elle fit mine de reculer, mais il s'empara de sa main pour l'arrêter. La surprise et le désir brillèrent dans les yeux de Gina. Oui, son corps tout entier réagissait et il s'approcha en penchant la tête.

Il entendit à peine le sifflement masculin en provenance d'une voiture de passage, mais Gina sursauta, rougissante, et se mordit la lèvre inférieure, un bras posé sur le ventre afin de se protéger.

Merde.

Ford scruta les alentours, prêt à détruire la rue en s'en prenant au connard qui avait suscité cette réaction chez Gina et interrompu le baiser avant même qu'il commence.

— Désolé.

— Non, ce n'est pas toi, je...

Elle n'acheva pas sa phrase.

Il entrelaça ses doigts aux siens.

— Quoi ?

— Rien.

Elle essaya de sourire, sans succès.

— On dirait bien que ce n'est pas rien.

Il insistait, c'était vrai, mais personne ne devrait avoir le droit de provoquer cette expression perdue et accablée chez cette femme.

— Parfois de vieilles blessures reviennent me gifler, c'est tout.

— Gina, dit-il du même ton à la fois réconfortant et autoritaire qu'il employait pour interroger les témoins nerveux, je veux comprendre.

Elle déglutit, releva le menton et dégagea ses doigts, manifestement résolue à écarter d'un revers de main ce qui s'était passé.

— Ce n'est rien. Ne t'inquiète pas.

— C'est à cause du mec dans la voiture ? C'est un ex ?

Son estomac se noua à cette idée. La possessivité n'était pas la meilleure réaction pour un homme dans sa position, mais il ne pouvait nier que c'était ce qui le faisait grincer des dents d'irritation.

— Un ex ?

Elle éclata d'un rire incrédule.

— Non. Je ne le connais pas.

Elle contourna la voiture pour gagner le côté passager.

— Rentrons poser ce plafond.

— Tu ne peux pas éviter éternellement d'affronter cette histoire.

Pas si elle provoquait encore ce genre de réactions chez elle. C'était important et il voulait la protéger.

— Si, répondit-elle en ouvrant la portière et en se glissant à l'intérieur du véhicule. Je le peux très bien.

La semaine suivante ne fut que clous et coups de marteau – mais pas de manière à réduire la frustration qui grandissait chaque fois que Ford posait les yeux sur Gina. Il avait aidé à abattre un mur pour agrandir l'entrée, arraché le plan de travail couleur avocat stratifié dans la cuisine, posé le plafond étamé et donné un coup de main à Huey, le plombier qui semblait avoir une dette énorme envers la famille Luca – Ford préférait ignorer pourquoi –, afin de rénover la salle de bains de la chambre principale. Pour ce faire, il avait dû traverser la chambre de Gina plusieurs fois par jour, ce qui avait soumis son imagination à la torture.

Cette femme aimait peut-être organiser les choses, mais ça ne se voyait pas dans sa chambre. Impossible de ne pas remarquer les culottes en dentelle noire sur le sol à côté du panier de linge sale, l'oreiller chiffonné et le lit à moitié défait, ni de rater le parfum de vanille qui semblait planer dans la pièce. Il avait passé bien trop d'heures la nuit, allongé sur le canapé pourri, les yeux rivés sur le plafond, à l'imaginer seulement vêtue d'une culotte noire en train de parfumer ses poignets et l'espace entre ses seins parfaits. Ce n'était pas à ça qu'il aurait dû penser pendant ces longues nuits d'insomnie, comme le lui aurait certainement rappelé son chef s'il n'était pas déjà occupé à lui passer un savon.

— Donc, vous n'avez rien, dit le capitaine durant l'un de leurs coups de fil de l'après-midi.

— Vous saviez bien qu'il y avait peu de chances pour qu'on découvre quoi que ce soit.

Ford ne lui rappela pas que c'était lui qui avait eu l'idée de ce plan farfelu, même si c'était en train de le tuer. Il prit le temps de prendre une profonde inspiration et d'observer par la fenêtre Gina en train de passer une deuxième couche de blanc sur la clôture.

La regarder manier le rouleau réduisit la tension qui s'était logée dans ses épaules et son rythme cardiaque redevint normal.

Puis elle se pencha pour recharger le rouleau et l'inspiration apaisante se transforma en gémissement frustré. Il espéra que le capitaine croirait qu'il était irrité par l'absence de résultats.

— Ses frères ne sont pas venus de la semaine.

— Vous devez y remédier.

Mais bien sûr. Il n'avait qu'à téléporter les frères Luca. Excellente idée.

Il pinça les lèvres avant d'avoir pu rétorquer et ne se permit de répondre que lorsqu'il eut tapoté vingt fois son pouce de son index.

— C'est la fête d'anniversaire de sa grand-mère demain. Je l'accompagne. Toute la famille sera là.

— Si vous revenez bredouille, j'annule l'opération.

Et voilà. Le capitaine n'aurait pas pu se montrer plus clair : il blâmait Ford pour le manque de résultats. Même si c'était une réaction prévisible, ça ne la rendait pas plus facile à digérer. C'était pour ça que son estomac se nouait, parce que l'échec programmé de cette mission lui serait attribué.

Ce n'était pas parce que la fin de l'opération signifiait qu'il ne verrait plus Gina, qu'il ne l'entendrait plus fredonner ces airs idiots pendant qu'elle préparait le café le matin et qu'il ne pourrait plus admirer ses fesses moulées dans ce pantalon de yoga noir qu'elle portait toujours avec de ridicules T-shirts à message.

Cette partie n'avait aucune importance. Le contraire n'était pas possible. Il était flic et elle appartenait à la famille Luca. Il y avait des règles écrites qui interdisaient ce genre de rapprochement. Après-demain, ce serait fini.

Il resserra sa prise sur le téléphone et se détourna de la fenêtre.

— Je comprends, monsieur.

— Ne vous inquiétez pas, Hartigan. Vous pourrez toujours prétendre à rester dans l'unité opérationnelle, mais je dois vous avouer que, si vous rapportiez une info, ça vous aiderait grandement.

Non ? Incroyable, capitaine Sherlock.

— Oui, monsieur.

Et ce petit souffle d'enfer plana au-dessus de lui tout le reste de l'après-midi, jusqu'à ce qu'un SMS fasse vibrer son téléphone au moment où Gina et lui ponçaient les balustrades richement sculptées de l'escalier principal. Elle était en train de lui raconter une histoire d'organisatrice de mariage horrible – qui aurait pu croire que les canards chiaient autant – et lui expliquait qu'en dépit de la folie de ce métier elle était prête à travailler avec de nouveaux clients la semaine suivante. Sans cesser de l'écouter, Ford sortit son téléphone de sa poche pour lire le message.

Maman : N'oublie pas d'aller chercher les gâteaux à la pâtisserie avant de venir dîner ce soir.

Super. Le dîner était dans une heure. Il se passa la main dans les cheveux en cherchant comment annoncer à sa mère qu'il ne comptait pas venir. Kate Hartigan ne serait pas contente et elle ne se gênerait pas pour le lui dire.

— Et merde.

— Quelqu'un a grillé un feu ? demanda Gina.

Il aurait préféré.

— C'est ma mère.

La lueur taquine dans son regard s'adoucit.

— Tout va bien ?

— Oui, j'ai juste oublié de lui dire que je ne pourrais pas aller dîner chez elle comme tous les samedis. C'est un événement important pour toute la famille et, la seule raison qui autorise à le rater, c'est d'être hospitalisé.

Il baissa les yeux sur son téléphone. Gina reprit son ponçage.

— Et pourquoi tu ne peux pas y aller ?

— Je ne veux pas te laisser seule ici.

Ou alors c'est parce que tu sais que la période où tu fais semblant d'être M. Je-répare-tout-avec-Gina est presque terminée ?

— Je n'ai qu'à venir avec toi.

Comme si c'était aussi simple. Inviter une non-initiée dans la famille Hartigan ne devait pas être pris à la légère.

— Crois-moi, c'est bien la dernière chose que nous voulons, toi et moi.

Elle cessa de poncer et leva les yeux vers lui avec un sourire trop enthousiaste pour être sincère.

— Ne t'inquiète pas, tu n'as pas besoin de leur faire croire que je suis ta petite amie.

Et voilà, le célèbre charme de Ford Hartigan qui faisait frissonner toutes les femmes avait encore frappé. *Bravo, Hartigan. Ressaisis-toi, putain.*

— Ce n'est pas ça.

— C'est quoi, alors ?

— Ma famille est très compliquée à gérer – surtout quand elle est réunie.

Comment lui expliquer ?

Primo, il y avait leur nombre. Deuzio, leur volume sonore : ils n'étaient pas du genre silencieux. Et, tertio, sa mère harcèlerait Gina de questions sur tous les aspects de sa vie dès qu'ils auraient franchi le seuil.

Les Hartigan n'étaient pas supportables pour tout le monde.

Comme l'affirmait le dicton familial, il y avait les Irlandais roux, les Irlandais bruns et les Irlandais ils-ont-fait-tellement-chier-qu'on-les-a-virés-d'Irlande – les Hartigan étaient les trois à la fois. Il était hors de question d'imposer ça à Gina.

— Tu crois vraiment que ta famille est plus folle que la mienne ? demanda-t-elle d'un ton tellement incrédule qu'on aurait dit qu'il venait de lui affirmer que le café n'était pas la meilleure chose au monde.

Il hocha la tête.

— Oui.

— Eh bien, le seul moyen de trancher est de les comparer.

Elle se tapota le nez du doigt et émit une série de petits « hmm » qui donnèrent à Ford l'impression d'être chez le médecin.

— Tu es obligé de venir à l'anniversaire de ma grand-mère demain. Je vais rencontrer ta famille aujourd'hui, et demain soir on comparera les deux.

— Tes frères seront là ? demanda-t-il d'un ton égal.

— Oui. J'essaye désespérément de planifier une soirée au bowling avec eux, mais ils n'arrêtent pas de botter en touche.

— Ils sont libres vendredi en huit ?

Une partie de lui espérait que non, pas parce qu'il n'avait pas envie de passer la soirée avec eux, mais parce que c'était le soir où devait avoir lieu le gros deal des Esposito d'après l'indic de Kapowski – et il espérait de plus en plus fort que le temps qu'il passait avec Gina permettrait de faire avancer l'enquête.

— Aucune idée, mais je leur demanderai. Mais ne crois pas que tu vas t'en tirer à si bon compte. Celui qui a la famille la plus normale payera les cannoli.

— Je n'aime pas ça.

Parce que c'était évidemment l'information la plus importante contenue dans les paroles de Gina. *N'est-il pas surprenant que cette femme ne t'idolâtre pas ?*

Gina poussa un petit cri et posa la main sur sa bouche.

— C'est horrible de dire ça. Tu n'as à l'évidence jamais goûté les cannoli de Vacilli. Ne t'inquiète pas, tu comprendras ton erreur après en avoir acheté demain soir.

— Ça ne risque pas d'arriver.

Impossible. Il devait y avoir une procédure contre ça.

— On verra, répliqua-t-elle avec un sourire qui illumina tout son visage et la fit rayonner. Dépêche-toi, il ne faut pas faire attendre ta mère.

Elle laissa tomber le papier de verre sur la table où ils entreposaient les outils et gravit l'escalier quatre à quatre tandis que Ford la regardait s'éloigner, bouche bée. Venait-il d'accepter qu'elle l'accompagne au dîner familial ? Il n'en avait pas l'impression, mais elle était bel et bien montée se changer.

Peut-être qu'elle serait très à l'aise avec sa famille exigeante, grande gueule et folle.

Ou pas.

9

Ford n'avait pas menti concernant sa famille. Ils étaient encore plus stéréotypés que celle de Gina. C'était une grande famille irlandaise, beaucoup trop bruyante et amicale, et ils étaient tous pompiers. Enfin, tous, sauf Ford. Il était le mouton noir au milieu de toute cette folie. Plus silencieux mais pas moins affectueux. Et flic. Ce qui provoquait les moqueries incessantes de ses frères.

Sa famille était totalement envahissante, mais pas d'une manière négative. Elle rappelait à Gina le dernier baptême de la famille Luca – conversations bruyantes, repas gargantuesque et trop de monde dans un espace qui de toute façon aurait toujours semblé trop petit, eu égard aux personnalités exubérantes de tous les gens présents.

Ford l'avait d'abord présentée à ses parents, Kate et Frank Sr. Son père était un homme ours avec une chevelure orangée certainement visible depuis l'espace, et sa mère une Amazone tellement belle que, quand on la regardait en face, on en oubliait ce qu'on voulait dire.

Ce n'était pas un problème avec le plus vieux de la fratrie, Frankie, parce que l'immense pompier roux ne cessait jamais de parler, ce qui évitait à Gina de chercher un sujet de conversation. Il ne radotait pas du tout, au contraire ; il était tellement charmant qu'on ne pouvait s'empêcher d'être suspendu à ses lèvres et de l'encourager. Son frère jumeau, Finian, était sa copie conforme, à l'exception notable de ses cheveux bruns. Et il parlait autant.

C'était peut-être leur profession qui les rendait bavards – surtout comparativement à Ford. C'était du moins la théorie de Gina jusqu'à ce qu'elle rencontre leurs sœurs.

Fiona avait dix minutes de plus que Ford, et Faith six minutes et demie de moins. Elle l'apprit parce que Kate s'était emparée de son bras dès qu'elle avait franchi le seuil et lui présentait tout le monde d'une manière qui frôlait l'indiscrétion avant de basculer complètement dedans.

— Les médecins avaient affirmé qu'on n'aurait plus jamais d'enfants après ces deux terreurs.

Elle fit un signe du menton en direction de Frankie et de Finian, qui se contentèrent de lui adresser un sourire radieux.

— J'avais toujours rêvé d'une famille nombreuse cependant et, le moins qu'on puisse dire, c'est que le traitement contre l'infertilité a fonctionné.

— Maman, maugréa Ford. Gina n'a pas envie de connaître ce genre de détails.

Gina lutta pour ne pas exploser de rire devant la gêne évidente de Ford face au déballage de sa mère.

— Quoi ? rétorqua Kate en agitant une main devant son plus jeune fils. Ce n'est pas comme si je lui racontais les injections et le timing de certaines choses et le petit flacon que ton père trimballait partout.

— Mamaaaaan ! s'exclamèrent tous les Hartigan à la fois.

Ce fut le pompon pour Gina. Elle ne put s'empêcher de pouffer en voyant les mines horrifiées des frères et sœurs. La folie Hartigan était manifeste, mais ce n'était pas la même que celle des Luca, qui était plus prononcée et plus sombre, à cause de leur activité criminelle. Les Hartigan, eux ? Ils étaient joyeusement bordéliques et Gina adorait ça.

Kate haussa nonchalamment les épaules et leva les yeux au ciel. Frank Sr, qui regardait d'un œil un match de hockey à la télévision tout en suivant de l'autre ce qui se passait à la cuisine, leva son verre – et pas son flacon, heureusement – dans un toast moqueur.

— Quoi qu'il en soit, on ne s'attendait pas à concevoir un autre enfant après nos triplés, mais notre adorable Fallon est arrivée.

La sœur de Ford, infirmière aux urgences, et dont l'expression montrait bien qu'elle était complètement intolérante au *bullshit*, secoua la tête en entendant ça. Quelqu'un près de la gazinière – la cuisine était trop bondée pour savoir qui – marmonna que Fallon n'était adorable que si elle obtenait ce qu'elle voulait. Kate ne l'entendit pas, ou choisit de l'ignorer, et poursuivit :

— Puis le Seigneur nous a envoyé Felicia et…

— J'étais un bébé tellement chétif qu'ils ont compris qu'il était temps d'arrêter, l'interrompit Felicia tout en disposant les assiettes sur la table tandis que son fiancé, Hudson, ajoutait les serviettes.

Tout le monde gloussa à ce qui devait être une vieille blague familiale parce que, contrairement aux autres Hartigan, Felicia était minuscule.

— Ne les écoute pas, Allumette, intervint Hudson. Tu fais la taille idéale.

En réponse à la voix de Hudson, un miaulement désespéré s'éleva de la caisse de transport installée dans un coin. Il posa la dernière serviette avant d'aller s'accroupir devant. Gina ne put entendre ce qu'il disait au chat, mais les vagissements s'interrompirent.

— Gina, fit Kate en l'entraînant vers la table, parle-nous de toi. Tu as des frères et sœurs ?

Ford se raidit et Fallon lui adressa un regard entendu qui prouvait qu'elle savait très bien à quelle famille Gina appartenait. Cette dernière fut sauvée par la voix douce et artificielle d'Alexa annonçant que le premier minuteur avait sonné.

— Oh ! le dîner est prêt. Asseyez-vous.

Ce qui se déroula ensuite fut un parfait exemple de chaos contrôlé tandis que tout le monde affluait dans la cuisine pour prendre place à table. Sous le regard radieux de Kate, Gina se retrouva à côté de Ford. Tout le monde était serré, mais personne ne se plaignit et on se mit à se passer le plat de jambon, un énorme saladier de purée de pommes de terre, des assiettes de légumes et plus encore.

— Dis-moi, Gina, depuis quand est-ce que vous sortez ensemble, Ford et toi ? demanda Kate.

Embarrassée d'être ainsi le centre de l'attention, Gina baissa les yeux vers son assiette.

— On ne sort pas ensemble.

— J'en étais sûr, affirma Frankie avec un rire taquin tout en versant de la sauce sur sa purée. Elle est beaucoup trop normale pour Ford.

Bon, de tous les adjectifs utilisés pour la décrire, « normale » était le plus sympa. Elle joua avec ses petits pois tout en se concentrant pour garder une expression « normale ».

— Vous vous souvenez d'Olive ? demanda Finian.

Fallon inclina la tête tout en pinçant les lèvres.

— C'était celle qui corrigeait les fautes de grammaire de tout le monde ?

Un gémissement collectif emplit la pièce. Frank Sr, qui buvait un verre de lait, laissa échapper un ricanement dégoûté et avala de travers. Il se mit à tousser violemment et tout le monde lui cria de lever les bras tandis que Kate le frappait dans le dos jusqu'à ce qu'il affirme qu'il ne comptait pas mourir tout de suite et qu'elle pouvait se calmer.

— Non, c'était Patrice l'obsédée de la grammaire, déclara Felicia depuis le bout de la table où elle était assise à côté de Hudson. Olive, c'était celle qui détestait le hockey.

— Mieux vaut détester le hockey qu'être contre les Ice Knights, affirma Fiona.

Gina se tourna vers Ford. La pointe de ses oreilles était écarlate, mais il continuait à manger ses petits pois et sa purée comme s'il s'en fichait. C'était bon enfant de sa part, pourtant elle ne put s'empêcher de se crisper pour lui.

— Oh ! comme celle qui avait un tatouage Cajun Rage ? Comment elle s'appelait déjà ?

Gina faillit laisser tomber sa fourchette. Un tatouage Rage ? On était à Waterbury. Tout le monde soutenait les Ice Knights. Les Rage étaient leurs plus grands rivaux. Pour les fans de hockey à Harbor City et aux alentours, soutenir les Rage revenait à affirmer qu'on détestait l'eau courante.

— Tu es sorti avec une fan des Rage ? demanda-t-elle en dévisageant Ford comme s'il lui avait poussé une deuxième tête. C'est mal.

Elle songea à la couverture des Ice Knights qu'elle lui avait prêtée. Ce n'était pas juste une couverture, mais une promesse de loyauté. Ford la regarda, une expression chagrine sur le visage, parce qu'il savait qu'il avait mal agi en fréquentant une fan des Rage.

— Je n'en suis pas fier, avoua-t-il avec un gloussement amusé. Mais je ne suis pas le seul à être sorti avec des femmes bizarres, poursuivit-il en se tournant vers sa famille.

Il posa les yeux sur Finian.

— Tu te souviens de la nana qui n'arrêtait pas de se pointer à la caserne nue sous son trench ?

Il reporta son attention sur ses sœurs, qui pouffaient devant la gêne de Finian.

— Et du type qui avait dit à Fallon qu'il pensait que les femmes ne devaient pas faire d'études ? Et celui qui a emmené Fiona au McDo pour un dîner romantique ?

Tout le monde éclata de rire. C'est alors que les histoires commencèrent vraiment. Faith raconta qu'elle pensait avoir un rencard et qu'elle avait fini dans un appartement à temps partagé. Frankie avait passé une soirée avec une femme qui lui avait parlé *non-stop* de son amour pour les paresseux. Felicia et Hudson narrèrent comment ils avaient fini ensemble parce qu'il l'avait aidée à pécho un autre homme.

— Et toi, Gina ? demanda Frankie. Quel a été ton pire rencard ?

Toujours gloussant, elle parcourut son catalogue de *dates* très limité, à la recherche d'une anecdote à partager, et son estomac se noua – parce que, en cet instant, elle se rendit compte que c'était probablement elle la partie cauchemardesque de ces rencards. Son sourire se figea et ses poumons cessèrent de fonctionner. Elle sentit soudain la main de Ford se poser sur sa cuisse qu'il pressa gentiment. Ce n'était ni sexuel ni encourageant – mais réconfortant, pour aussi bizarre que ça puisse paraître. La tension la quitta, mais elle n'avait aucune histoire affreuse à raconter.

Elle échappa à cet instant de gêne exquise grâce à un miaulement aigu, un fracas et un éclat d'orange qui traversa la table surchargée, filant tout droit vers Felicia et Hudson.

— Honeypot ! s'exclama Felicia.

Hudson tenta d'attraper le chat borgne, mais ce dernier l'esquiva et enfonça une patte dans le saladier de purée avant de foncer en avant.

Et le chaos devint total.

La nourriture vola. Des chaises tombèrent à la renverse. Tout le monde se leva pour essayer de capturer le félin enragé. Frankie tendit le bras vers la boule de poils, mais le chat passa en coup de vent près de lui et fit un détour par la saucière qu'il renversa, répandant le liquide marron sur la table.

Quand Hudson parvint enfin à l'attraper, on aurait dit que la cuisine des Hartigan avait été dévastée par une tornade.

Un morceau de jambon pendait du ventilateur accroché au plafond, Finian avait de la compote de pommes plein la chemise et Ford une traînée de purée sur la joue. Ce n'est que lorsque Gina tendit la main pour l'essuyer qu'elle se rendit compte à quel point elle était près de lui. Très près. Genre je-sens-sa-chaleur-contre-mes-seins. Il lui adressa son demi-sourire super craquant et toutes ses fonctions cognitives s'éteignirent. Elle s'abandonna au merveilleux désir. Il s'inclina vers elle, elle se mit sur la pointe des pieds pour s'aligner sur sa bouche. Ses paupières se baissèrent lentement, elle pencha la tête et…

La voix de Kate Hartigan transperça le brouillard de désir qui les enveloppait.

— Et donc vous ne sortez pas ensemble, à ce qu'il paraît ?

Gina bondit en arrière comme si Ford était un morceau de kryptonite, ce qui – il fallait voir les choses en face – commençait à être le cas.

— Non, madame, répondit-elle en évitant soigneusement de la regarder dans les yeux.

— Hmm, répondit Kate d'un ton qui signifiait clairement : *foutaises*. On verra bien.

Mortifiée non seulement par l'incompréhension de Kate, mais pas son propre comportement, Gina pria pour la millionième fois cette semaine pour que le sol s'ouvre sous ses pieds et que la terre l'aspire dans ses entrailles de magma fondu.

Comme cela ne se produisit pas, elle suivit l'exemple de Honeypot et traversa rapidement la pièce. Elle s'empara de la caisse de transport vide et la rapporta à Hudson et Felicia en évitant soigneusement Ford.

Mieux valait s'occuper d'un chat démoniaque que de ses propres démons lubriques.

Il fallait à tout prix qu'il évite de se retrouver coincé à faire la vaisselle – surtout quand sa mère le regardait comme ça. Il connaissait bien cette expression. Il l'avait vue chaque fois qu'il essayait de s'en tirer à bon compte et qu'elle parvenait à lui extorquer la vérité avec le talent d'un commissaire chevronné. Le fait qu'elle soit concentrée sur lui et non sur les traces de purée qui maculaient le plan de travail signifiait qu'il ne pouvait pas lui échapper.

— Donc, commença-t-elle d'un ton léger, comme si elle ne s'apprêtait pas du tout à lui balancer un uppercut, Gina et toi, vous êtes juste amis ?

— D'une certaine manière.

Il tapotait le bout de ses doigts de son pouce et la pointe de ses oreilles le brûlait.

— De quelle manière tu parles ?

— C'est compliqué.

Euphémisme de l'année.

— Oui, tellement compliqué qu'il ne dort pas chez lui, déclara Fallon en enfournant une pile d'assiettes dans le lave-vaisselle.

Ford lança un regard noir à sa sœur. Elle se contenta de lui sourire, parfaitement consciente d'être en train de jeter de l'huile sur le feu.

Le truc, c'était que, quoi qu'en pensât sa famille, il ne pouvait pas leur avouer ce qu'il en était avec Gina – en grande partie parce qu'il ne le comprenait pas lui-même. C'était son boulot de la surveiller, pourtant il n'avait pas l'impression que c'en était un, ce qui le perturbait plus qu'il ne l'aurait voulu.

— Tu vis avec elle, mais ce n'est pas ta petite amie ? demanda sa mère.

— Je ne vis pas avec elle.

Non, il l'espionnait, ce qui lui donnait des brûlures d'estomac, même s'il valait mieux que ce soit lui et non Gallo. Il détestait mentir à Gina.

Sa mère croisa les bras et s'adossa au plan de travail.

— Où est-ce que tu dors ?

— Chez elle.

On ne pouvait pas vraiment appeler ça « dormir » cependant. Il contemplait le plafond en imaginant ce qu'elle pouvait bien faire toute seule dans son lit tandis que le foutu ressort du canapé essayait de l'estropier.

— Mais tu ne vis pas avec elle, insista Fallon en prenant une pile de saladiers des mains de Finian. C'est juste une soirée pyjama prolongée ?

Finian ricana.

— Je doute qu'il y ait des pyjamas dans cette histoire.

— Ta gueule, Finian.

— Les garçons, intervint leur mère d'un ton qui leur ordonnait de cesser leurs conneries. Aide-moi à comprendre ce qui se passe parce qu'elle est adorable et c'est une fan des Ice Knights.

— C'est compliqué.

Résoudre le problème de la paix dans le monde serait plus simple que de se sortir du merdier dans lequel il s'était fourré.

— C'est pour le boulot.

— Juste le boulot ? demanda sa mère.

Il hocha la tête tout en attrapant un tas de serviettes en papier pour éponger le lac de sauce que le chat presque enragé de Felicia avait répandu.

— Oui.

— Que doit-on déduire des étincelles qui crépitent entre vous deux ? demanda Fallon en refermant le lave-vaisselle à présent plein.

Il leva les yeux au ciel.

— C'est scientifiquement impossible.

— Oh ! Ford, intervint sa mère en lui prenant des mains les serviettes trempées de sauce pour les jeter dans la poubelle sous l'évier. Inutile de te voiler la face.

Elle n'avait pas tort. En même temps, Kate Hartigan avait presque toujours raison – et, si on le lui demandait, elle affirmait qu'elle avait *toujours* raison. Et Ford ne savait pas comment réagir, parce que tomber amoureux de Gina Luca n'entrait dans aucune section de son code de conduite personnel.

— Je vous dérange ? demanda Gina depuis le seuil de la cuisine.

Toute la frustration et la confusion qui tourbillonnaient en lui s'évaporèrent aussitôt qu'il posa les yeux sur elle.

— Pas du tout, répondit sa mère. Qu'est-ce que je peux faire pour toi ?

— Je viens de recevoir un texto de Juan qui m'annonce que la commande spéciale qu'il a passée pour réparer les marches branlantes de l'escalier est arrivée, mais il ne peut pas aller la chercher avant la fermeture du magasin.

Elle brandit son téléphone.

— Tu crois qu'on pourrait faire un crochet en rentrant à la maison ? J'ai dit à Juan que tu avais accepté de t'occuper de l'escalier pour qu'il puisse se consacrer à un truc plus urgent, comme la terrasse.

— Aucun problème, répondit-il, plus que prêt à retrouver la maison victorienne avec ses grincements, ses robinets qui fuyaient et – plus important – elle, seule.

— Génial.

Elle lui sourit, de ce sourire qui avait un drôle d'effet sur sa respiration.

— Je vais dire au revoir à ton père.

Elle quitta la cuisine et tous les yeux de la pièce se posèrent sur lui.

— À la maison, hein ? répéta Finian en rebondissant sur *le* truc que Ford espérait que sa famille ne remarquerait pas. C'est comme ça que les flics appellent le boulot ? J'ai peut-être choisi le mauvais métier, dis donc.

Après avoir brandi le majeur en direction de son frère – dans le dos de sa mère, évidemment –, Ford dit au revoir à tout le monde. Gina regagna la cuisine et fit de même. C'était étrange à voir. Les autres femmes qu'il avait amenées avaient toutes été effrayées par la famille Hartigan, mais Gina n'avait pas sourcillé. La prochaine fois, elle hurlerait sur l'écran du téléviseur pendant le match de hockey avec tout le monde.

La prochaine fois, Hartigan ?

D'où ça sortait, bordel ? Il n'y aurait pas de prochaine fois. Comme il l'avait expliqué à sa mère, sa relation avec Gina était strictement professionnelle. Et c'était ce qu'il n'arrêtait pas de se répéter, même en admirant les fesses de Gina moulées dans son jean tandis qu'elle se dirigeait vers le comptoir du service clients de la boutique de bricolage. Il se le rappela de nouveau quand elle entortilla une mèche de cheveux autour de son doigt tout en attendant qu'il prenne possession de la commande. Elle faisait ça souvent et ne s'en rendait probablement pas compte. Cependant, comme *c'était son travail* de la surveiller, il l'avait remarqué à de très nombreuses reprises. Ça lui donnait toujours envie de passer la main dans ses cheveux bouclés, de les enrouler autour de son poignet, de l'attirer à lui pour l'embrasser puis de...

— On y va ? demanda-t-elle en transportant une boîte qui devait peser au moins dix-huit kilos.

— Donne, dit-il en tendant les mains vers le carton.

— Je peux la porter.

— Je sais, mais tu n'es pas obligée.

Il lui prit le carton des mains et ouvrit le chemin jusqu'à la voiture garée plus près du ciné qui passait des vieux films que du magasin de bricolage. Les gens faisaient la queue devant le guichet. Sur le fronton était affiché :

REPRÉSENTATION UNIQUE !

LES DENTS DE LA MER.

Pour un homme qui avait hâte de rentrer chez Gina, l'idée de passer quelques heures dans une salle de cinéma obscure était désormais franchement attirante.

— Ça te dirait d'aller au ciné ? demanda-t-il en désignant le fronton du menton.

— Le film de requins ?

Elle tendit la main avec un geste qui signifiait dans le monde entier : « Donne-moi tes clés. »

— Je ne l'ai jamais vu.

Il déplaça sa prise sur le carton pour sortir ses clés de la poche avant de son jean – une tâche plus difficile que d'habitude après avoir maté le cul de Gina.

— Qu'est-ce que tu vas voir au cinéma d'habitude ?

— Surtout des comédies, parfois des films indépendants.

Elle lui prit les clés des mains et, dès qu'ils furent assez près de la voiture, elle la déverrouilla.

— Élargissons ton répertoire.

Elle lui adressa un sourire taquin.

— Tu as beaucoup de vocabulaire pour un inspecteur.

— Je ne compte pas le rester toute ma vie, rétorqua-t-il en rangeant le carton dans le coffre. J'ai bien l'intention de devenir le plus jeune commissaire de l'histoire de Waterbury.

Elle haussa un sourcil et inclina la tête.

— Oui. Je t'imagine bien commissaire.

Lui aussi. Il avait planifié sa carrière depuis le lycée. Pour l'instant, tout se déroulait sans accroc parce qu'il suivait les règles – officielles et officieuses, comme celle qui interdisait de fraterniser avec la famille des mafieux Esposito. Que Gina n'ait qu'un lien très ténu avec eux n'aurait aucune importance pour la commission d'examen. Ça lui donnerait l'air d'être du genre à enfreindre la loi. Sauf que, là, ce n'était pas de la fraternisation. Il était en mission. C'était totalement différent.

Continue à te mentir, Hartigan.

Ford fit taire sa petite voix intérieure, referma le coffre et se tourna vers Gina.

— On va au ciné ? C'est moi qui paye.

— Je croyais que tu réparerais l'escalier ce soir.

L'escalier était l'une des rares tâches figurant encore sur sa liste personnelle. Pour une raison qu'il ignorait, il appréhendait l'arrivée des fournitures commandées par Juan.

— Peut-être que je retarde cette réparation parce que je ne veux pas ne plus rien avoir à faire.

Mais ferme-la, Hartigan, avant de te mettre à confesser toutes les cochonneries auxquelles tu penses quand tu l'entends se coucher le soir.

Les joues de Gina s'embrasèrent.

— Je suppose que tu n'as pas de bonbons qu'on pourrait faire entrer en douce.

— C'est interdit par le règlement.

Il savait pertinemment qu'elle le provoquait et il entrait dans son jeu.

— Mais je veux bien acheter du pop-corn avec un supplément de beurre et des M&M's mélangés dedans.

— Je ne peux pas refuser. C'est un rencard.

Dès que les mots eurent franchi ses lèvres, elle rougit encore davantage.

Il savait très exactement ce à quoi elle pensait, et ça lui plaisait. Il ne l'admettrait jamais devant quiconque mais, avoir un rencard avec Gina, c'était génial. Comme il ne pouvait pas sortir vraiment avec elle, il pouvait toujours laisser Hollywood l'aider à y croire pendant quelques instants.

— Parfaitement, répondit-il en posant la main au creux de ses reins.

Il l'y garda pendant toute la traversée du parking, puis lorsqu'ils firent la queue pour acheter leurs tickets, et quand il porta le pop-corn jusqu'à leurs sièges.

Et, lorsque les lumières s'éteignirent, il releva l'accoudoir entre eux.

— Comme ça, ce sera plus facile pour toi pour attraper le pop-corn, expliqua-t-il en voyant son air interrogateur.

Au moment où le grand requin blanc fit sa première apparition, il avait placé le bras sur le dossier du siège de Gina et ils étaient assis si près l'un de l'autre que, si elle lâchait un M&M's, il ne pourrait pas tomber entre eux deux.

L'action qui se déroulait sur l'écran lui faisait l'effet de n'être qu'un bruit de fond. Non parce qu'il avait déjà vu le requin géant menacer les nageurs estivaux un million de fois. Mais il était attentif à la façon dont Gina raidissait les épaules quand la musique changeait, dont elle écarquillait les yeux quand l'action devenait trépidante, dont elle gloussait et haussait les épaules en voyant qu'il guettait ses réactions.

Lorsque le chef de la police déclara qu'ils allaient avoir besoin d'un plus gros bateau, Ford enroula une mèche de cheveux bouclés autour de son doigt, aussi excité qu'un lycéen qui ne sait pas quoi faire ensuite. Et, quand le générique débuta, ni lui ni elle ne bougèrent. Ils restèrent serrés l'un contre l'autre dans l'obscurité pendant que tout le monde se levait.

Peut-être qu'il fut le premier à se tourner, peut-être qu'elle leva le visage vers lui, mais, avant que le nom du chef éclairagiste apparaisse, la bouche de Gina n'était qu'à quelques centimètres de la sienne. Les lèvres pleines de Gina étaient entrouvertes et elle laissa retomber la main sur sa cuisse.

Tout risque de fraternisation et les avertissements de son capitaine volèrent en éclats. Il pencha la tête et Gina ferma les yeux, mais un spectateur dans la rangée derrière la bouscula en passant, envoyant valser ce qui restait de leur pop-corn.

Gina rattrapa le cornet avant qu'il ne heurte le sol et se renfonça dans son siège, tout désir ayant disparu de son visage.

— Pardon, j'ai envahi ton espace personnel.

Elle le repoussait. Il aurait dû l'accepter, mais il s'y refusa.

Au lieu de ça, il posa les mains sur sa nuque, l'attira à lui et l'embrassa.

Une décharge électrique le traversa au moment où ses lèvres touchèrent les siennes. Elle ouvrit la bouche et il dut se retenir pour ne pas poser les mains sur ses hanches, l'attirer sur ses genoux pour qu'elle puisse se frotter contre son sexe tendu, approfondir le baiser et assouvir enfin le désir qui ne cessait de croître depuis le mariage.

Mais une partie sensée de lui se fraya un chemin dans son cerveau pour lui rappeler où il était et qui il embrassait. Il n'avait pas envie de rompre le baiser, pourtant il le fit quand même.

Ils se regardèrent un instant et la vision des lèvres gonflées de Gina lui donna envie de céder à la folie et de l'embrasser de nouveau. Cependant il se cramponna à son sang-froid qui s'effilochait à toute allure.

— Je suis désolé, je n'aurais pas dû.

— Ce n'est pas grave, c'était juste un baiser, répondit-elle sans le regarder.

Elle se leva et épousseta les miettes de pop-corn.

— Ça ne voulait rien dire, pas vrai ?

Son estomac se noua – embrasser Gina commençait à signifier quelque chose et ça ne pouvait lui attirer que des ennuis.

10

Le lendemain matin, alors qu'il bataillait avec sa cravate, Ford maudissait celui qui avait inventé ce foutu truc. Il détestait les cravates, mais leur port était obligatoire pour les inspecteurs de police de Waterbury, aussi avait-il fini par s'y résoudre. Et voilà qu'après cinq ans de port quotidien de cravate il n'était pas fichu de faire correctement un nœud Windsor. Pourquoi cette soudaine amnésie musculaire ? Probablement à cause de l'insomnie causée par le « presque » baiser dans la cuisine de ses parents. Interrompu par sa propre mère. Ça craignait vraiment.

D'autant qu'à peine rentrée chez elle après le baiser au cinéma, elle avait disparu dans l'escalier et il avait passé encore une nuit à contempler le plafond en se demandant si elle portait la culotte en dentelle noire.

— Si tu mets une cravate, ma grand-mère va croire que tu mijotes quelque chose.

Il pivota. Gina se tenait dans l'embrasure de la porte de sa chambre de fortune. Elle portait une robe vintage rose qui était tellement adorable qu'il n'avait qu'une envie, la chiffonner. Merde. Il fallait qu'il évite de donner cette direction à ses pensées.

— C'est son anniversaire, non ? Tu t'es mise sur ton trente et un.

— Merci.

Elle fit une petite révérence tout en lui adressant un clin d'œil taquin.

— Mais pour toi une chemise suffira. La cravate te donne l'air d'un flic.

Il jeta un coup d'œil à son reflet dans le miroir au-dessus de la cheminée. Ce n'était qu'une banale cravate bleu marine. Ce n'était pas comme si elle arborait le logo du commissariat.

— Je *suis* flic.

— Ne me le rappelle pas.

Elle lui arracha la cravate des mains et la lança sur le canapé-lit, qu'il venait de faire.

— Tu ne comptes pas me présenter à tout le monde comme ton petit ami l'inspecteur Hartigan ?

Elle le regarda comme s'il venait de lui dire qu'une colonie de fourmis était en train de remonter le long de son bras.

— Bon sang, non, et ne le dis pas à ma grand-mère, elle serait capable de te jeter le mauvais œil.

Heureusement pour lui, mamie Luca ne réagit pas du tout comme ça. Elle lui agrippa les bras avec des mains étonnamment puissantes pour une femme de son âge et lui fit la bise. Puis elle attrapa Gina par le coude et l'entraîna dans la cuisine pour une « conversation entre femmes ».

Il se retrouva seul dans le salon bondé. Il reconnut plusieurs des personnes qui faisaient passer des plateaux de nourriture, mais la plupart étaient des inconnus, ce qui était peut-être bon signe. Les frères de Gina avaient peut-être raconté à ces gens ce qui pourrait s'avérer être de précieuses informations. Au point où il en était, il n'avait rien à perdre.

Il était sur le point de s'approcher d'un groupe agglutiné près du téléviseur lorsque Rocco – qui portait une cravate – se dirigea vers lui.

Il lui tendit un verre de ce qui ressemblait à du bourbon et lui asséna ce qui avait l'air d'une claque amicale dans le dos, mais avec tant de force que Ford en aurait certainement un bleu.

— Je suppose que tu crois tromper ton monde ? demanda Rocco avec un sourire qui n'atteignit pas ses yeux.

C'était comme ça qu'il voulait la jouer ? D'accord, il pouvait le faire – surtout s'il parvenait à pousser Rocco à en révéler plus qu'il ne l'aurait voulu. Après tout, n'était-ce pas pour ça qu'il était là ?

Il adressa à Rocco son plus beau sourire qui disait « t'es-qu-un-gros-con-et-on-le-sait-tous-les-deux ».

— Je n'ai jamais imaginé pouvoir tromper un mec comme toi.

S'il comprit le sarcasme, Rocco ne le montra pas.

— Elle est trop bien pour toi.

Inutile de demander de qui il parlait parce que, pour la première fois de sa vie de petit délinquant, Rocco avait raison.

— Je suis bien d'accord.

— Non, je le pense vraiment.

Rocco laissa le vernis amical se fissurer. Il plissa les yeux, serra les dents et une inquiétude profonde fit virer ses yeux déjà sombres au noir.

— Elle a un cœur d'or. Les gens la regardent et la jugent. Depuis toujours. C'est injuste, mais c'est la vie. Ça ne veut pas dire pour autant que je vais laisser un beau gosse spécialisé dans le crime organisé la rendre malheureuse.

Cette accusation visait d'un peu trop près la raison de sa présence ici, et elle lui fit l'effet d'un uppercut. La culpabilité lui brûla le flanc comme un tisonnier chauffé à blanc. Les joues de Ford étaient douloureuses à force de sourire et il dut prendre sur lui pour desserrer sa prise sur son verre.

Puis, comme une réponse inattendue, il aperçut Gina en train de se frayer un chemin à travers la foule, un sourire radieux aux lèvres, sourire qui faiblit quand elle se rendit compte qu'il était avec son frère.

— Tout va bien ? demanda-t-elle en les rejoignant.

— Mais oui, sœurette, répondit Rocco. On était juste en train d'avoir une conversation à cœur ouvert.

Elle n'eut pas l'air convaincue, mais lâcha l'affaire.

— Tu es libre vendredi en huit ? Il est grand temps que je vous mette une raclée au bowling, à Paul et toi.

Le regard de Rocco transperça Ford. Une veine saillait sur sa tempe.

— Désolée, sœurette, on est pris ce soir-là.

Il lui fit une bise et tourna les talons.

— Je dois parler à Mickey. On se capte plus tard.

Les sens en alerte, Ford était prêt à enquêter tout de suite sur ce que Rocco avait prévu pour le vendredi soir, mais au même instant son téléphone vibra dans la poche de sa veste. Il le sortit pour regarder le numéro affiché sur l'écran : il ne pouvait pas ne pas décrocher, surtout pour tenter de faire parler un mec qui ne lui fournirait aucune réponse.

— Je dois prendre cet appel, dit-il.

Décidément, il détestait tout ce qui lui rappelait qui ils étaient tous les deux chaque fois qu'ils sortaient de chez elle.

Le sourire de Gina faiblit légèrement ; elle sembla se recroqueviller sur elle-même et dessiner une bulle protectrice invisible autour de ses épaules.

— Pas de problème.

Ça n'allait pas se passer comme ça. Il inclina la tête et posa un baiser rapide sur ses lèvres. C'était un acte simple et facile qui le percuta comme un camion parce que, lorsqu'il releva la tête, il se rendit compte que le sourire radieux de Gina était de retour, ce sourire qui lui donnait envie de l'embrasser encore et encore et encore jusqu'à ce qu'elle n'arbore plus que ce sourire-là.

Mais, avant de renouveler l'expérience, il se força à gagner la tranquillité relative de la terrasse sous le regard soupçonneux de ses frères, qui se tenaient à côté de leur grand-mère, dans le salon. Il était certain que son capitaine, à l'autre bout du fil, apprécierait ce baiser, qui consolidait sa couverture auprès de la famille de Gina.

Pourtant, ce n'était pas pour cette raison que Ford l'avait embrassée.

Il l'avait fait parce qu'il ne supportait pas que ce qui était en train de naître entre eux ne puisse pas arriver. Tout ça à cause de la véritable raison de sa présence chez elle, qui planait au-dessus de sa tête. Cette découverte lui fit balayer l'écran pour décrocher avec plus de vivacité que nécessaire.

— Un instant, dit-il en sortant et en observant rapidement les abords pour vérifier qu'il était seul. Je ne suis pas au meilleur endroit pour parler.

— Tant mieux parce que vous n'avez qu'à écouter, répliqua son chef. Votre temps est terminé. Le rapport de la légiste est arrivé. Aucun signe de trauma sur ce qui reste de Tommy Gros Nez. Elle affirme que sans ça, et en considérant le lieu où le corps a été découvert, il est certainement mort de faim après s'être retrouvé coincé dans le mur.

De toutes les morts atroces que Gina avait probablement imaginées pour son grand-père, elle n'avait pas dû penser à celle-ci.

— Une version expurgée de ce rapport doit être partagée avec la famille, poursuivit le capitaine. Ça veut dire que votre mission est parvenue à son terme. J'espère que vous avez trouvé une information.

Oh que oui. Il connaissait la couleur préférée de Gina (le rose), sa haine irrationnelle pour les films d'action (il fallait vraiment y remédier), et quand il la regardait quelque chose se produisait dans l'air et il avait du mal à respirer. Mais concernant ses frères ou ces mafieux d'Esposito ?

— Pas encore.

— Dommage. Dénicher ce genre de renseignements sur les Esposito peut vraiment propulser une carrière.

L'amertume se déposa sur sa langue, laissant dans son sillage une culpabilité crayeuse.

— Compris, monsieur.

— Il vous reste une nuit. Tirez-en le meilleur parti possible.

Et son chef raccrocha sans le saluer.

Ford ne poussa pas le soupir frustré qui lui chatouillait la gorge. Il le ravala. C'était la vie qu'il avait choisie. C'était dur, mais c'était juste, et la loi était importante. Les Esposito s'en prenaient à des gens et devaient être arrêtés. Si cette héroïne se retrouvait sur le marché, de nombreuses vies seraient gâchées. Ford avait accepté cette mission en sachant qu'il y avait une justification aux mensonges qu'il servait.

Et, ce qui était tout aussi important, il était le seul inspecteur de l'unité opérationnelle à pouvoir travailler avec Gina. Pourquoi ? Il n'avait pas vraiment envie de se pencher sur les raisons. Il accomplissait son travail et le temps lui était compté.

Résolu à tirer le meilleur parti possible des heures qui lui restaient, il rentra dans la maison, au moins autant concentré sur son job que sur la femme en rose qui lui souriait chaque fois qu'elle le regardait.

Après quelques heures improductives à tenter de soutirer des renseignements aux Luca et à leur famille, il se retrouva dans la cuisine de Gina, qui n'était éclairée que par le faible néon au-dessus de l'évier. Gina venait de lui raconter comment sa grand-mère lui avait expliqué les moyens à déployer pour garder un homme. Ses yeux brillaient d'un éclat rieur. Et elle souriait. Il adorait ce sourire.

— Je n'aurais jamais cru entendre un jour ma grand-mère prononcer le mot « pipe », dit-elle en secouant la tête. C'était complètement surréaliste. Et puis, elle m'a donné des cannoli maison en m'assurant que ça résoudrait tout au final.

Et voilà qu'il venait de se prendre un joyeux coup dans les couilles par la grâce d'un gâteau à la ricotta.

— Elle n'a pas tort, répondit-il avec un enthousiasme totalement feint. À partir de demain, je ne serai plus dans tes pattes.

Gina lui tendit un mini-cannoli sans croiser son regard.

— La légiste a rendu son rapport ?

Il prit une bouchée de la pâtisserie, mais fut incapable d'en apprécier le goût.

— Elle pense que ton grand-père est mort de mort naturelle.

Gina ne réagit pas, mais il sentit son émotion alors qu'elle digérait la nouvelle qu'elle attendait – probablement depuis la disparition de son grand-père vingt ans plus tôt. Ce n'était pas une surprise totale, il le savait, malgré l'histoire à dormir debout qu'il lui avait racontée sur un possible retour du meurtrier sur les lieux du crime, mais ça ne changeait pas les faits.

— Et donc, fit-elle en se ressaisissant et en poussant un soupir théâtral, parce que cette femme était incroyablement résiliente, je vais perdre encore une paire de bras.

Il opina, bien déterminé à entrer dans son jeu si c'était comme ça qu'elle voulait lui dire au revoir.

— J'en ai bien peur.

— Mon faux petit ami va me manquer, déclara-t-elle avec une moue boudeuse.

Incapable de se retenir, il se pencha en avant. Il avait besoin d'être plus près d'elle.

— Tu fais semblant de rompre avec moi ?

— Oui, affirma-t-elle avec un sourire impertinent. Si je ne peux pas utiliser ton marteau, tu ne me sers à rien.

Gina n'en croyait pas ses oreilles. Qu'est-ce qu'elle venait de dire ? C'était certainement la faute du sucre. Obligé. Ça, plus les deux verres de vin qu'elle avait bus pendant la fête et la confirmation de ce qu'elle avait toujours pressenti concernant son grand-père.

Mais elle n'était pas le genre de femme à pouvoir échapper à un tel sous-entendu. Ford était tellement près que ses phéromones avaient pris le contrôle de son cerveau, ce qui n'était certainement pas possible scientifiquement. C'était cependant la seule explication qui lui venait à l'esprit pour le moment.

Elle le contempla sous ses cils. L'anticipation emplissait l'air d'électricité.

— On n'a jamais terminé ce qu'on a commencé à l'hôtel.

Mais enfin qu'est-ce qu'elle racontait ? Ce n'était pas elle. C'était une autre femme qui pensait avoir une chance avec Ford.

— On ne devrait pas faire ça.

Mais il lui prit le cannoli entamé des mains et le laissa retomber dans la boîte.

— Suis-je toujours en danger ? demanda-t-elle en posant les mains sur le premier bouton de sa chemise, qu'elle ouvrit.

Il secoua la tête en regardant ses doigts s'attaquer au bouton numéro deux.

— Non.

— Es-tu toujours en service ?

Ses mains tremblaient, mais le bouton s'ouvrit.

Elle glissa les doigts sur le troisième bouton en se demandant si elle était bourrée et possédée par une femme dix fois plus assurée qu'elle.

Tout ce qu'elle savait, c'était qu'elle ne voulait pas que cet homme quitte sa maison sans laisser s'exprimer la tension sexuelle qui bouillonnait entre eux. Certains pourraient dire que ça la rendait désespérée. D'autres préféreraient affirmer qu'elle était sûre d'elle. Elle n'en avait strictement rien à cirer. C'était sa dernière chance avec Ford et il n'était pas question de la gâcher.

Ses doigts effleurèrent le troisième bouton, mais Ford posa les mains sur les siennes pour l'arrêter. Elle retint son souffle.

— Non, je ne suis pas en service.

Ses paroles furent prononcées d'un ton rauque, ferme et plein de désir qui réveilla quelque chose au plus profond d'elle.

Il ramena les mains de Gina le long de son corps et enroula ses doigts puissants autour de ses poignets. Mais il ne la lâcha pas et ne s'éloigna pas. Il la regarda et le désir assombrit ses yeux verts.

Le cœur battant à tout rompre, elle s'abandonna aux phéromones, au sucre, au vin et au désir qui la tenait éveillée la nuit.

— Pourquoi ne finirait-on pas ce qu'on a commencé ? Et après on reprendrait le cours de nos vies. Pas d'engagement. Pas de lendemain. Juste une nuit, puis tu partiras à l'aube et voilà.

— Parce que ça ne pourra jamais être plus, déclara-t-il.

Elle ne le savait que trop bien.

— Exactement.

Pendant un instant, elle eut l'impression qu'il allait protester, mais il posa soudain les mains sur ses hanches pour l'attirer à lui et sa bouche dévora la sienne avec une intensité qui aurait dû enflammer tous les pots de peinture alignés contre le mur de la cuisine. C'était un baiser passionné, exigeant et douloureusement désespéré. Comme s'ils ne pouvaient se rassasier l'un de l'autre tout en sachant qu'ils n'avaient qu'une nuit à partager.

Il avait un goût de bourbon et de cannoli, de désir et de satisfaction – et elle en voulait plus. Elle arracha brusquement sa chemise de son pantalon, impatiente de sentir sa peau et non le coton qui la recouvrait. Il rompit le baiser avec un gémissement quand elle glissa les mains sous le tissu.

— Je veux te voir, déclara-t-il en tendant la main vers l'interrupteur.

— Non.

Impossible. Elle ne voulait pas que la lumière vive de la réalité interrompe l'instant. Elle s'empara de son bras avant qu'il ait atteint son but et l'abaissa vers sa cuisse, juste à l'endroit où le tissu s'arrêtait. L'excitation la fit frissonner et le désir tourbillonna autour d'elle, brûlant et exigeant. Elle en avait tellement envie… elle avait tellement envie de lui. Tout en contemplant son visage faiblement éclairé par la lumière tamisée en provenance de l'entrée, elle fit lentement glisser sa main plus haut, sous sa robe, à l'intérieur de sa cuisse.

— Je veux que tu me sentes.

— Tu n'imagines pas à quel point moi aussi, répondit-il en lui caressant le haut de la cuisse. Écarte les jambes.

— Comme ça ?

Elle écarta les pieds d'une largeur d'épaules.

— Pas tout à fait.

En un éclair, il lâcha sa cuisse, lui donnant envie de hurler de frustration, et posa les deux mains sur sa taille.

— Tiens-toi bien.

Elle obéit, les mains sur ses épaules, et il la souleva pour l'asseoir sur le plan de travail. Elle était si près du bord qu'elle dut se cramponner à lui pour garder l'équilibre. Puis il glissa de nouveau les mains sur ses cuisses en repoussant sa robe rose plus haut. Un homme impatient aurait dégagé brusquement le vêtement, mais pas Ford. Il fit remonter le tissu lentement, les yeux rivés sur sa peau.

Il allait la rendre folle. Tout ce qu'elle voulait, c'était qu'il la touche et, lui, il contemplait la tache de rousseur qu'elle avait sur la rotule.

— Tu es en train de me tuer, gémit-elle en lui serrant plus fort les épaules tandis qu'il caressait en cercles l'éphélide du pouce.

Ses jambes se mirent à trembler.

— Tu n'aimes pas ?

Il repoussa un peu le tissu.

— J'ai pourtant l'impression du contraire.

Ce n'était pas qu'elle n'aimait pas. Mais avec la plupart des mecs c'était extinction des feux, vêtements arrachés puis *show time*, et pas cette lenteur exquise qui la liquéfiait et durcissait ses tétons sans qu'il les ait même effleurés. Aimer ? Ce que Ford était en train de faire était carrément addictif.

— Il faut croire que je suis habituée à des baises rapides.

Il cessa ce qu'il était en train de faire et son regard remonta de ses jambes nues à son visage. Le désir qu'elle lut dans ses yeux était si intense qu'elle dut détourner la tête.

Il s'empara de son menton pour l'obliger à le regarder en face. Si elle croyait qu'il était intense avant, ce n'était rien comparé à maintenant.

— Je ne suis pas comme les autres mecs.

Elle secoua la tête en signe d'assentiment. Elle avait perdu la capacité d'articuler le moindre mot.

— J'ai besoin de te l'entendre dire, gronda-t-il. Dis mon nom.

— Ford.

Elle le souffla comme une supplication. C'en était vraiment une : elle était sur le point de se consumer.

— C'est bien. Je vais te faire jouir tellement fort, Gina Luca, que tu te souviendras de mon nom quand tu auras cent ans et que tu auras oublié le tien.

Il laissa retomber la main sur ses cuisses qu'il écarta largement, faisant remonter l'ourlet de sa robe.

— Et maintenant tu vas lever ton joli petit cul pour moi.

L'idée de protester ne lui vint même pas. Son corps tout entier palpitait d'excitation et, entre ses jambes, le désir grandissait chaque fois qu'il la touchait. Elle ôta les mains de ses épaules pour les poser sur le comptoir derrière elle, souleva les fesses et s'aida des paumes pour garder l'équilibre lorsqu'il glissa les doigts sous sa robe – il y avait quelque chose de follement érotique à voir ses grandes mains disparaître sous ce qui était à présent une jupe très courte.

Son cœur battait la chamade tandis que ses mains remontaient le long de ses cuisses : il glissa les pouces dans l'élastique de sa culotte et la fit descendre brusquement. Elle faillit fermer les yeux en sentant l'air frais sur ses replis humides, mais elle résista et en fut ravie : elle put ainsi admirer l'expression exaspérée, presque comique, de Ford quand il fit descendre sa culotte en dentelle noire le long de ses jambes.

Il poussa un gémissement et secoua la tête en roulant la lingerie en boule dans son poing.

— Ce foutu truc m'a tourmenté.

Elle ne comprenait pas de quoi il parlait.

— Ma culotte ? demanda-t-elle en s'asseyant de nouveau sur le plan de travail, sa robe étalée sous les fesses.

Il regarda le petit morceau de tissu comme si c'était la réponse à une question qui l'avait rendu fou.

— L'idée que tu portes ce bout de dentelle a été l'une des choses qui m'ont tenu éveillé la nuit, et je te l'ai enfin enlevée, après avoir longtemps échafaudé un scénario sur ce qui se passerait ensuite.

Bon sang. Oui. Elle n'en était pas sûre au début, mais elle aimait vraiment la tournure que prenaient les choses.

— Et quel était ce scénario ?

— Tu crois que je n'en ai imaginé qu'un ?

Il lui adressa ce demi-sourire qui la mettait toujours hors d'haleine.

— Remonte ta robe.

Il n'y avait pas grand-chose à remonter, mais elle obéit.

— C'est ça que tu voulais ? Ou ça ? demanda-t-elle en écartant largement les jambes.

Le grondement par lequel il lui répondit éveilla en elle des pensées très très audacieuses.

— Oui, tout ça.

Un scénario ? Ford en avait des millions en réserve, mais une fois face au véritable objet de son désir, cette femme si mouillée qu'il sentait son excitation dans la culotte qu'il tenait toujours roulée en boule, il n'avait plus qu'une chose en tête. Les mains sur son cul, il la souleva et l'attira le plus près possible du bord. Le regard qu'elle lui lança suffit presque à le faire jouir. Il dut reculer d'un pas : il était hors de question de précipiter les choses.

— Ta robe, murmura-t-il en effleurant la peau souple de ses cuisses, si près de l'endroit qu'il voulait désespérément toucher, tout en s'y refusant. Déboutonne-la.

Elle s'humidifia la lèvre inférieure tout en posant les mains sur les boutons minuscules. Chaque fois qu'elle en libérait un, il remontait un peu les doigts sur sa cuisse.

— C'est ça. Je veux te voir en entier.

Après ce qui lui parut un million de minutes d'exquise torture – qui, en réalité, n'avait pas duré plus de vingt secondes –, sa robe rose s'ouvrit. Quelle vision. L'ourlet était remonté jusqu'à la taille, exposant son sexe luisant entre ses jambes largement écartées, et la robe dévoilait une de ses épaules et un sein, dont le téton se dressait sous la dentelle noire de son soutien-gorge. C'était une image qu'il n'oublierait jamais mais, ce qui la rendait vraiment mémorable, c'était l'expression du visage de Gina. Ses lèvres pleines étaient humides et légèrement entrouvertes, ses joues rouges de désir et son regard posé sur lui promettaient bien d'autres délices.

Il n'avait jamais vu une femme aussi belle de toute sa vie.

— Tu ne vas pas te défiler, hein ? demanda-t-elle en repoussant la coque de son soutien-gorge pour faire jaillir son sein. Des promesses ont été faites.

Elle fit rouler le téton entre son pouce et son index puis le pinça et le titilla.

— Il a été question d'un orgasme renversant que je n'oublierais jamais.

Elle lâcha son sein et fit glisser sa paume sur son ventre en direction des boucles sombres de son entrejambe.

— Ou faut-il que je m'en occupe moi-même ?

Le désir explosa en lui. La regarder se masturber était plus qu'il ne pouvait supporter. Il plongea entre ses jambes, écarta ses replis des doigts et la goûta. Elle gémit et agita les hanches tandis qu'il la léchait tout en jouant avec son clitoris gonflé. De haut en bas, un cercle à gauche, un cercle à droite, il prenait son temps, appréciant la moindre de ses réactions, la façon dont son corps se raidissait quand il faisait quelque chose qu'elle aimait, et son cri quand il faisait quelque chose qu'elle adorait. Elle était magnifique et il ne pouvait assouvir la faim qu'il avait d'elle, alors il continua, lentement, la menant au bord de l'orgasme. Là, il l'y maintint, en proie à une extase terrible.

— Oh, bon sang, Ford !

Le désespoir passionné de sa voix réveilla en lui l'homme des cavernes, celui qui voulait qu'elle se souvienne de ce moment à jamais. Il glissa deux doigts dans sa fente humide, puis les recroquevilla en les retirant. Ses cuisses frémirent contre ses oreilles et elle attrapa ses cheveux pour le maintenir exactement où elle le voulait.

— C'est ça ! s'exclama-t-elle. Juste là. T'as pas intérêt à t'arrêter.

Ça ne risquait pas d'arriver, pas alors qu'elle était si près de jouir qu'elle lui tirait les cheveux à le rendre chauve. Il la lécha encore une fois, la suça, caressa la peau tout près de l'entrée de son vagin et elle jouit en criant un *oui* si fort qu'il l'entendit, même si sa tête était prise entre ses cuisses serrées qui assourdissaient les bruits.

Quand il se leva et la vit redescendre de son orgasme dont il sentait toujours le goût sur ses lèvres, il se dit que tout ça en valait vraiment la peine.

C'était une vision phénoménale. Et la nuit ne faisait que commencer.

Gina aurait dû renoncer à réfléchir, parce que son cerveau était un énorme tas de bouillie – une bouillie très heureuse, très repue et boostée à la dopamine. Lorsque le monde redevint net, elle éclata de rire. Debout devant elle, Ford était totalement échevelé – *oups* – et il arborait une expression de fierté si arrogante qu'elle se mit en tête d'y remédier immédiatement sous peine qu'il devienne insupportable.

— Dis-moi que tu as une capote.

Son expression passa de je-suis-l'étalon-de-la-semaine à je-suis-l'étalon-de-l'année. *Les hommes…* Il attrapa son portefeuille dans la poche arrière de son pantalon et en sortit un préservatif.

Elle sauta à bas du plan de travail en espérant que ses jambes en coton la porteraient, et lui arracha le petit carré des mains.

— Enlève ton pantalon et assieds-toi.

Il leva un sourcil interrogateur, mais il était bien trop heureux pour protester. Il ôta son pantalon et posa son joli cul sur une chaise.

— Je suis à ta merci, déclara-t-il en suivant le moindre de ses gestes de son regard fiévreux.

Toujours sous l'effet de son orgasme, elle envisagea de le faire mariner un peu. Après tout, ce n'était pas tous les jours qu'un homme tel que lui était assis à moitié nu dans sa cuisine. Cependant, la tentation qu'il représentait était bien meilleure que la satisfaction de la faire traîner.

Elle acheva d'ôter sa robe, dégrafa son soutien-gorge qu'elle laissa tomber sur le sol puis se dirigea vers la chaise, seulement vêtue de ses escarpins. Elle déchira l'emballage du préservatif et le déroula sur son sexe raide et chaud. Le petit cri qu'il retint quand elle le toucha transféra le sourire je-suis-le-coup-de-la-semaine du visage de Ford à celui de Gina, mais elle, au fond, elle n'y accordait aucune importance. Ils pouvaient partager le titre. Elle était du genre généreuse.

Aussi, quand elle posa les mains sur ses épaules, s'assit à califourchon sur lui et glissa son sexe en elle, c'était pour tous les deux. Bon, d'accord, à la seconde où elle entra en contact avec son gland, tout changea et ce ne fut plus que pour elle, parce qu'elle sortait d'une longue période de disette et qu'elle ne coucherait qu'une fois avec lui, mais elle avait quand même l'intention de ne pas penser qu'à elle.

Elle déplaça les mains sur le dossier de la chaise afin d'éviter de lui enfoncer les ongles dans la chair et de lui laisser des marques malgré la chemise – *mauvaise organisation de votre part, mademoiselle Regina Je-donne-des-ordres* – et fit entrer entièrement son sexe en elle.

— Oh, putain, Gina, c'est bon, lâcha-t-il, moitié gémissant, moitié grondant, tout en s'emparant de ses hanches.

Il n'avait pas tort du tout. C'était super bon. Elle se balança en avant, pivota un peu pour changer d'angle tout en le baisant

– parce que c'était exactement ça, *une baise sans retenue*, le genre qui n'arrivait que quand elle ne s'inquiétait pas de l'expression bizarre qui pouvait bien déformer son visage, ni de l'aspect de son ventre, ni des bruits étranges que produisait son corps.

Elle était trop submergée par les sensations pour remarquer que rien de tout ça ne l'effleurait quand Ford la touchait. Ils *étaient*, c'est tout. Plus tard, elle analyserait tout ça, mais pas maintenant, pas alors que l'homme sur qui elle avait passé la semaine à fantasmer émettait ce grondement rauque qui agitait son minime – en ce moment, mais aussi chaque fois qu'elle était en présence de Ford – sang-froid.

Il attrapa sa nuque et l'attira à lui pour l'embrasser. Son corps répondit *oh oui, oh oui* lorsque sa langue s'empara de sa bouche dans un baiser renversant qui lui fit penser que, l'oxygène, c'était surfait.

Le plaisir la transperça et fit vibrer la moindre parcelle de son corps. Chaque caresse de sa langue, chaque ondulation de ses hanches l'intensifiait, jusqu'à ce qu'elle n'en puisse plus. Elle sentit son vagin se contracter et exploser en même temps, et son orgasme la submergea telle une vague. Elle rompit le baiser et renversa la tête, son nom sur les lèvres.

Il agrippa de nouveau ses hanches. Il la souleva et l'abaissa dans une série de coups de reins brefs et brusques avant de jouir avec un gémissement sourd.

Des minutes, des heures, des jours plus tard, le cerveau de Gina se remit à fonctionner.

— Waouh.

Le rire épuisé de Ford effleura son épaule nue.

— Je suis d'accord.

Ils restèrent un moment sans bouger jusqu'à ce que la réalité de la situation se rappelle à eux. Ils se levèrent. Ford jeta le préservatif et elle ramassa ses vêtements, puis il la suivit dans sa chambre, jusqu'à son grand lit confortable qui lui parut beaucoup plus petit une fois Ford allongé dessus.

Il lui raconta ce que ça faisait d'être le plus petit garçon de sa fratrie. Elle lui expliqua ce que c'était que d'être la plus grande fille de sa classe. Ils rirent et échangèrent d'autres histoires avant de s'endormir blottis l'un contre l'autre. Un peu avant l'aube, Ford la réveilla en embrassant la partie de son cou qui faisait vibrer tout son corps et ce baiser les conduisit à d'autres ébats avant que le sommeil ne s'empare de nouveau d'eux. Et une fois que le soleil se fut vraiment levé ?

Ford fit ce qu'elle lui avait demandé plus tôt et s'en alla après l'avoir embrassée pour lui dire au revoir.

Et, songea-t-elle, c'était fini.

11

Le mardi soir, c'était soirée Peinture et Picole avec les copines. À l'exception de la semaine précédente pendant laquelle elle avait été virtuellement assignée à domicile/sous protection policière/prisonnière de la maison du désir, Gina n'en ratait jamais une. Ce soir, cependant, elle faillit se défiler, mais cette annulation aurait soulevé plus de questions qu'elle ne voulait fournir de réponses, aussi enfila-t-elle sa culotte en coton moche – pas la petite en dentelle noire – et gagna-t-elle l'atelier d'artiste au-dessus du magasin de bricolage sur Evanston Avenue, juste à côté du Marino's Sports Bar. Elle s'était dit que c'était la meilleure option, enfin jusqu'à ce qu'elle se retrouve face aux deux femmes qui la connaissaient le mieux.

— Tu as l'air différente.

Lucy inclina la tête et la dévisagea des pieds à la tête tout en sirotant son rosé.

— Qu'est-ce que tu as fait ? Est-ce que « je suis plongée jusqu'au cou dans les travaux de restauration de ma maison » était un code pour « j'ai enfin fini à poil avec un grand ténébreux incroyablement doué de la langue » ?

Gina se retint de vérifier son reflet dans le miroir derrière le bar où Larry, le propriétaire, servait le meilleur vin bon marché dans de petits gobelets en plastique. Avait-elle vraiment l'air différente ? Ça faisait deux jours. Ses amies ne pouvaient certainement pas voir la trace de suçon à la base de son cou.

Aussi discrètement que possible, elle rajusta l'encolure de son T-shirt.

— Je ne sais pas de quoi tu parles.

Lucy n'eut pas l'air convaincue. Elle arbora une expression encore plus soupçonneuse et scruta Gina derrière ses lunettes à monture rouge vif avant de se tourner vers le troisième membre de leur trio.

— Tu la crois, Tess ? Parce que moi pas du tout.

Gina se tourna vers Tess à son tour.

La petite fleuriste aux cheveux auburn n'hésita pas un instant.

— Non.

— Eh bien, je suis navrée de vous gâcher votre petit film, mais je n'ai rien à raconter.

C'était un mensonge en bonne et due forme mais, comme elle ne reverrait plus jamais Ford, pourquoi en parler ?

— Qu'est-ce qu'on peint ce soir ?

Lucy baissa les yeux vers l'encolure de Gina.

— Des cochons en train de se noyer dans l'océan.

— Intéressant, fit Gina en s'asseyant devant une des grandes toiles sur lesquelles étaient esquissées quelques lignes au crayon.

Tess et Lucy échangèrent un regard signifiant « elle se fout de nous » et la rejoignirent.

— Menteuse. Ce n'est pas intéressant, c'est complètement grotesque. Même Larry n'aurait pas pu imaginer quelque chose d'aussi ridicule.

Lucy pivota vers Larry et lui adressa un signe de main enthousiaste avant de s'asseoir.

— Ne le prends pas mal, Larry.

L'homme dégarni qui portait un tablier maculé par plusieurs années de peinture séchée et sur lequel était écrit « *Stay Weird* » se contenta de lever les yeux au ciel. Depuis deux ans que les trois filles se retrouvaient là tous les mercredis, il avait appris à supporter les manières effrontées de Lucy, ou du moins à faire semblant.

Tess s'assit devant la toile à côté de Gina, posa son gobelet de vin près de ses pinceaux et un deuxième près de la dernière toile de leur rangée. Gina était trop occupée à se demander pourquoi Tess avait doublé son quota pour se rendre compte qu'elle était attaquée. Trop tard.

Lucy agrippa son T-shirt et tira juste assez sur l'encolure pour dévoiler le suçon laissé par Ford. Elle poussa un cri triomphal.

— Je savais bien que tu n'étais pas uniquement occupée par tes travaux la semaine dernière ! Tu as couché avec un mec. Enfin !

Gina se força à prendre une gorgée mesurée de son rosé alors qu'elle avait envie de se descendre la bouteille. La soirée Peinture et Picole n'était pas l'endroit rêvé pour ce genre de conversation.

— C'était le mec du mariage, devina Tess avec un petit cri.

— Oh, bon sang, dis oui. Dis que c'était le type du mariage, parce qu'il avait l'air super sexy.

— Qui avait l'air sexy ? demanda une voix féminine derrière elles.

Gina pivota et faillit tomber de son tabouret. Le gobelet glissa de ses mains, mais elle parvint à le rattraper à temps. Un peu de rosé éclaboussa le devant de son T-shirt : pourquoi ne subir qu'une humiliation quand on peut avoir droit à une deuxième gratuite ? C'était la version malaisante de l'univers du « un deuxième gratuit pour un acheté ».

— Ah, te voilà, Fallon, déclara Tess en lui adressant un grand sourire. Lucy et Gina, je vous présente Fallon Hartigan. C'est l'infirmière des urgences qui m'a aidée à retrouver mon chemin quand je me suis perdue pendant mes livraisons à l'hôpital l'autre jour. On a commencé à parler du gros merdier qu'est la drague de nos jours et, croyez-moi, elle fait partie du club – célibataire et fière de l'être.

Gina ne prit même pas la peine de souhaiter que le sol s'ouvre sous ses pieds pour mettre fin à son calvaire. C'était trop tard pour ça. La catastrophe se précipitait vers elle comme un bus aux freins cassés. Cette fois, elle ne pourrait pas se sortir du guêpier. Elle allait s'écraser comme un insecte sur le pare-brise de la vie.

— Ravie de te rencontrer, Lucy. Gina, fit Fallon en s'asseyant à son tour. Parle-moi du mec sexy.

Et merde. Gina avala son verre d'un trait. Elle allait en avoir besoin.

— Oh ! c'est un mec qu'elle a rencontré au mariage qu'elle a organisé l'autre week-end, expliqua Tess, le visage brillant d'excitation. Elle s'est retrouvée sur la KissCam devant tout le monde avec un flic ultra-canon. Moi, j'aurais été morte de honte, mais elle l'a embrassé. Comment il s'appelle déjà, Gina ? Il a un nom de bagnole.

— Ford, répondirent en chœur Gina et Fallon.

Sauf que Gina le dit avec résignation et Fallon avec un peu de surprise.

Un silence pesant s'abattit sur le petit groupe. Lucy et Tess regardèrent tour à tour Gina et Fallon. Puis elles rapprochèrent leurs tabourets. Elles durent remarquer quelque chose dans l'expression de Gina, parce que Tess lui tendit son gobelet plein de rosé sans un mot.

Lucy se concentra sur Fallon.

— Tu le connais ?

— C'est mon frère, répliqua-t-elle en lançant à Gina un regard qui affirmait clairement qu'elles en discuteraient plus tard.

Tess poussa un petit cri. Gina avala d'un trait la moitié du gobelet en espérant qu'avec un peu de chance il serait empoisonné. Ce n'était pas du tout comme ça qu'elle espérait que la soirée se déroulerait. « Viens à la soirée Peinture et Picole, on va bien s'amuser », avaient-elles dit. Oui, bien sûr. C'était plutôt une mortification totale. Au moins, elle n'avait pas avoué à ses amies qu'elle avait couché avec Ford cette semaine – même s'ils ne s'étaient pas beaucoup allongés. Certains muscles dont elle ignorait l'existence étaient encore un peu courbatus.

Lucy éclata bruyamment de rire et battit des mains, ravie.

— Tu as couché avec son canon de frère ?

Larry leur lança un regard meurtrier et certaines clientes se tournèrent vers elles avec curiosité.

— Quoi ? Beurk. Non. Ne m'en dis pas plus, déclara Fallon en se bouchant les oreilles. Entendre que vous trouvez mon coincé de frère sexy est déjà assez terrible, je ne veux absolument pas savoir comment il est au lit.

— Encore faudrait-il qu'ils aient eu le temps d'atteindre un lit, lança Lucy dans ce qu'elle croyait être un murmure mais qui, en réalité, était un ton normal pour le commun des mortels.

Deux taches brûlantes se répandirent sur les joues de Gina. Ils avaient fini par atteindre un lit. Mais il était hors de question de l'annoncer au beau milieu de la soirée Peinture et Picole. C'était déjà bien assez embarrassant comme ça.

Fallon fit semblant de s'étrangler.

— Il me faut une machine à remonter le temps pour que je puisse me laisser un mot sur la porte m'empêchant d'entrer ici.

Si elle y parvenait, Gina voulait absolument en être.

— Ne t'inquiète pas, je ne détaillerai pas ce qui s'est passé.

— Donc il s'est bien passé quelque chose, insista Lucy.

Quel intérêt de nier à présent ? Lucy et Tess ne seraient pas dupes de ses pathétiques tentatives pour dissimuler la vérité. Quant à Fallon ? Elle avait assisté au brunch chez les Hartigan et, si elle n'avait pas vu de ses yeux le « presque » baiser, elle en avait probablement entendu parler. Personne dans cette famille – à part Ford – n'avait l'air du genre à savoir tenir sa langue. Autant passer rapidement sur la partie *fun* du truc et évoquer la réalité de la situation.

— Mais ça ne se reproduira pas, affirma-t-elle d'un ton plus enjoué que ce qu'elle ressentait au fond d'elle.

Tess lui pressa l'épaule, compréhensive.

— Oh ! je déteste ça.

— Ce n'est pas grave.

Si elle le répétait suffisamment, ça finirait par devenir vrai.

— Ma vie me convient parfaitement comme ça. Je n'ai pas besoin d'un homme pour être heureuse.

Cette affirmation n'était pas un mensonge. Elle possédait une maison qui finirait par être exactement comme elle le souhaitait. Elle dirigeait sa propre entreprise qui aidait les gens à célébrer leur bonheur. Elle avait des amies qui, malgré leur tendance à fourrer le nez dans ses affaires, étaient géniales. Elle avait une famille – d'accord, elle était étrange, mais c'était quand même sa famille et ils l'aimaient. Que pouvait-elle demander de plus ? Ça pourrait être chouette d'avoir quelqu'un avec qui partager le quotidien, c'était vrai, mais elle n'en avait pas besoin. Elle était très heureuse comme ça.

— Non, effectivement, renchérit Lucy en hochant la tête. Mais, un homme, ça te réchauffe les pieds la nuit.

— Je peux enfiler des chaussettes, rétorqua-t-elle.

Et elle avait bien le droit d'imaginer d'épaisses chaussettes qui sentaient le cèdre, exactement comme Ford.

— Mesdames.

La voix bizarrement grave de Larry étouffa leurs gloussements. Il se tenait devant l'assemblée, un pinceau en l'air.

— Le cours va commencer.

C'était sa façon à lui de leur dire de la fermer.

— Ce soir, notre nature morte est le rat-taupe qui prend un bain de soleil sur le canapé.

— Je retire ce que j'ai dit, murmura Lucy de sa voix sonore. Il pourrait totalement nous proposer de peindre un cochon en train de se noyer.

Mardi, la boîte de baume à lèvres à la javel qui trônait sur le bureau de Ford au commissariat fut remplacée par un nouveau genre de cadeau. Il trouva sur sa pile de dossiers un sac en papier kraft dans lequel on avait découpé deux trous pour les yeux. Ford l'examina. Les enculés avaient poussé le bouchon jusqu'à dessiner une bouche féminine aux lèvres ouvertes par un coup de ciseau. Une rage soudaine et brûlante monta en lui et il croisa le regard de Gallo et de Ruggiero qui le surveillaient.

— Vous ne sauriez pas qui a laissé ça là, par hasard ?

Sans chercher à dissimuler la colère qui lui dévorait les entrailles, Ford s'empara du cadeau prétendument drôle, le roula en boule et le balança dans la poubelle.

Gallo lui sourit de toutes ses dents de branleur en secouant la tête.

— Non, mais on dirait bien que ça touche un point sensible, pas vrai, Tony ?

— Probablement une réaction post-traumatique après sa dernière mission, répondit Ruggiero d'un ton faussement sincère. On pourrait croire qu'après tous les périls encourus il aurait au moins rapporté un renseignement valable.

— C'est vrai. Mais ne sois pas trop dur avec lui. Ça a été certainement très difficile pour lui de protéger sa vertu.

Il voyait clair dans leur jeu. Le duo de merdeux avait été convoqué quelques heures plus tôt dans le bureau du capitaine et avait subi un savon tellement sonore que toute la brigade aurait pu prendre des notes. La pression des résultats était de plus en plus forte et l'unité opérationnelle de lutte contre le crime organisé n'avait rien d'autre à se mettre sous la dent que la date de la livraison de l'héroïne. Sans un horaire et un lieu, cette information ne servait à rien.

Ford avait passé les deux derniers jours à interroger des indics, à localiser les propriétaires des entrepôts des quais, et à faire tout ce qui lui était venu à l'esprit pour dénicher le renseignement dont ils avaient besoin. Gallo et Ruggiero aussi avaient battu le pavé.

Et ils n'avaient strictement rien trouvé.

Il était donc possible que les deux inspecteurs s'en prennent à lui parce qu'ils étaient frustrés. Mais ça n'excusait rien. Ford était furieux contre eux.

— C'est quoi, votre problème ? demanda-t-il en se dirigeant vers le bureau de Ruggiero, sur le coin duquel Gallo était perché. Le capitaine vous a fait un nouveau trou de balle parce que l'unité opérationnelle n'arrive à rien ? Vous aimeriez bien que ce soit à cause de l'échec de ma mission, mais ça fait des mois que vous dirigez les opérations et des années que vous êtes sur le cas Esposito.

Le silence s'abattit sur l'*open space*. Même l'assistante administrative cessa de pianoter sur son clavier. Gallo devint tellement rouge que Ford se demanda s'il n'allait pas faire un arrêt cardiaque.

— Tu ne sais pas de quoi tu parles, Hartigan.

Il se leva et avança d'un pas qu'il croyait certainement menaçant.

— Peut-être que, si les petits branleurs dans ton genre faisaient leur boulot, on aurait de quoi coffrer ces bâtards. Au lieu de ça, on a eu droit à une histoire merdique pour nous expliquer que Tronche-de-Cake ne sait pas ce que ses frangins mijotent.

Le silence qui régnait sur l'*open space* disparut aussitôt.

— Comment tu viens d'appeler Gina ?

— Tronche-de-Cake.

Gallo bomba le torse et fit deux pas en avant d'un air suffisant avant de s'immobiliser un peu trop près de Ford.

— Pourquoi, tu préférerais Cageot ?

— T'as intérêt à la fermer, Gallo.

Et lui avait intérêt à se rappeler que les adultes ne frappaient pas leur supérieur hiérarchique. Sans compter que Ford n'était pas l'Irlandais impulsif de base. Il aimait la loi et l'ordre. Il était sur le point de tourner les talons et de s'éloigner lorsque Gallo enfonça l'index dans sa poitrine.

— Ah bon ? Sinon, quoi ? Je suis le chef de cette unité. Tu ferais bien de t'en souvenir, de poser ton cul sur une chaise et d'obéir aux ordres, si tu ne veux pas te retrouver de nouveau en mission chez Tronche-de-Cake.

Le poing de Ford s'abattit sur le nez de Gallo avant qu'il ait eu le temps de se rendre compte qu'il l'avait balancé. Gallo trébucha en arrière mais, comme le bon flic costaud qu'il était, il ne perdit pas l'équilibre. Il laissa échapper un rugissement furieux et se rua sur Ford.

Gallo était plus vieux et mettait des prévenus derrière les barreaux depuis bien avant que Ford ne rêve d'entrer à l'académie de police, mais les beignets et la paresse avaient accompli leur œuvre. Ford l'esquiva sans problème, pivota sur le talon et lui asséna un uppercut du droit qui atterrit sur sa pommette et le fit vaciller dans ses chaussures à semelle de caoutchouc pointure 41.

Gallo brandit le poing, mais Ruggiero le maîtrisa avant qu'il ait eu le temps de frapper. Personne ne s'attaqua à Ford. C'était inutile. La fureur meurtrière qui se lisait sur le visage de Gallo, que son partenaire retenait, suffit à le ramener à la raison. Il avait pété un plomb et cogné son supérieur – et enfreint par là même une dizaine de règles. Ford ne perdait *jamais* son sang-froid. Mais cette fois-ci, si, et il avait tenté d'arracher la tête de son chef.

Pourtant, de manière surprenante, il ne regrettait rien.

— Ford. Gallo.

Le cri du capitaine transperça le chaos.

— Dans mon bureau immédiatement.

12

Ford accepta la bière que Frankie lui tendait alors qu'il faisait les cent pas devant le bureau de son frère. La colère et l'adrénaline couraient toujours dans ses veines et ses pas étaient vifs. Frankie le regardait aller et venir d'un air amusé.

— Merde alors, M. Réglo a été suspendu.

Frankie s'empara de son téléphone et se mit à pianoter.

— Je suis obligé de divulguer cette information sur notre groupe de chat familial.

Le ventre noué par l'agacement, Ford pivota sur lui-même pour lancer un regard noir à son frère.

— C'est tout ce que tu retiens de cette histoire, que je suis mis à pied avec salaire pour une semaine ? Et pas que le connard qui a laissé ces conneries sur mon bureau et s'est comporté comme un enculé irrespectueux n'a pris que trois jours ?

— Si, j'ai bien compris, répondit son frère tout en s'asseyant dans l'un des fauteuils Adirondack qu'il avait été obligé de repeindre en vert fluo avec des pois jaunes après avoir perdu un pari avec Finian. Et j'ai aussi très bien saisi que tu étais carrément fou de cette nana.

— Tu as inhalé trop de fumée lors du dernier incendie ou quoi ? Tu perds la tête.

C'était totalement ridicule. Gina était drôle, intelligente et, oui, la fréquenter l'avait transformé en adolescent en rut, mais ça ne signifiait pas pour autant qu'il voulait plus que l'aventure d'un soir – qui avait été phénoménale – qu'ils avaient appréciée tous les deux.

— Je ne suis pas carrément fou d'elle.

— Hmm, répondit Frankie en recommençant à taper sur le clavier de son téléphone. Mais bien sûr.

Le portable de Ford vibra, mais il était hors de question qu'il prenne connaissance des messages. Le débile était en train de textoter sous ses yeux en lui souriant comme s'il se prenait pour un psy dans une émission télévisée, prêt à résoudre tous les problèmes de Ford.

Furieux ? Moi ? Pas du tout, depuis que je suis parti de chez Gina aux petites lueurs de l'aube, merci beaucoup.

— Qu'est-ce que tu veux dire ? demanda Ford en s'asseyant dans l'autre fauteuil immonde et en avalant une longue gorgée de bière.

— Eh bien, monsieur l'inspecteur, en utilisant l'information que vous m'avez livrée en plus de mes dons d'observation, j'ai remarqué que vous ne pouviez pas vous empêcher de mater votre – il forma des guillemets avec les doigts – « juste amie » qui vous lançait des « coucou, beau gosse » pendant le dîner familial. Vous avez ensuite défendu son honneur au point de briser la loi 946 du règlement de la police en essayant de mettre un pain à votre supérieur hiérarchique. Donc, en enfilant mon chapeau de Sherlock Holmes, j'en ai déduit que Gina Luca vous faisait bander grave.

Le téléphone de Frankie vibra dans sa main et il baissa les yeux.

— Felicia est d'accord avec moi et, comme c'est la seule de nous tous à être en couple, ça veut dire que j'ai raison à cent pour cent.

Ford détourna les yeux vers la cour immaculée.

— T'es vraiment bête.

— Pas quand il est question de femmes.

Frankie avait peut-être effectué plusieurs fois le tour des célibataires de Waterbury, ça ne faisait pas de lui un expert en relations.

— Si c'est le cas, alors pourquoi Felicia est-elle la seule à être casée ?

— Tu plaisantes ?

Frankie agita les mains le long de son corps comme une présentatrice de jeu télévisé exhibant un prix.

— Tu veux que j'interdise l'accès à toute cette *sexytude* de pompier roux aux femmes de Waterbury ? Je ne suis pas cruel à ce point.

Ford ne put s'empêcher d'éclater de rire. Même quand il était d'une humeur massacrante, l'absence de modestie bon enfant de Frankie lui remontait toujours le moral. Cet homme était une vraie menace pour les femmes de Waterbury. Comment il parvenait à rester ami avec quatre-vingt-dix-neuf pour cent des nanas avec qui il couchait était un mystère pour Ford.

Il ne parvenait même pas à obtenir que Gina lui téléphone. Cependant, il ne l'avait pas appelée non plus.

Il ne pouvait pas faire le premier pas. Mais, si elle lui passait un coup de fil, ce serait une autre histoire. Dommage qu'elle ne l'ait pas fait. Et elle ne lui avait pas dit non plus ce qu'elle pensait, après ce qui s'était passé entre eux. Et voilà qu'il était coincé à se tourner les pouces pendant une semaine.

— Qu'est-ce que je vais faire ?

Frankie le regarda comme s'il avait deux têtes, chacune dépourvue de cerveau.

— Dis-lui qu'elle te plaît.

— Je ne te parle pas de Gina.

Il ne pouvait rien entreprendre, ils le savaient très bien tous les deux. C'était certainement pour ça que cette histoire avait pris plus d'importance que ça n'en avait réellement et qu'il pensait à elle tout le temps.

— Qu'est-ce que je vais faire pour la mise à pied ?

Frankie haussa les épaules.

— Je n'en sais rien, mec. J'aime deux choses au monde, qui commencent toutes les deux par la lettre *n* – niquer les incendies et niquer les meufs.

Ford ricana.

— Très classe.

— Peut-être pas, mais je suis honnête sur qui je suis et ce que je veux.

Son frère posa un regard très peu « Frankie » sur lui.

— Tu devrais essayer.

Pas besoin de travail d'investigation pour comprendre le sens de ce conseil. Ford avala une gorgée de bière et essaya de retourner le problème dans tous les sens. En vain. Il y avait les gentils et les méchants. Les flics et les voleurs. Les deux ne se mélangeaient pas.

— Son grand-père était Tommy Gros Nez. Ses frères sont Rocco et Paul Luca.

— Et alors ?

— Je suis flic.

Il ignorait comment lui expliquer plus clairement que leur relation était impossible.

— Es-tu en train de me dire que l'organisatrice de mariage qui rougit chaque fois que tu poses les yeux sur elle appartient à une famille de mafieux et qu'elle arrondit ses fins de mois en jouant les hommes de main ?

Frankie n'essayait même pas de dissimuler à quel point l'idée lui paraissait hilarante. Quand il acheva sa phrase, il tentait de se retenir de rire tellement fort que ses épaules étaient secouées de tremblements.

— Non, espèce de petit malin. Elle n'a rien à voir avec eux.

— Je vois, reprit Frankie avant de boire une longue rasade de bière. Et, donc, pourquoi ton foutu job t'empêche de passer du bon temps avec une femme à qui tu plais ?

Dit comme ça, c'était effectivement ridicule, mais Frankie ne pouvait pas comprendre.

— Les inspecteurs sont censés être irréprochables et suivre certaines règles quant à leurs fréquentations.

— Et les organisatrices de mariage sont sur la liste des gens que vous avez interdiction de fréquenter ? Je comprends pourquoi le taux de divorce chez les flics est aussi élevé.

Ce n'était pas ça du tout et son frère le savait pertinemment.

— Va te faire foutre, Frankie.

Ce dernier éclata de rire.

— Moi aussi, je t'aime, mec.

Après ça, la conversation dévia sur les Ice Knights et sur le transfert merdique qu'ils avaient effectué en récupérant Zach Blackburn. Le défenseur qui répondait au sobriquet du Hooligan de Harbor City avait fait tellement de conneries pendant la saison – et contribué au fait que son équipe ne s'était pas qualifiée pour les *playoffs* – que le *Post* venait de lui décerner le titre de l'homme le plus haï de la ville.

Lorsque Ford acheva sa bière et reprit sa voiture pour rentrer chez lui, il ne pensait plus du tout à Gina. Il comprit d'autant moins comment il se retrouva devant chez elle à se demander si elle lui ouvrirait s'il sonnait.

Gina devait vraiment arrêter de contempler le canapé du salon sur lequel étaient posés la couverture des Ice Knights parfaitement pliée et l'oreiller que Ford avait utilisé. Ça devenait flippant.

Il fallait qu'elle entre dans la pièce, les ramasse et les range dans le placard. Vraiment.

Mais, au lieu de ça, elle fit demi-tour, se dirigea vers la porte d'entrée et s'empara de l'arrosoir pour s'occuper des plantes de la terrasse. Elle ouvrit la porte et se figea. Ford se tenait en bas des marches du perron, super canon pour un mec qui avait l'air d'hésiter entre les gravir ou tourner les talons. Elle connaissait bien ce sentiment. Son cœur battait à cent à l'heure, mais ses pieds ne bougeaient pas d'un millimètre.

— Salut, parvint-elle enfin à dire. Je ne m'attendais pas à te revoir.

Pourquoi, non mais pourquoi n'avait-elle pas eu le temps de se laver les cheveux ce matin ? Elle avait ramené ses boucles indisciplinées en chignon sur le haut de sa tête, mais des mèches échappées s'étaient prises dans son gloss. Si on ajoutait à ça son jean élimé et son T-shirt proclamant qu'elle n'aimait pas le matin, elle n'était pas au meilleur de sa séduction.

Le lent sourire en coin qui lui coupait le souffle étira les lèvres de Ford.

— Je ne m'attendais pas à me retrouver là.

Voilà qui faisait retomber un peu le vent dans ses voiles métaphoriques.

— Qu'est-ce que tu fiches ici, alors ?

Il se passa la main dans les cheveux et, comme c'était lui, ils se remirent aussitôt parfaitement en place.

— Je voulais te voir.

Bim ! Elle était de nouveau en train de chanceler au bord de quelque chose de fantastique. Pourquoi lui infligeait-il ça ? À cause de lui, elle se sentait à la fois excitée, effrayée, nerveuse, brillante – oui, ça avait l'air débile, mais c'était vrai – et à l'aise. Elle ne comprenait pas pourquoi, de la même manière qu'elle ne saisissait pas ce qu'il faisait sur son perron après la décision qu'ils avaient prise de ne plus se voir.

Il monta les deux premières marches, la main sur la rampe poncée depuis peu, son regard vif rivé sur elle.

— Je peux te poser une question ?

S'il y avait bien un moment dans sa vie où elle aurait aimé être Rizzo, dans *Grease*, c'était celui-là. Posséder sa confiance, sa bravade et ses ovaires. Mais elle serait à jamais Frenchie, le faire-valoir maladroit. Elle le savait. Pourtant, elle alla quand même puiser au plus profond d'elle-même sa Rizzo intérieure *badass*.

— Ça dépend de ce que tu veux savoir.

— Est-ce que tu es mêlée à des trucs illégaux ?

C'était la dernière chose qu'elle s'attendait à entendre. Et c'était une question tellement grotesque qu'elle éclata de rire.

— Je conduis trop vite. Ça compte ?

Ford ne rit pas. Il serra même davantage les dents.

— Pas de paris clandestins, pas de messages indiquant une livraison ni de sale boulot ?

— Je ne sais même pas de quoi tu parles.

Elle secoua la tête. Elle organisait des mariages et, le seul moment où son travail devenait du sale boulot, c'était quand une mariée lui prenait la tête.

— Pourquoi toutes ces questions, Ford ?

L'entêté qu'il était ne répondit pas. Mais il bondit par-dessus les trois dernières marches et se dirigea vers elle, juste sur le gros X rouge que Juan avait inscrit sur le sol afin de savoir quelles lames il fallait remplacer.

— Attends, Ford, attention aux…

Trop tard. Le plancher branlant qui avait toujours l'air sur le point de céder s'écroula. Il y eut un craquement suivi d'un bruit sec puis d'un fracas et Ford se retrouva coincé jusqu'aux hanches dans le trou.

— Oh, mon Dieu, hurla Gina en laissant tomber son arrosoir qui rebondit une fois avant de se renverser et de déverser toute l'eau qu'il contenait sur Ford. Tu es blessé ?

Il baissa les yeux vers les planches qui l'entouraient ; quelques-unes en se brisant avaient formé des angles pointus, mais aucune n'était assez près pour lui faire mal.

— Je suis un peu écorché, mais rien de grave. On dirait que les cassures sont nettes. Ne t'approche pas. Je ne veux pas que tu tombes à ton tour.

Il posa les mains sur les planches les plus proches de lui, mais elles se mirent à craquer aussitôt qu'il eut fait peser son poids dessus. C'était mal barré. Plus il essayait de se dégager, plus la situation empirait. On aurait dit que sa maison voulait l'avaler.

— Je vais demander de l'aide, annonça Gina en sortant son portable de sa poche arrière d'une main tremblante.

Ford continuait à examiner la situation.

— À qui ?

— Aux pompiers, répondit-elle en cherchant le numéro pour les cas qui n'étaient pas des urgences. Ils ont libéré mon cousin qui s'était coincé la tête entre deux balustres de la rampe d'escalier chez mamie.

— Ne compose pas ce numéro, ordonna Ford d'un ton sec. Je préfère passer le reste de ma vie dans ce trou plutôt que de te voir les appeler.

— C'est absurde.

Ce n'était pas une remarque rhétorique. C'était vraiment absurde. Si elle ne l'avait pas vu tomber, elle aurait supposé qu'il s'était cogné la tête et que c'était pour ça qu'il délirait.

La veine sur la tempe de Ford pulsait et il serra les dents avec tant de force que ses muscles saillirent. Ignorant sa remarque, il testa la solidité des lames à portée de main ; elles vacillèrent toutes. Il finit par pousser un soupir frustré.

— Mes frères et mon père sont pompiers. S'ils me sortent de ce trou, je n'ai pas fini d'en entendre parler. Ils prendront des photos avant de me secourir. Ils téléphoneront à ma mère pour qu'elle puisse assister au sauvetage en FaceTime. Je pourrais tous les délivrer des griffes d'un tueur en série qu'ils raconteraient encore la fois où ils m'ont ramassé dans un trou sur ta terrasse.

Après avoir dîné avec sa famille, elle devait bien admettre qu'il n'avait pas tort. Ce ne serait pas méchant de leur part, mais ils se moqueraient longtemps de lui. Et elle comprenait pourquoi. Ford était tellement sûr de lui que le voir dans cette situation avait quelque chose de savoureux.

— Je ne sais pas, dit-elle, le doigt au-dessus de l'écran de son portable. Appeler les pompiers est la procédure standard, non ? Je sais que tu adores suivre le protocole. Tu te souviens quand tu as refusé de commencer à peindre l'entrée tant que tu n'aurais pas remué la peinture pendant trente-cinq secondes exactement ?

— C'est ce que le vendeur avait recommandé pour avoir le meilleur lustre, protesta-t-il en croisant les bras, comme si c'était évident.

Ça l'était. Mais pas comme il le croyait.

— C'est bien ce que je dis, tu recommandes toujours de suivre les consignes.

— Pas dans ce cas, rétorqua-t-il sèchement.

— Ford Hartigan, serais-tu en train de transgresser les règles ?

— On dirait bien que ça devient une habitude à ton contact, râla-t-il.

Voilà qui méritait qu'on s'y attarde et, puisque seul son orgueil était blessé, elle rangea son téléphone dans sa poche.

— Eh bien, puisque tu es coincé, autant tout me raconter.

Ce n'était pas sympa de sa part. Elle le savait, mais combien de fois une femme tenait-elle à sa merci le mec canon qui la faisait fantasmer ? Il fallait profiter de cette situation comme on dégustait un bon vin ou un cheeseburger bien gras alors qu'on avait la gueule de bois.

— Pourquoi es-tu chez moi au lieu d'être au boulot ?

— J'ai frappé un collègue qui s'avère être plus gradé que moi.

Waouh. Il lui fallut quelques secondes pour assimiler ce qu'il venait de dire.

— Ça ne te ressemble pas.

Le visage de Ford s'assombrit, et pendant une seconde elle crut qu'il ne répondrait pas. Il finit par grommeler :

— J'avais mes raisons.

— Je suppose que tu ne me les révéleras pas ?

Elle mourait d'envie de savoir ce qui pouvait pousser quelqu'un comme Réglo Hartigan à cogner un supérieur.

Il se contenta de soutenir son regard.

Frapper un autre policier. Elle devrait demander des explications à Fallon parce que M. Je-refuse-de-parler ne lui avouerait rien, ce qui était bien dommage. Ce n'était évidemment pas une raison pour laisser la maison le dévorer, même si c'était cool de le revoir.

— Je n'ai donc pas d'autre choix que de te libérer.

Tout en marchant le plus près possible des murs comme Juan le lui avait ordonné, elle se dirigea vers le bout de la terrasse couverte où était rangée l'échelle qu'elle avait utilisée pour accrocher les plantes en hauteur.

Elle la rapporta et l'allongea afin qu'elle recouvre à la fois le trou dans lequel était coincé Ford et plusieurs mètres des deux côtés. Ainsi, il pourrait s'appuyer sur quelque chose de plus solide que du bois pourri vieux de plus d'un siècle. Était-ce mal qu'elle ait maté ses avant-bras quand il avait pressé les paumes sur l'échelle pour s'extirper du trou ? Si ça l'était, tant pis, il fallait bien qu'elle fantasme comme elle pouvait.

Quand il se retrouva à côté d'elle près de la porte, le T-shirt moulant son torse à cause de l'eau de l'arrosoir, elle dut enfoncer les mains dans ses poches pour résister à la tentation de les faire courir sur son corps pour vérifier qu'il n'était pas blessé. Il avait l'air d'aller bien. Correction, c'était de Ford Hartigan qu'on parlait – il avait l'air ultra-sexy.

Regina, ce n'est pas le moment de se laisser entraîner par ce genre de pensées.

Mais elle ne pouvait pas s'en empêcher. Elle était tellement proche de lui qu'elle pouvait sentir son parfum au cèdre et l'air qui crépitait autour d'eux la troublait.

— Si je t'invite à dîner, est-ce que tu promets de ne pas porter plainte ?

Elle regretta tout de suite ses paroles. Pourquoi faisait-elle toujours des blagues nulles quand elle était nerveuse ?

Il lui adressa son petit sourire arrogant.

— Est-ce qu'il y aura des cannoli ?

L'évocation de son dessert préféré la ramena immédiatement à ce qui s'était passé l'autre nuit dans la cuisine. Voulait-il dire… Il ne pouvait pas… Elle leva les yeux sur lui. Impossible de se méprendre sur le désir qu'elle lut dans les siens. Bon sang. C'était bien ce qu'il voulait dire.

Elle déglutit péniblement et hocha la tête.

— Il y aura des cannoli, je te le promets.

13

Ils entrèrent chez Vacilli's Bakery, et Ford le regretta instantanément. Il bouscula Gina – le plus subtilement possible – pour pénétrer dans la minuscule boutique afin qu'elle ne se retrouve pas engloutie par le troupeau d'habitants de Waterbury assoiffés de sucre qui voulait à tout prix ces gâteaux.

— C'est quoi leur problème, à ces gens ? marmonna-t-il dans sa barbe – mais pas assez bas, à en croire le gloussement de Gina et les regards noirs des autres clients serrés comme des sardines.

— Tu n'as pas encore goûté leurs cannoli.

— Non, mais j'ai déjà mangé des cannoli. Tu te rappelles ?

Deux taches roses se répandirent sur les joues de Gina.

— Tu as été distrait.

— Je me demande bien par quoi. Peut-être quand tu as enlevé ta robe et…

— Ford ! l'interrompit-elle brusquement.

Il fut presque aussi déçu que le vieux bonhomme qui faisait la queue devant eux et qui grommela que les jeunes de nos jours n'étaient plus drôles du tout.

— Tu sais, dans certains États, c'est illégal d'être aussi sexy que toi. Je suis flic. Je sais ce genre de choses.

Elle leva les yeux au ciel.

— Je sais très bien que ce n'est pas vrai.

— Tu connais toutes les lois de tous les États des États-Unis ?

Elle baissa les yeux vers le sol.

— Non, je sais très bien que je ne suis pas sexy.

— Tu te trompes complètement.

Le sourire de Gina se figea. Ford ne put s'empêcher de songer qu'elle était en train de se rappeler un truc que quelqu'un lui avait fait et qui avait tellement sapé sa confiance qu'elle n'avait même pas voulu le lui raconter, ce jour-là chez Wooden Barber. Mais il savait qu'il était inutile d'insister. Elle finirait par tout lui dire. Il pouvait être patient – pour elle.

— Pourquoi cet endroit est-il spécial ? Un cannoli est un cannoli.

— Non. Il y a les cannoli et puis il y a les cannoli de Vacilli. Leur magasin principal est à Harbor City depuis des décennies. J'adorerais aller voir comment ils les fabriquent. Ils ont ouvert cette deuxième boutique il y a quelques années.

— Quoi ? Ce n'est pas la foule de l'ouverture ?

— Tu plaisantes ?

Elle éclata de rire et lui tapota le bras comme s'il venait de lui demander si les Ice Knights étaient une équipe de hockey.

— Il n'y a pas trop de monde aujourd'hui. Tu devrais venir une veille de Pâques. J'ai vu des vieilles dames bousculer des gamins pour prendre leur place dans la queue.

Une fois qu'ils eurent enfin acheté leurs cannoli, Ford fut bien obligé d'admettre qu'ils étaient fabuleux. Mais pas autant que la vision de la femme qui hantait continuellement ses pensées ayant pratiquement un orgasme devant lui en mordant dans sa pâtisserie.

Il n'aurait jamais cru pouvoir être jaloux d'un gâteau – et voilà qu'il l'était.

***

C'était bizarre d'aller faire les courses avec un homme. Gina devait marcher moins vite, il était *verboten* d'écouter un livre audio et acheter des tampons était… gênant. Mais elle n'avait jamais autant pris son pied à tripoter des melons – et ce n'était pas un euphémisme.

— Tu n'as vraiment jamais acheté de cantaloup ? demanda-t-elle.

Ford secoua la tête et frappa sur le melon comme s'il faisait une perquisition.

— Jamais.

Elle lui prit le fruit des mains avant qu'il ne le mette en état d'arrestation au beau milieu du rayon primeurs.

— Qu'est-ce que tu mets dans ta corbeille de fruits, alors ?

— Si j'en avais une, tu veux dire ?

Il fronça les sourcils comme s'il y réfléchissait sérieusement.

— Toute la publicité qu'on dépose dans ma boîte aux lettres.

Pouvait-on faire plus masculin comme réponse ? Non.

— Et dire que tu as pourtant l'air normal.

— J'ai des horaires aléatoires, du coup, je mange beaucoup de trucs à emporter.

Il poussa le chariot en direction des ananas, auxquels il lança un coup d'œil soupçonneux.

— En parlant de ça, le capitaine m'a demandé de passer au commissariat demain.

— C'est une bonne chose, non ? demanda-t-elle d'un ton presque convaincant.

Sa mise à pied prendrait fin dans quelques jours. Non pas qu'elle comptât les heures. Il fallait bien que ces jours passés à rénover la maison tout en jouant à la dînette se terminent un jour. L'horloge tournait toujours pour eux – elle ne pouvait pas se permettre de l'oublier.

Quelqu'un toussota derrière elle.

— Si ça signifie que tu auras de meilleures fréquentations, Gina, c'est sûrement une bonne chose.

Merde. Gina tressaillit. Elle connaissait cette voix. Elle pivota pour se retrouver face à Paul, un panier de tomates Roma et une tête d'ail à la main.

Il fusilla Ford du regard.

Paul bomba le torse et, sans quitter Ford des yeux, ajouta :

— Ce type t'emmerde, sœurette ?

Elle en avait officiellement plein le dos. Elle se tourna vers Ford, avec son plus beau sourire qui signalait : s'il-te-plaît-ne-proteste-pas.

— Ça t'ennuie d'aller chercher les œufs ?

Sa requête n'eut pas l'air de le remplir de joie, mais il ravala ce qu'il s'apprêtait à dire à son frère, déposa un baiser sur sa joue et s'éloigna vers un autre rayon.

Elle attendit qu'il eût disparu pour faire face à son frère, les poings sur les hanches.

— Sérieusement, Paul ? C'est quoi ton problème ?

— Je me méfie de lui.

La raison informulée de cette méfiance la hérissa.

— Pourquoi ? Parce qu'il passe du temps avec moi ? Tu penses que personne de sensé n'a envie de me fréquenter, c'est ça ?

Sa réplique éveilla l'attention de Paul. Il la regarda en cillant comme si son cerveau essayait de comprendre ce qu'elle venait de dire.

— Ne me fais pas dire ce que je n'ai pas dit.

Elle ricana.

— Je n'en ai pas besoin : ça se voit comme le nez au milieu de ta figure.

La même expression d'incrédulité surprise, suivie par une curiosité presque formulée : comment Ford et elle pouvaient-ils sortir ensemble – le flic sexy et la femme au gros pif ?

— C'est un flic, répliqua Paul en bredouillant juste assez pour que Gina soit sûre que ça n'avait pas été sa première pensée.

— Oui mais, comme Rocco et toi êtes les seuls à participer encore au business familial, ça ne m'inquiète pas des masses. Peut-être qu'en le fréquentant les andouilles que vous êtes aurez enfin une révélation et que vous irez vivre sur cette île dont vous n'arrêtez pas de parler.

— On y songe, mais on est un peu jeunes pour la retraite.

Paul lui sourit, de ce sourire qui lui remontait toujours le moral après une sale journée passée à entendre les gens l'insulter.

Sa colère diminua suffisamment pour qu'elle lui sourie en retour, puis ce qu'il venait de dire la frappa. Mince. Il était hors de question d'encourager ces conneries.

— Dans votre boulot, il n'est pas garanti de ne pas mourir avant la retraite.

Il lui lança un regard noir. Elle le lui rendit. Les autres clients les évitaient soigneusement.

Paul finit par se pencher vers elle, une expression faussement niaise sur le visage.

— Tu peux m'expliquer pourquoi on se dispute, sœurette ?

Zut. Pourquoi agissait-il comme ça ? C'était désarmant. Mais elle ne se laissa pas tromper.

— Parce que tu as insulté mon petit ami.

Paul inclina la tête et la jaugea du regard.

— C'est vraiment ton petit ami ?

— Non.

Parce que, même si elle aurait aimé que ce soit la vérité, elle savait que c'était impossible.

— Mais on est quand même quelque chose.

— Est-ce qu'il te traite bien ?

Le visage de son frère prit un air dur qu'elle n'avait jamais vu, mais dont elle avait entendu des gens parler.

— Oui.

Son cœur papillonna.

— Tu veux bien arrêter de jouer les frères surprotecteurs ? Je suis capable de me défendre toute seule.

— Les vieilles habitudes ont la vie dure, admit-il avec un sourire attristé. Et puis, tu sais qu'on fait ça parce qu'on t'aime.

N'était-ce pas ce que Rocco et lui avaient toujours dit quand elle rentrait chez elle après une autre journée difficile à l'école ? À la maison, elle était juste Gina, leur agaçante petite sœur. Elle ne leur avait jamais raconté le pire ni comment elle s'était retrouvée affublée de son surnom. Certaines humiliations ne pouvaient être vengées, pas même par deux frères prêts à s'en prendre au premier venu.

— Moi aussi, je t'aime, répondit-elle en lui pressant le bras. Mais je ne suis plus la petite fille qui pleurait dans les couloirs de l'école.

— Papi serait fier de toi.

Paul baissa les yeux sur le melon que Ford et elle avaient tâté un peu plus tôt.

— Il nous disait toujours, à Rocco et moi, que tu étais le membre de la famille qui prenait les meilleures décisions. Il n'avait pas tort. Regarde ce que tu es devenue. Je suis fier de toi, sœurette.

Leur conversation avait pris un tour pour le moins inhabituel. Elle sentit son ventre se nouer.

— Tout va bien ?

— Toujours.

Il lui adressa un sourire qui gagna presque ses yeux.

— Qui sait, peut-être que Rocco et moi sommes presque prêts à suivre tes traces.

— Vous voulez organiser des mariages ? demanda-t-elle avec un grand sourire.

Elle ne pouvait même pas imaginer ça.

— Ou sortir avec un flic ?

Il rit pour toute réponse ; Ford revenait, une boîte de gros œufs à la main.

— À plus, sœurette.

— Quand est-ce qu'on ira au bowling ?

— Ce jeudi ? Amène ton copain. Mais Rocco passera te voir avant. On a une surprise pour toi.

Ça n'augurait rien de bon.

— Tu sais bien que je déteste les surprises.

— Pas les nôtres. Elles sont toujours bonnes.

Il lui fit la bise.

— Ciao, sœurette.

Puis il s'éloigna avant que Ford ne les ait rejoints.

— Tout va bien ? demanda ce dernier.

— Oui.

Elle contempla la silhouette de son frère jusqu'à ce qu'il disparaisse au rayon céréales.

Quelque chose clochait, mais elle ignorait quoi.

Elle y pensait encore lorsque Ford lui tendit un cantaloup qui rendait le pire son possible et elle chassa son frère de ses pensées pour apprendre à Ford comment choisir correctement un melon.

Perdre n'avait jamais été aussi difficile qu'à présent, alors que Ford lançait la balle de bowling jaune dans la glissière avec suffisamment de talent pour faire croire qu'il ne l'avait pas fait exprès. Les Hartigan avaient été élevés avec l'esprit de compétition. Mais, s'il voulait nouer un lien avec ses adversaires, il ne fallait surtout pas leur flanquer une raclée.

— Tu es tellement à la traîne, Hartigan, que tu devrais te

dénicher une médaille de saint Christophe, lança Rocco depuis son poste près de l'assiette débordant de nachos et du pichet de bière bon marché.

— Arrête de le provoquer, intervint Gina en se positionnant face à la ligne, sa balle rose fluo à hauteur de menton.

Elle se mordit la lèvre inférieure en scrutant les quilles comme si cette fois-ci elle était sûre de faire un *strike*.

— Silence, s'il vous plaît. Cette fois-ci, c'est la bonne.

Cette femme était pleine de talents – son joli cul, son rire, son sourire qui faisait pétiller ses yeux –, mais le bowling n'en faisait pas partie. Gina était super nulle. Et ses frères, encore pires. Ford essayait de ne pas avaler sa langue dans son effort de jouer aussi mal que possible.

Gina lança sa boule de bowling. Certains la faisaient rouler, mais pas elle. La balle rose vif atterrit avec un bruit sourd à ses pieds et oscilla comme un ivrogne le long de la ligne en direction des quilles, qui ne tremblaient pas de peur. La boule en fit tomber cinq. C'était son meilleur score de la partie. Elle accomplit une petite danse de la victoire, leva les bras en l'air et pivota vers les trois hommes avec un sourire radieux.

Il y avait peut-être un enculé quelque part capable de ne pas lui rendre son sourire. Ford était un con, certes, mais il ne put s'empêcher de lui sourire. Ses branleurs de frères l'imitèrent.

— Je vous avais dit que je gagnerais, affirma-t-elle en oubliant qu'elle avait bénéficié d'un second tour dans cette manche.

Elle les rejoignit à table.

— Et vous qui pensiez que j'étais folle de vouloir que Ford se joigne à notre partie mensuelle. C'est mon porte-bonheur.

Le regard que Paul lança à Ford dans le dos de sa sœur aurait tué un homme plus faible. C'était peut-être avec ce regard qu'il récoltait l'argent des créanciers.

— Peut-être bien, répondit Rocco depuis son poste d'observation au-dessus des lignes. Mais tu as un autre tour.

Elle attrapa sa pinte et avala rapidement une gorgée.

— Jouer aussi bien m'a donné soif.

Puis elle s'éloigna vers le retour des balles.

— C'est bon pour vendredi, dit Paul à voix basse à son frère.

— T'es sûr ? répondit Rocco.

Paul acquiesça.

— Qu'est-ce qu'il y a vendredi ? intervint Ford, dont l'attention avait été piquée.

— Ça te regarde pas, répliqua Paul.

Ford haussa les épaules en sirotant son verre. Il aurait pu insister. Les frères Luca étaient impliqués jusqu'au cou ; il suffisait qu'ils se montrent suffisamment en confiance avec lui grâce à la magie de la bière et du bowling pour lâcher une info.

Comme il l'avait expliqué à son patron, la probabilité pour qu'une telle chose se produise était aussi élevée que celle de voir un végane aller volontairement dîner dans un restaurant de viande, mais il était quand même prêt à faire feu de tout bois. Après tout, il ne voulait pas uniquement gagner la bataille contre les frères Luca, mais la guerre contre les Esposito, dont il voulait démanteler toute l'organisation. À en croire le langage corporel des deux frangins et les regards meurtriers qu'ils lui lançaient, une attaque frontale ne le mènerait à rien. Il se contenterait de rapporter ce renseignement à l'unité opérationnelle et laisserait Kapowski s'en servir auprès de son indic. Il pourrait ensuite essayer de soutirer d'autres renseignements aux Luca. D'ici là, il ferait tout ce qu'il pouvait pour protéger Gina des répercussions provoquées par les agissements de ses frères.

C'était du moins ce qu'il se disait en ignorant ses cibles et en concentrant son attention sur la façon dont Gina était moulée dans son jean. Il ne se rendit même pas compte que Paul s'était déplacé et il ne put donc pas éviter la tape qu'il lui donna sur l'arrière du crâne. Le coup n'était pas fort, mais suffisant pour délivrer un message.

— Gina t'apprécie peut-être, Hartigan, dit Rocco en observant sa sœur...

Son attitude était faussement décontractée.

— ... mais ne crois pas que je n'effacerai pas ton expression d'un coup de poing, flic ou pas flic.

— Quelle expression ? demanda Ford comme s'il était vraiment intéressé par les conneries débitées par ce mec.

Paul le fusilla du regard.

— Celle qui dit que tu es en train d'avoir des pensées particulières la concernant.

C'était vrai, sauf qu'il ne la matait pas comme un pervers. Gina l'appréciait. Et c'était réciproque. Il ne pouvait rien se passer entre eux. Pas vraiment. C'était sympa, mais les choses s'arrêtaient là. Il était inspecteur. Elle appartenait à la famille Luca. Ce n'était pas compliqué, ce qui rendait la situation séduisante. Lâcher prise et vivre l'instant présent avec elle n'était pas un problème, parce que leur relation n'aurait jamais plus d'importance. Cependant, la façon dont ses frères la traitaient, comme si elle était incapable de s'occuper d'elle-même, l'irritait quand même.

— C'est une grande fille, déclara-t-il avant d'ajouter plus bas : et mes pensées n'ont pas l'air de la déranger.

Rocco émit un ricanement désapprobateur.

— Elle croit aussi qu'elle joue super bien et elle ne se rend pas compte qu'on fait tous les trois exprès de perdre.

La sidération dut se lire sur son visage, parce que les deux frères éclatèrent de rire et Rocco versa de la bière dans une tasse qu'il poussa en direction de Ford. Et dire qu'il pensait être le seul à faire semblant de mal jouer. Voilà qui éclairait les frères Luca sous un jour nouveau – et qui lui paraissait trop familier. Les Hartigan avaient l'esprit de compétition, ils étaient bruyants et entêtés, mais ils se serraient les coudes, même si pour ça il fallait prétendre que le *banana bread* de Felicia était délicieux.

— C'est notre sœur, dit Paul. Mais elle est nulle au bowling.

— Du coup, vous mettez toutes les balles dans la glissière une fois par mois ?

Était-ce mal de sa part de vouloir qu'ils nient pour les laisser rangés dans la catégorie connards-et-criminels et leur refuser l'entrée dans la catégorie frères-aînés-résolus-à-faire-sourire-leur-sœur ?

— Ça aide pour les compétitions, répondit Paul en haussant les épaules. Rater un coup demande plus de contrôle que ce qu'on croit.

Cédant à la solidarité fraternelle, Ford leva son verre.

— Je veux bien le croire.

Rocco et Paul trinquèrent avec lui. Combien de fois Ford avait-il observé le même genre de comportement au sein de sa propre fratrie ? Un million, et encore c'était l'estimation basse. Ils aimaient Gina et il était clair qu'elle le leur rendait bien. Il remisa donc son badge un instant.

— Puisque vous avez cru bon m'avertir, dit Ford, à mon tour de vous mettre en garde.

— Ah oui ? Et contre quoi ? demanda Rocco.

— Elle aurait le cœur brisé si vous vous retrouviez pris dans une embrouille au-dessus de vos moyens, annonça Ford en accompagnant ses propos d'un regard dur.

Il espérait vraiment qu'ils le comprendraient à demi-mot.

— Dans votre job, il n'y a que deux issues : la prison ou une tombe anonyme. Ça me ferait mal au cœur qu'elle passe vingt ans à se demander si on retrouvera vos corps un jour. Je vous conseille donc de passer votre vendredi à chercher un autre boulot, pour le bonheur de votre sœur.

Rocco et Paul ne cillèrent pas. Ils continuèrent à lui adresser ce regard froid et noir que ceux qui travaillaient avec les Esposito maîtrisaient à la perfection. Il ne révélait rien. Puis, comme s'ils étaient deux images en miroir, ils attrapèrent leurs tasses de bière et les descendirent en une seule longue rasade. Ils se tournèrent ensuite sans un mot et regardèrent la boule que Gina venait de lancer faire un écart avant de finir dans la glissière sans avoir touché une seule quille.

Après ça, ils jouèrent chacun à leur tour comme des brêles jusqu'à ce que ce soit de nouveau à Gina. Si elle avait compris qu'ils la laissaient gagner, elle n'en montra rien. Elle se contenta d'agiter son cul parfait, de sourire comme si elle était la plus heureuse des femmes et qu'elle s'amusait comme une folle – ce qui était beaucoup plus agréable à observer que Ford ne l'aurait cru.

— On ne retrouvera jamais ton corps, tu sais, déclara Rocco en endossant de nouveau son masque de recouvreur de fonds pour la mafia.

Ford bomba le torse et fusilla les frères du regard.

— Pardon ?

— Si tu merdes avec Gina…

Rocco s'interrompit et pivota pour regarder Ford bien en face, ses avant-bras épais appuyés sur la table. Il s'inclina.

— On ne te retrouvera jamais. Où qu'on soit, on reviendra te traquer.

Il n'y avait qu'une chose à laquelle Ford devait répondre.

— Je ne merderai pas avec Gina.

Paul haussa un sourcil.

— C'est ce que tu relèves, et pas qu'on vient de menacer un flic ?

— Oui.

Il ignorait cependant pourquoi ça déclenchait un puits radioactif au creux de son estomac. Pour l'instant, ce n'était pas sérieux entre eux.

— Pourquoi ? demanda Rocco.

— Quelle importance ?

Sur la défensive ? Lui ? Oh que oui.

Rocco se renfonça dans son siège, avec l'air de lui réclamer cinq mille dollars.

— Elle t'aime bien.

— Oui.

Ford avala une gorgée de bière.

— Et toi ? Tu l'apprécies aussi ?

Il but une autre gorgée et refusa de penser à sa réponse avant d'avouer la vérité.

— Oui.

Les Luca se regardèrent. Quelque chose passa entre eux, une de ces conversations silencieuses qu'on ne peut avoir qu'avec des gens qu'on connaît depuis toujours. Paul finit par hausser les épaules et Rocco secoua la tête.

— Ne merde pas alors, conclut Paul. Et tout ira bien.

— À toi, Ford ! s'exclama Gina, qui se tenait près du retour de balles, suffisamment près d'eux pour les dévisager avec curiosité et trop loin pour entendre leur conversation par-dessus le fracas des quilles dans les autres lignes.

Sans un mot, Ford se leva et alla récupérer sa balle.

— Ils t'emmerdent ? demanda-t-elle en lui donnant un petit coup de hanche.

Aucun possesseur de testostérone ne l'admettrait jamais.

— Pourquoi tu dis ça ?

— Parce que mes frères sont aussi surprotecteurs que prévisibles, répondit-elle d'un ton amusé. Regarde leur façon de me laisser gagner, par exemple. Ils font ça depuis des années, comme si je ne savais pas qu'ils pratiquent le bowling en compétition et qu'ils pourraient me laminer.

Et eux qui la croyaient dupe. Il aurait dû s'en douter.

— Pourquoi tu ne dis rien ?

Elle haussa les épaules.

— Ça les rend heureux. On fait des trucs bizarres pour les gens qu'on aime. Tu as remarqué ?

Et comment.

Et cette fois-ci, quand sa balle atterrit dans la glissière, il ne le fit pas exprès. C'était parce qu'il lui avait jeté un regard avant de jouer et qu'elle avait plissé ses lèvres roses pour lui envoyer un baiser accompagné d'un clin d'œil.

C'était facile d'envoyer une balle dans la rigole quand c'était déjà là qu'on avait la tête.

Presque une semaine après le début de sa mise à pied, Ford pénétra dans le bureau des inspecteurs. Rien n'avait changé – le café brûlé, le suspect revêche menotté à un bureau, la pile de paperasses à traiter –, sauf le visage de Gallo, sur le menton duquel s'étalait un hématome violet de la même taille que le poing de Ford.

Gallo lui adressa sa version du regard méprisant lorsque Ford passa près de lui pour se rendre dans le bureau du capitaine. Qu'était-il censé faire ? S'agenouiller et le supplier de lui pardonner ? Hors de question. Il s'arrêta devant le bureau de Gallo, attrapa le morceau d'essuie-tout froissé posé à côté du mug de café de l'inspecteur et le lui tendit.

— Tu as quelque chose juste là, dit-il avec un geste de la main en direction de son propre menton.

Gallo balança le papier et brandit son majeur.

Ford se frappa le cœur du plat de la main.

— Oh ! merde, ça veut dire qu'on n'est plus BFF ?

Ignorant les regards curieux et parfois noirs de la part des autres membres de l'équipe, il gagna le bureau du chef et frappa à la porte.

— Entrez, répondit le capitaine d'un ton bourru.

Ford obéit et referma la porte derrière lui. Le capitaine ne leva pas les yeux du rapport qu'il était en train de lire. Ce n'était pas inhabituel de sa part. Il aimait faire mariner ses subordonnés, qui se demandaient à quelle sauce ils allaient être mangés. Ça n'avait jamais marché avec Ford, qui avait grandi sous l'autorité de Kate Hartigan : il en fallait beaucoup plus pour le faire transpirer dans ses chaussures.

Les mains jointes dans le dos, il fixa le regard droit devant.

— Vous vouliez me voir, monsieur ?

— On vous a vu en compagnie de Gina Luca, répondit-il sans lever les yeux de son rapport. Dois-je vous rappeler que votre mission était terminée et qu'agir sans ordre constitue une sérieuse violation du règlement ?

Ford grinça des dents. Les flics pouvaient être de vraies commères parfois. *Bande de cons.*

— Non, monsieur.

Le capitaine ne le regardait toujours pas. Il attrapa un stylo rouge dans le tiroir supérieur de son bureau, ôta le capuchon et se mit à entourer et barrer certains mots dans le rapport.

— Vous en êtes certain ? Je ne peux pas me permettre d'avoir un inspecteur désobéissant – surtout quand il éveille autant de soupçons.

— Je ne poursuis pas l'enquête, monsieur.

— Vous n'êtes pas connu pour sortir avec la plus chétive de la portée, Hartigan.

Le capitaine reboucha son stylo, le posa près du rapport maculé de rouge et leva sur lui un regard dur.

— Gina Luca est tellement hors de portée de votre radar habituel qu'il vous faudrait le télescope Hubble pour la trouver.

Pendant une seconde, Ford n'entendit plus que du bruit blanc. Était-ce ce que Gina subissait ? Était-elle jugée tous les jours sur son apparence, avant même d'ouvrir la bouche ? Une colère brûlante s'enflamma dans son estomac devant l'injustice totale de la chose et contre lui-même pour ne pas avoir compris avant de quoi il retournait. Elle avait essayé de le lui expliquer et il s'était contenté d'esquiver en lui affirmant qu'elle n'était pas moche, comme si sa déclaration suffisait. Elle ne l'était pas. Pas pour lui. Mais pour les autres ? Ils ne voyaient pas au-delà de son physique.

— Aucune règle n'interdit à un inspecteur d'avoir une vie personnelle, lâcha Ford d'un ton sec.

— Mais il y a des règles contre la fraternisation avec des individus peu recommandables.

— Gina possède une petite entreprise et c'est un membre respecté de la communauté.

— Et…

Le capitaine observa une pause théâtrale.

— C'est une Luca.

S'il ne s'était pas fait la même remarque une semaine plus tôt, il aurait été encore plus furieux. Mais il devait composer avec les faits.

— Il n'y a rien dans le règlement numéro 340 point 6 qui interdise une relation personnelle avec un citoyen, quel que soit son nom de famille.

— C'est juste, mais si elle franchit ne serait-ce qu'une toute petite ligne ça déteindra sur vous et donc sur l'unité opérationnelle et moi, et nous aurons donc un grave problème, tous les deux. Me suis-je bien fait comprendre, inspecteur ?

— Parfaitement, répondit Ford en ayant l'impression d'avaler des éclats de verre.

Cette conversation n'avait aucun sens. Ford était un bon flic. Et il n'avait jamais laissé ses sentiments personnels interférer avec une affaire. Jamais.

— Bien, parce que la seule chose qui me retient de vous renvoyer à la circulation c'est que vous êtes un bon inspecteur, très réglo. Ne me faites pas regretter ma générosité.

Le capitaine reporta son attention sur le rapport et décapuchonna de nouveau le stylo rouge.

— Filez et que je ne vous revoie pas avant lundi. Je vous suggère d'ici là de passer le temps à trouver un moyen de convaincre Rodriguez que vous n'êtes pas aussi impulsif que vos frères.

— Rodriguez ?

Le capitaine poussa un soupir exaspéré.

— Evelyn Rodriguez arrive du district 14 pour prendre la direction de l'unité opérationnelle en préparation pour la livraison d'héroïne des Esposito de vendredi.

C'était la première bonne nouvelle de la journée. Rodriguez avait la réputation d'obtenir des résultats en employant la bonne méthode.

— Et Gallo et Ruggiero ? demanda-t-il.

— Transférés à la brigade financière.

Le capitaine reprit ses corrections.

— Et maintenant disparaissez.

Ford obéit, mais au lieu de rentrer chez lui il se rendit chez Gina. Il se gara dans son allée et leva les yeux sur le monstre victorien. La plupart des travaux intérieurs étaient presque achevés et l'équipe de Juan était en train de monter l'échafaudage qui permettrait de ravaler et repeindre la façade. Il trouva soudain bizarre de savoir tous ces détails. Ce n'était pas sa maison. Il ne vivait pas ici.

Non, Hartigan, tu te contentes d'y passer toutes tes nuits et de bricoler gratuitement.

Sa petite voix intérieure n'avait pas tort. Il n'était pas rentré chez lui depuis une semaine. Il avait suspendu des vêtements dans le placard et rangé un kit de rasage sous le lavabo. Il ne savait pas trop ce qui était en train de se passer. Ils n'avaient pas élaboré de plan. Ils n'avaient pas discuté. Il n'avait pas été question de règles de vie sur lesquelles ils seraient tombés d'accord. Il avait juste emménagé sans le faire exprès. Qu'est-ce qu'il fichait à la fin ?

— Hé ! s'écria Gina depuis une fenêtre ouverte dans le salon. Tu entres ou quoi ?

Et il se rendit compte que oui. Il allait entrer. Et rester.

Gina n'aurait pas dû laisser Lucy la coiffer. C'était top – cette femme avait des doigts qui défrisaient magiquement –, mais ses cheveux étaient tirés en arrière et enroulés en un chignon faussement décontracté qui laissait son visage totalement exposé.

Bien sûr, ce n'était pas comme si Ford ne savait pas à quoi elle ressemblait, mais relever ses cheveux revenait à abandonner l'espèce de doudou derrière lequel elle pouvait cacher son gros nez.

— On n'est pas obligés de sortir, déclara Ford depuis la porte de leur chambre.

Elle leva les mains vers ses cheveux.

— C'est aussi affreux que ça ?

— Non, c'est aussi sexy que ça. Je pense que personne d'autre que moi ne devrait te voir dans cette robe.

Un sourire – un de ces sourires naïfs qui lui donnaient l'air d'une idiote en train de tomber amoureuse – se peignit sur ses traits. C'était plus fort qu'elle. Quand Ford affirmait qu'il n'avait pas hérité du charme Hartigan, c'était des conneries. Au contraire, par son charme, il parvenait à se frayer un chemin dans son cœur – et sa culotte – tous les jours. Elle devait se montrer prudente, elle le *savait*, mais elle n'en avait pas envie. Pour une fois dans sa vie, elle allait suivre les conseils de ses amies et croire qu'elle avait le droit de vivre le conte de fées qu'elle n'avait jamais attendu – au moins pour quelque temps encore.

Son estomac gronda. Et de dîner. Elle avait aussi le droit de dîner.

— Tu as promis de me nourrir, alors hors de question de rester à la maison, affirma-t-elle.

Elle s'approcha de lui et passa le bras sous le sien.

— Et des cannoli pour le dessert.

— Des vrais cannoli cette fois-ci.

La dernière fois, elle avait eu droit à un autre genre de cannoli. Elle ne regarderait plus jamais son gâteau préféré de la même manière.

— J'ai déjà passé commande chez Vacilli. On n'aura qu'à aller la chercher en rentrant à la maison après le restau.

À la maison. Elle ne se lassait pas de la joie qui la saisissait quand elle l'entendait appeler sa demeure victorienne comme ça, même si une partie d'elle savait que ça rendrait les choses d'autant plus douloureuses quand il la quitterait. Mais elle gérerait la situation en temps voulu. Pas ce soir.

Lorsqu'on traversait le pont qui donnait sur Harbor City le soir après le dîner, on se retrouvait encerclé par les lumières étincelantes, la foule et l'excitation de la grande ville, qui faisait toujours battre le cœur de Gina plus vite. Elle n'avait aucune envie de vivre dans cette partie de la ville – la seule idée des loyers pouvait lui provoquer un infarctus –, mais pour sortir c'était sympa.

— Où va-t-on ? demanda-t-elle à Ford une fois qu'il se fut garé.

Ils venaient de tourner sur la 85e Rue.

— C'est une surprise, répondit-il en la prenant par la main et en entrelaçant leurs doigts.

— Je déteste les surprises.

Elle savait qu'elle pouvait lui faire confiance, mais elle était nerveuse à l'idée d'ignorer ce qui allait se passer ensuite.

— J'en ai connu trop de mauvaises.

— Pas ce soir.

Il s'arrêta.

— On y est.

Elle leva les yeux vers l'immeuble et poussa un petit cri. La boutique principale de Vacilli. La pâtisserie de Waterbury était une franchise, mais celle-ci était la vraie. Les vitrines étaient sombres et le panneau « FERMÉ » était accroché sur la porte, mais elle apercevait les étalages de gâteaux, qui la firent saliver. Tout le monde avait une faiblesse et, la sienne, c'était celle-là. Même si elle ne pouvait pas entrer, c'était génial.

C'est alors que la porte de la boutique s'ouvrit. Un homme âgé portant un tablier se tenait sur le seuil.

— Bienvenue, Inspecteur.

Il se tourna vers Gina et une lueur troublée éclaira son regard pendant une fraction de seconde avant qu'il se ressaisisse.

— Et vous devez être Mlle Luca. J'ai cru comprendre que vous adoriez nos cannoli.

— Vous ne pouvez imaginer à quel point, répondit-elle en repoussant le sentiment de colère et de honte qu'elle éprouvait toujours quand quelqu'un réagissait à son apparence pour la première fois.

Pas question de gâcher ce que Ford avait prévu.

— Bien, fit l'autre. Ça me ferait mal de partager la recette avec quelqu'un qui ne les aime pas.

La recette ? Partager ? *Je ne comprends pas ce que cet homme vient de dire*, fut le seul message que son cerveau lui renvoya.

— Quoi ?

Le vieil homme éclata de rire et une chaleur sincère envahit son regard lorsqu'il la regarda.

— Vous êtes ici pour une leçon de pâtisserie très spéciale. L'inspecteur ne vous a pas prévenue ?

Elle pivota vers Ford-le-Malin et agita l'index dans sa direction.

— Non. Il sait très bien garder les secrets.

— Eh bien, surprise ! déclara l'homme. Je m'appelle Conrad Vacilli. Entrez. Je vais vous préparer un café, puis je vous montrerai comment réaliser les cannoli les plus célèbres de Harbor City.

Gina n'en croyait pas ses oreilles. Chaque fois qu'elle avait mentionné son amour pour les cannoli de Vacilli, Ford l'avait vraiment écoutée – à tel point qu'il avait organisé cette surprise. Une vague de chaleur se répandit dans sa poitrine puis gagna tout son corps. Elle était étonnée de ne pas voir de la lumière couler de ses doigts.

Elle se pencha pour l'embrasser légèrement sur les lèvres.

— Merci.

Ford lui adressa un clin d'œil et ce sourire qui faisait papillonner son estomac, puis ils entrèrent ensemble dans la boutique pour apprendre à confectionner les meilleurs cannoli du Grand New York.

14

Gina avait de la farine sur le bout du nez, mais Ford n'avait pas l'intention de le lui dire. Elle n'avait cessé de sourire durant tout le trajet de retour à Waterbury et avait commenté avec excitation les détails de la recette des cannoli.

À la lueur des réverbères qui éclairaient l'intérieur de la voiture alors qu'il remontait sa rue, il ne put s'empêcher de jeter des coups d'œil à la dérobée à son sourire, à ses yeux, à la joie qui l'illuminait de l'intérieur. Il ne comprenait pas comment les gens pouvaient ne pas s'en rendre compte en la voyant, mais Gina Luca était magnifique.

Une fois arrivé chez elle, il la suivit à l'intérieur en portant le résultat de leur leçon de pâtisserie dans une boîte de chez Vacilli, tandis qu'elle continuait de s'extasier sur la technique et les ingrédients. Il marchait derrière elle pour pouvoir admirer le balancement de ses fesses sous la robe jaune qui moulait ses courbes. Il avait laissé tomber un paquet de farine chez Vacilli en la regardant se déplacer dans la cuisine. Il n'en était pas très fier, mais quand il était avec Gina il n'était plus lui-même – et ça en disait long.

Cette femme provoquait quelque chose en lui. Elle le bousculait. Et il aimait ça. Beaucoup. Trop, probablement.

Il aurait certainement dû s'en inquiéter. Mais ce n'était pas le cas. Il était trop occupé à se demander comment il avait fait, le jour de leur rencontre, pour ne pas remarquer la façon dont ses yeux pétillaient quand elle souriait, la manière dont ses pommettes mettaient parfaitement en valeur ses yeux sombres et comment le nez qu'elle haïssait lui donnait une apparence unique et qui redéfinissait le concept même de beauté.

— Et le mixeur, dit-elle en refermant la porte d'entrée derrière lui et en mettant la chaîne de sécurité. Il était tellement grand, c'était incroyable.

Elle s'arrêta pour respirer, adossée à la porte, et elle écarquilla les yeux.

— Qu'est-ce qui ne va pas ?

Rien. Tout. Qu'il ne soit pas en train de la toucher. Qu'elle soit encore habillée.

— Ford ?

Son nom sur ses lèvres rompit quelque chose en lui. Le carton de pâtisseries heurta le sol avec un bruit sourd. Ses pas déterminés résonnèrent dans l'entrée lorsqu'il la traversa pour la rejoindre. Elle poussa un petit gémissement quand il pressa son corps contre le sien. Il encadra son visage de ses mains et s'empara de sa bouche comme un homme qui vient de découvrir le sens de la vie, parce que c'était exactement ce qui venait de se passer. Gina. Elle était son sens.

Il n'en avait jamais assez d'elle, parce que c'était impossible. La courbe de ses seins. La finesse de sa taille. La rondeur de son cul. Bon sang, elle était adorable partout.

Il rompit le baiser et fit courir ses lèvres le long de son cou tout en remontant l'ourlet de sa robe de plus en plus haut, impatient de sentir la douceur de sa peau.

Elle glissa les mains dans ses cheveux pour le maintenir près d'elle tandis qu'il embrassait son épaule nue. Il effleura sa nuque du dos de la main jusqu'au col fin de sa robe. En réponse, elle poussa un gémissement qui accrut son excitation.

Il agrippa ses hanches et la fit pivoter face à la porte pour défaire rapidement sa robe. Pas de lents préliminaires entre eux, pas ce soir.

— Enlève-la, ordonna-t-il.

Il reconnut à peine sa propre voix tant elle était rauque. Elle se retourna et tendit la main vers l'interrupteur.

— Laisse la lumière allumée.

Elle hésita mais obéit. Puis elle laissa tomber la robe jaune, qui se répandit en corolle autour de ses pieds, sans le quitter des yeux, un sourire aguicheur aux lèvres.

— Tu aimes ce que tu vois ?

— Aimer n'est pas le bon terme.

Il enroula les doigts autour de ses poignets et ramena ses bras au-dessus de sa tête, l'épinglant d'une main à la porte.

— Je dirais plutôt que je suis obsédé par ce que je vois.

Le regard plongé dans le sien, il caressa ses tétons du dos de la main à travers son soutien-gorge en dentelle rose pâle.

— Que je n'en ai jamais assez.

Le désir tourbillonna dans les profondeurs obscures du regard de Gina. Il lui pinça le téton à travers le tissu et elle gémit.

— Que j'ai envie de toi.

Il glissa une jambe entre ses cuisses et la frotta contre son sexe emprisonné dans sa culotte.

— Et toi, qu'est-ce que *tu* aimes ?

Il dégrafa son soutien-gorge pour sucer son téton en mordillant le bout dressé.

— Tu aimes ça ?

— Oui, répondit-elle, le souffle court.

Tout en pinçant son téton entre le pouce et l'index, il éloigna sa jambe. Gina laissa échapper un gémissement de frustration, qu'il ressentit au plus profond de lui. Il mit une paume en coupe sous son sein et fit rouler le pouce en cercles autour de son téton à plusieurs reprises avant de glisser la main plus bas. Il s'arrêta à la lisière de sa culotte. Elle avança les hanches dans une requête silencieuse. Pauvre Gina. Elle était aussi perdue que lui. Il posa les lèvres à l'endroit où son épaule rejoignait son cou, ce point où battait une veine et qui était si sensible sous sa langue, sa bouche et ses dents.

— Tu mouilles pour moi ? demanda-t-il tout contre sa peau rougie.

Elle poussa un soupir torturé.

— Oui.

Il glissa les doigts dans l'élastique de sa culotte et caressa les boucles de son sexe, mais sans aller plus loin.

— Tu veux me baiser ?

— Oui.

Elle se cambra contre sa main et ses hanches ondulèrent dans un effort évident pour qu'il la touche à l'endroit où elle en avait besoin.

Mais c'était hors de question. Pas tout de suite du moins. Il voulait d'abord qu'elle comprenne de quoi il était question. Ils ne se contentaient pas de baiser. Plus maintenant. C'était plus que ça.

— Tu veux que je te fasse mienne ?

Elle se mordit la lèvre.

— Oui.

— Je veux que tu sois à moi.

C'était une déclaration, une promesse, une prière. Il la souleva et se dirigea vers l'escalier.

— À personne d'autre.

Ce n'était que des paroles, le genre de propos inconséquents et excités qui ne résistaient pas à la lumière du jour, mais Gina refusait de s'y attarder. Pas alors que Ford la caressait comme ça et la regardait comme s'il était sincère – comme s'il était tombé amoureux d'elle comme elle de lui. Parce que c'était exactement de ça qu'il s'agissait, ce qui rendait la situation si belle et si terrible à la fois. Elle l'aimait. Il n'y avait donc qu'une façon d'envisager les choses. Ford Hartigan n'avait pas besoin de la faire sienne ; elle l'était déjà.

— Attention aux marches branlantes, prévint-elle alors qu'il la portait au premier étage.

Il raffermit son étreinte.

— Inutile de t'inquiéter quand tu es avec moi.

Il pénétra dans sa chambre et la posa sur le sol, non loin du pied du lit. Puis il commença à déboutonner sa chemise et les jambes flageolantes de Gina décidèrent qu'il valait mieux assister au spectacle depuis le lit. Ses jambes étaient malignes.

Inconsciente du fait qu'elle était en sous-vêtements pendant qu'il lui faisait un strip-tease – même s'il n'y songeait probablement pas en ces termes –, Gina apprécia le moment et le rangea précieusement sur une étagère de sa mémoire. Elle le ressortirait quand Ford l'aurait quittée, certainement dans peu de temps.

Il ôta d'abord sa chemise puis, les bras derrière la nuque, il agrippa son T-shirt par l'encolure pour le faire passer par-dessus sa tête. Cela lui offrit une vision dégagée sur son torse musclé et ses biceps super excitants. Elle voulait rester assise sur le lit, c'était ce qu'elle avait prévu, mais ses jambes – ses jambes malignes, souvenez-vous – en avaient décidé autrement. Lorsqu'il enleva ses chaussures, elle s'approcha de lui, lui caressa les épaules et lui lécha les tétons, puis elle s'agenouilla pour mieux suivre le sillage de poils qui courait de son nombril au bouton de son jean.

Il tendit la main pour le défaire, mais elle la repoussa pour s'en charger elle-même tout en surveillant l'anticipation exquise qui faisait frémir ses narines et assombrissait ses yeux verts. Elle fit glisser son jean puis son boxer et enroula les mains à la base de son sexe raide, qu'elle se mit à caresser.

— Gina, dit-il d'une voix rauque qui la fit frissonner.

Elle prit ses testicules en coupe dans ses mains et lécha lentement son gland gonflé.

— Oui ?

— Tu n'es pas sympa.

Elle le caressa de haut en bas.

— Vraiment ? Je me trouve au contraire super sympa.

La veine sous sa mâchoire pulsa, preuve évidente de sa difficulté à se contrôler.

— Ce soir, c'est tout pour toi.

— Et ça, ce n'est pas pour moi ? demanda-t-elle en tournant le poignet tout en le branlant.

Il ferma les yeux et répondit dans un soupir :

— Non.

Que les hommes étaient bêtes.

— Tu ne penses pas que je trouve ça super excitant de te voir lutter contre l'orgasme ?

Elle se pencha pour enrouler la langue autour de son sexe.

— Ça m'excite.

Elle le suça, puis le relâcha.

— Beaucoup.

Après ça, il se tut ; à moins de compter ses grondements approbateurs tandis qu'il glissait les doigts dans ses cheveux pour la maintenir en place tout en agitant les hanches. Ça ne comptait pas. Elle glissa la main entre ses jambes et sous sa culotte.

— Putain, dit-il d'une voix tendue. Tu te caresses ?

Comme elle avait la bouche pleine, elle se contenta d'acquiescer.

— Je veux te regarder.

Sans lâcher ses cheveux, il recula d'un pas.

— Montre-moi.

La débauchée qui avait pris possession de son corps était plus que disposée à obéir. Elle se redressa, ôta sa culotte et s'installa sur le lit. Ford l'observait, son sexe en main. Elle écarta les jambes. Elle était tellement excitée qu'il ne lui fallut que quelques caresses des deux doigts sur le clitoris pour être sur le point de jouir.

— Oui, c'est ça, déclara-t-il en se rapprochant du lit. Ne te retiens pas.

Elle ne le fit pas. Elle en était incapable. Les doigts humides de désir, elle se caressa, de plus en plus proche de l'orgasme, jusqu'à ce qu'elle ne puisse plus se retenir. Les vibrations débutèrent et, dans la fraction de seconde qui précéda la jouissance, elle se rendit compte que Ford ne regardait pas ce qu'elle faisait avec ses doigts : il contemplait son visage.

Il n'y aurait pas de retour possible. Ford le savait. Voir Gina jouir était presque plus qu'il ne pouvait supporter.

Il attrapa un préservatif dans le tiroir de la table de chevet et en déchira l'emballage avec plus de force que nécessaire, mais tous ses efforts étaient réunis pour s'empêcher de la prendre sans protection. Elle ouvrit les yeux et le regarda enfiler la capote d'un air de satisfaction paresseuse.

— Je pense que j'ai eu ma dose, lança-t-elle tout en se caressant les seins.

Il s'empara de ses chevilles et l'attira sur le bord du lit.

— Nous savons tous deux que ce n'est pas vrai.

— Tu as raison, répondit-elle en levant les jambes.

C'était une invitation à ne pas ignorer. Il se colla au lit, posa les chevilles de Gina sur ses épaules, agrippa ses hanches et, d'une poussée, s'enfouit en elle. Ils poussèrent tous les deux un gémissement comblé, accompagné d'un « oh, bon sang » et d'un « oh oui ». Elle contracta le vagin tout en pivotant le bassin : il fut obligé de compter à rebours à partir d'un milliard pour ne pas jouir aussitôt. Puis, alors qu'il essayait toujours de se retenir, elle enfonça les talons dans ses épaules pour s'en servir de point d'appui et se mit à aller et venir. Le plaisir prit naissance au creux de ses reins et ne fit que s'accroître.

Il voulait aller doucement, mais elle était tellement bonne, putain. Cramponné à ses hanches, il la souleva et donna des coups de reins, encore et encore. Il la sentit se contracter sur son sexe : elle le supplia de ne pas s'arrêter et jouit violemment. Le parfum entêtant du sexe emplissait l'air. Le picotement dans ses reins se répandit dans ses membres, et il jouit à son tour.

Il lui fallut une minute pour retrouver l'usage de ses yeux et découvrir l'expression ravie et béate de Gina. Ses joues étaient écarlates et ses cheveux bruns totalement échevelés. Il n'avait jamais vu une femme aussi belle.

Il devait le lui dire. Il devait lui avouer que ce n'était pas juste une aventure pour lui. Il devait lui dire que…

— Je reviens tout de suite.

Pour l'amour de Mike, Hartigan. Sois un homme.

Parler de ses sentiments comme ça n'était pas dans ses gènes. Il se dégonfla et disparut dans la salle de bains pour se nettoyer. Lorsqu'il regagna la chambre, Gina avait les yeux fermés et la respiration profonde. Super. Il avait tenu sa chance entre les mains et il l'avait gâchée. La prochaine fois que l'occasion se présenterait, il n'hésiterait pas. Il lui dirait tout.

Une image surgit dans son esprit : il était dans le bureau du capitaine et revivait la conversation qui l'avait envoyé chez elle au début, puis tous les mensonges par omission qu'il avait enchaînés pour rester avec elle. Bon, pas tout… du moins pas tout de suite. Tout ce qu'il avait à faire, c'était trouver un moyen pour qu'elle ne le déteste pas si elle découvrait un jour l'entière vérité.

15

Gina ne pouvait s'empêcher de chantonner. À l'épicerie, elle fredonnait en même temps qu'un tube des Supremes tout en exécutant quelques mauvais pas de danse au rayon fruits et légumes. À la carterie, elle ne s'était rendu compte qu'elle chantait en même temps qu'un hit daubesque que lorsque son client l'avait rejointe. Et, maintenant, elle était en train de préparer du café dans sa cuisine tout en remuant les fesses en rythme avec la musique en provenance de la terrasse, que Juan et son équipe auraient bientôt entièrement rénovée, et qui n'essayerait plus de dévorer qui que ce soit. C'était un jour merveilleux et une ode à la baise régulière.

— Eh bien, très bon jour à moi-même, dit Ford.

Elle pivota. Il se tenait dans l'encadrement de la porte, uniquement vêtu d'un jean. Elle en eut le souffle coupé. Elle aurait pu admirer ses épaules larges et ses tablettes de chocolat toute la sainte journée. Son fin sillon de poils plongeait tout droit sous la ceinture de son jean, lequel était déboutonné et tenait sur ses hanches grâce à une force invisible. S'habituerait-elle un jour à cette vision ? Ou, mieux encore, finirait-elle par s'accoutumer à ce sentiment vibrant qui la saisissait quand il prononçait son nom ou la regardait comme s'il la voyait vraiment, elle, et non une caricature ? Quand elle était avec lui, c'était mieux que de fréquenter simplement quelqu'un de tellement sexy qu'elle était sur le point de s'enflammer. Être avec Ford, c'était comme sentir la chaleur du soleil après un hiver interminable, et c'était le sentiment le plus heureux et le plus optimiste qu'elle ait jamais ressenti.

— Un café ?

— Ce n'est pas exactement ce que j'avais en tête, répondit-il en la rejoignant près de la cafetière. Mais il faut que je file rapidement pour pouvoir passer chez moi me changer avant d'aller bosser.

Elle remplit une tasse et la lui tendit.

— Les inspecteurs à moitié nus sont interdits ?

— Totalement.

— Il faudrait revoir ça.

Elle se pencha en avant et respira son odeur virile avant de craquer et d'embrasser le suçon qu'elle lui avait fait la veille à la jointure de l'épaule.

— Je suis prête à avouer n'importe quoi rien que pour te voir dans cette tenue.

Il posa la tasse sur le plan de travail et s'empara de ses fesses, qu'il pressa, espiègle.

— Tu as quelque chose à avouer ?

— Eh bien, inspecteur, répondit-elle en lui caressant le torse du bout des doigts, j'ai bien peur d'avoir été une très vilaine fille.

Il poussa un gémissement rauque et la souleva. Elle n'eut pas d'autre choix que d'enrouler les jambes autour de sa taille. Heureusement, c'était à peu près tout ce qu'elle avait envie de faire quand elle était près de lui.

— Oh ! inspecteur Hartigan, murmura-t-elle en glissant les mains sur sa nuque, la bouche tout près de son oreille. Vous aimez quand je suis vilaine, pas vrai ?

— Tu n'imagines pas à quel point.

Il la serra plus fermement contre lui. Elle ondula, frottant son entrejambe contre son sexe en érection, qui prouvait ses dires.

— Je crois que si.

— Dis-moi que tu n'as rien de prévu ce soir.

Elle consulta mentalement son agenda et poussa un gémissement.

— Je dois organiser une fête pour que les familles de mes nouveaux clients se rencontrent, mais j'aurai fini à 20 heures.

Il soupira et la reposa sur le sol sans lâcher sa taille.

— Tu ne peux pas leur dire de réserver un restau, qu'on n'en parle plus ?

— Non.

Ne comprenait-il pas qu'elle était payée pour faciliter et promouvoir le rêve de l'amour et ses qualités effervescentes et éternelles ?

— Certaines personnes aiment bien que ce soit un petit plus théâtral que ça.

— Pourquoi ? demanda-t-il tout en lui caressant les fesses, ce qui la perturbait.

— Parce qu'ils sont amoureux, répondit-elle en essayant désespérément d'enchaîner les mots sans terminer par « embrasse-moi, idiot ». Et ils veulent partager ça avec leur famille, leurs amis et le monde entier. Le crier sur tous les toits.

Ford la souleva pour l'asseoir sur le comptoir de la cuisine, où tout avait commencé entre eux, et il l'embrassa dans le cou tout en glissant les mains sous son débardeur pour lui caresser les seins. Elle se liquéfia en poussant un petit soupir heureux et totalement idiot.

C'était dur – comme ne pas céder à l'appel du chocolat quand elle allait avoir ses règles –, mais elle posa les mains sur son torse et le repoussa.

— Si tu ne t'arrêtes pas, tu vas être en retard au boulot.

— Qui est-ce qui veut respecter le règlement à présent ? demanda-t-il avec un sourire taquin.

— Inspecteur Hartigan, vous avez des criminels à appréhender et vous devrez donc attendre ce soir pour résoudre un important mystère : quelle culotte est-ce que je porte aujourd'hui ?

L'expression qui se peignit sur le visage de Ford lui apprit qu'elle avait visé juste. Elle était certaine qu'il se poserait la question toute la journée. *Oups.*

Puis il détourna le regard et son air je-vais-te-sauter laissa place à la même curiosité que lorsqu'il avait ouvert l'appentis qui était fermé depuis une éternité et qu'il en était ressorti avec six pièges à souris. Pleins. C'était dégueulasse.

— Qu'est-ce que c'est ? demanda-t-il en tapotant la boîte.

— Aucune idée. Mes frères l'ont laissée ici en m'ordonnant de ne pas l'ouvrir.

Ford se raidit.

— Ils font ça souvent ?

— Non.

C'était arrivé une ou deux fois, et ça avait toujours été une surprise pour un membre de la famille – des boucles d'oreilles pour l'anniversaire de leur mère ou des tickets de hockey pour elle. Soudain, en l'observant avec le regard d'un flic, le carton apporté par Rocco prit une allure plus sinistre et elle détesta ça. Sa famille et le boulot de Ford ne devaient pas se mélanger. C'était obligatoire si elle voulait que ça marche entre eux.

— Ils n'apportent jamais leur boulot chez moi.

L'air curieux fut aussitôt remplacé par l'air professionnel.

— Leur boulot ?

Ce petit mot était lourd de sens. Ils n'étaient pas des amants maudits. On était loin de Roméo et Juliette – et, étant donné comment ils avaient fini, tant mieux. Mais le nom de famille de Gina était suspendu au-dessus d'eux comme une épée de Damoclès. Un jour, elle s'abattrait sur eux, même s'ils faisaient tous deux semblant de l'ignorer. Elle ne trempait peut-être dans aucune activité illégale, mais elle n'en était pas blanche pour autant.

L'honnêteté et la sincérité dont ils avaient fait preuve depuis le début avaient empêché que les choses ne dégénèrent entre eux. Ils ne se mentaient pas. Jamais. Gina avait vraiment besoin que les gens suivent cette règle, surtout après ce qui s'était passé au lycée et qui lui avait valu cet horrible surnom. Il lui avait fallu des années pour faire de nouveau confiance aux hommes après ça.

Ford s'écarta, boutonna son jean et jeta un dernier coup d'œil à la boîte.

— Gina…

Elle n'aima pas la façon dont il prononça son prénom.

— Ford, arrête. C'est probablement juste un cadeau surprise pour fêter la fin de mes travaux. Paul et Rocco aiment ce genre de trucs. Ça ne doit rien changer entre nous.

Elle posa une main sur le torse de Ford, à hauteur de son cœur.

— J'ai confiance en toi. J'ai besoin que tu me fasses confiance, toi aussi.

Il détourna les yeux du carton, puis les baissa de nouveau avant de concentrer toute son attention sur elle.

— J'ai confiance en toi.

— Bien, alors il n'y a pas lieu de s'inquiéter, affirma-t-elle avec plus de conviction qu'elle n'en ressentait réellement, mais bien résolue à tirer le meilleur parti possible de ce qui pourrait être une situation étrange alors que tout était si nouveau entre eux. J'aurai terminé à 20 heures. Tu veux qu'on se retrouve après ?

— Bien sûr.

Il lui fit un bref baiser.

— Allons prendre une bière chez Marino.

La nervosité qui agitait son cœur de manière erratique se calma et elle poussa le soupir qu'elle retenait.

— Parfait. À ce soir.

Il lui adressa un clin d'œil et sortit de la cuisine en lui fournissant une vue parfaite sur son cul. Mince. Il avait vraiment des fesses sublimes. Comment est-ce que c'était arrivé ? De la KissCam à des baisers excitants dans sa cuisine et tellement plus dans sa chambre, sa vie – sa vie de femme avec qui on ne sortait pas – avait pris un tour des plus positifs et elle se promit d'en profiter tant que ça durerait.

Lorsque Gina pénétra chez Marino, elle ne chantonnait plus du tout.

Ses nouveaux clients ne savaient pas ce qu'ils voulaient pour leur fête, en revanche, ils avaient refusé les huit millions de propositions de Gina. Certains jours, elle haïssait ses clients.

Elle dut scruter la foule à plusieurs reprises avant de repérer Ford au fond de la salle près des fléchettes. Plusieurs mecs – des flics, elle en était certaine malgré la distance – l'accompagnaient. Il y avait quelque chose dans leur attitude et dans leur façon d'examiner les clients d'un air soupçonneux qui les trahissait tout de suite. Bien sûr, le fait que Marino soit l'un des bars les plus populaires chez les flics de Waterbury permettait de parier sans craindre de se tromper que la plupart des gens présents portaient un badge ou voulaient coucher avec quelqu'un qui en portait un.

Ford se retourna au moment où elle se dirigeait vers lui. Elle sut tout de suite qu'il l'avait aperçue et elle marqua un temps d'arrêt en réponse à l'accélération de son cœur et à la façon dont son soutien-gorge lui parut soudain trop petit. Il avança vers elle et elle s'obligea à continuer à marcher même si elle avait plutôt envie de se pâmer. Bon sang, mais qu'est-ce qui lui arrivait ?

Oh ! Regina, tu es dans la mouise.

Elle repoussa cette idée dans le recoin le plus sombre de son esprit, résolue à profiter du peu de temps qu'il lui restait à passer avec Ford.

— Salut, toi, dit-il quand ils se rejoignirent à mi-chemin. J'avais l'impression que tu n'arriverais jamais. Comment ça s'est passé avec le joyeux couple ?

Elle leva les yeux au ciel.

— Deux chieurs.

Il rit.

— Ça veut dire que tu as besoin d'une bière tout de suite. Et si tu t'installais ? Je vais t'en chercher une.

— Prodigieuse idée.

Presque aussi bonne que de pouvoir s'asseoir à côté de Ford.

— Je vais faire un tour aux toilettes et je te retrouve au bar.

Les toilettes n'étaient pas loin, mais le pub était bondé. Elle se fraya un chemin au milieu de la foule et, à chaque pas qu'elle faisait, elle ne pouvait s'empêcher de songer que tout le monde la regardait, la jugeait – et la trouvait défaillante. Sa peau la démangeait et son souffle devenait de plus en plus court. Son anxiété lui rappela toutes les fois où elle avait remonté les couloirs de l'école au milieu des murmures et des ricanements sous cape. Elle essaya de s'en débarrasser, mais son angoisse lui répondit un « va te faire foutre » qui lui serra les poumons.

C'était peut-être juste un effet secondaire (après tout, elle était dans un bar rempli de flics et elle était une Luca) mais, le temps qu'elle parvienne dans les toilettes heureusement vides, sa peau était brûlante.

Elle se précipita dans une cabine, dont elle referma et verrouilla la porte. Ce ne fut qu'alors qu'elle put enfin respirer librement. Tout le temps qu'elle passait à attendre que Ford mette fin à leur relation commençait vraiment à lui taper sur les nerfs.

La porte des toilettes s'ouvrit et le bruit du groupe qui jouait dans le bar lui parvint.

— Oh là là, tu l'as vue ? demanda une femme. Je me demande s'il a perdu un pari. On sait que les mecs de la brigade adorent lancer des défis.

— Ça expliquerait tout. Je veux dire, il n'y a aucune autre raison qu'il la choisisse, elle, plutôt que toi, Patrice, répondit une deuxième voix féminine.

— Comment on fait pour embrasser une nana qui a un nez aussi gros ? reprit la première. Je me demande si ça l'empêche de sucer.

Les gloussements des deux femmes emplirent les toilettes tandis que Gina priait pour qu'elles ne soient pas en train de parler d'elle, même si son intuition lui disait que c'était exactement ce qu'elles étaient en train de faire.

— Écoute, poursuivit la première, c'est tant pis pour Ford.

— Entièrement d'accord.

La porte grinça de nouveau et la musique se déversa dans les toilettes pendant une fraction de seconde avant qu'elle se referme. Gina resta dans sa cabine, étrangement calme. Elle était en terrain familier. Il était temps qu'on lui rappelle la façon dont le monde fonctionnait. Elle avait passé un mois dans une espèce de cocon en forme de « Ford », et elle en avait oublié à quoi ressemblait la vie pour les femmes qui n'entraient pas dans le moule que la société jugeait convenable.

Ça ne marcherait jamais avec Ford. Ils le savaient tous les deux depuis le début, et c'était bien pour ça qu'ils s'étaient mutuellement promis de ne pas prendre leur relation pour plus qu'elle n'était. Dommage qu'elle ait tout gâché en tombant amoureuse de lui.

Elle rouvrit la porte de la cabine et se dirigea vers le lavabo. Elle examina la situation tout en se lavant les mains. Les meilleurs moments de ses journées étaient ceux qu'elle passait avec lui à rire de choses qui n'auraient certainement fait sourire personne d'autre. Le voir lui permettait de survivre à un rendez-vous pénible avec un client ou aux mauvaises nouvelles de Juan lui annonçant une augmentation du coût des travaux. Elle se contempla dans le miroir à la lumière du néon qui-ne-flattait-personne-même-les-top-models et vit la vérité étalée sur son visage.

— Espèce d'idiote, dit-elle à son reflet. Tu l'aimes.

Une fille moche appartenant à une famille de mafieux savait pourtant bien qu'il ne fallait pas tomber amoureuse d'un flic canon dans le genre de Ford Hartigan. Ça ne finissait jamais bien – et ça finissait à coup sûr.

Sa décision prise, elle sortit des toilettes le menton haut. Si quelqu'un la regardait pendant qu'elle se frayait un chemin jusqu'à Ford, elle ne le remarqua pas. Elle s'en fichait. Qu'ils aillent se faire foutre. Elle partait.

— Tout va bien ? demanda Ford en lui tendant une bière.

— Je dois rentrer.

Elle posa la bouteille sur la table et la poussa vers lui.

— Désolée.

— D'accord.

Il repoussa sa chaise et se leva.

— On prend ma voiture et on repassera ici demain matin pour récupérer la tienne.

— Non.

Mince, son menton s'était mis à trembler. Il fallait qu'elle sorte de là.

— Je m'en vais toute seule. Je t'appellerai plus tard.

Elle se précipita hors du bar et l'air chaud de cette fin de printemps l'assaillit aussitôt qu'elle eut franchi la porte. Ça signifiait que ses cheveux allaient frisotter, mais ce n'était pas grave. Plus maintenant.

La porte s'ouvrit derrière elle et Ford la rejoignit d'un pas vif.

— Qu'est-ce qui s'est passé ? J'ai fait quelque chose ?

— Aucune importance.

Elle inspira, bouleversée.

— Je veux juste rentrer chez moi.

— Gina.

Sa grande main s'empara de la sienne, toute petite.

— Parle-moi, s'il te plaît.

Elle leva les yeux vers lui : il était tout ce qu'elle avait toujours voulu chez un homme. Il était attentionné, intelligent, drôle, et avec lui elle avait l'impression d'être unique et appréciée pour qui elle était vraiment. Quelle idiote d'avoir cru que c'était seulement possible.

Elle se dégagea.

— Je ne peux plus faire ça, Ford, répondit-elle tant qu'elle en avait le cran. C'était sympa de prétendre que ça pouvait marcher entre nous, mais on sait tous les deux que ce n'est pas possible, pas sur le long terme, et je l'avais oublié jusqu'à ce soir. Je ne peux pas me permettre de ne plus m'en souvenir.

Ford plissa les yeux et la confusion se lut dans son regard vert.

— De quoi tu parles ?

— Ma famille et ton job ne peuvent pas se mélanger.

Ce n'était pas tout à fait faux. Ce n'était juste pas l'entière vérité, mais elle n'était pas certaine de pouvoir la lui avouer. Tant pis pour la sincérité.

Il croisa les bras et la regarda comme si elle racontait n'importe quoi.

— C'est une bonne chose que je ne sorte pas avec ta famille, alors.

Rhaa. Pourquoi était-il aussi têtu ?

— Tu sais très bien ce que je veux dire, affirma-t-elle en criant presque.

Si elle devait se donner en spectacle sur le trottoir devant chez Marino au milieu des badauds qui ralentissaient pour espionner avant d'entrer dans le bar, alors autant se comporter comme une poissonnière.

— Non. Ce que je sais, c'est que tu me racontes des conneries ! s'exclama-t-il en retour. C'est quoi le vrai problème ?

Il ne lâcherait pas l'affaire. Il était trop entêté pour ça.

— Je dois vraiment le dire ? demanda-t-elle d'une voix qui se brisa.

L'expression de Ford s'adoucit et il fit un pas un avant, la main tendue.

— Oui, parce que je ne comprends rien du tout.

Elle n'avait aucune envie d'éviter le contact de ses mains, mais elle ne pouvait pas se permettre de le laisser la toucher. Pas maintenant, pas si elle voulait déballer la vérité et en finir avec cette atroce conversation.

Elle prit une profonde inspiration, repoussa ses cheveux derrière ses oreilles, releva le menton et se plaça dans la lueur de l'enseigne au néon rouge du bar. Autant qu'il la voie bien.

— Nous savons tous les deux que je ne suis pas le genre de femme qui peut épouser un mec comme toi. Je dois donc rompre tant qu'il en est encore temps.

16

Ford ne savait pas quoi répondre. Ce n'était pas uniquement parce qu'il n'était pas le charmant Hartigan, mais parce qu'il ignorait vraiment quels mots prononcer après une affirmation aussi stupide.

Il n'essaya donc même pas.

Il se contenta de franchir la distance qui les séparait, prit le visage de Gina entre ses mains et l'embrassa comme un dingue. Ce n'était pas un baiser particulièrement tendre ni doux. Ce n'était pas son intention.

Lorsqu'elle ouvrit la bouche, surprise, il approfondit le baiser, en proie à un désir féroce qui le forçait à lutter contre son propre sang-froid. Il avait beau savoir qu'ils étaient devant chez Marino, entourés de clients qui allaient et venaient, il n'en avait rien à cirer. Ça ne concernait pas ces gens.

Ça ne concernait que Gina et lui.

Il l'embrassa comme un homme qui croyait que, s'il le faisait bien, elle oublierait les horribles surnoms dont on l'avait affublée toute sa vie et ne se rappellerait pas qu'on lui avait fait croire qu'aucun homme ne voudrait jamais d'elle.

— Prends une chambre, Hartigan, cria quelqu'un.

Les mots transpercèrent le brouillard de désir qui l'enveloppait et il rompit le baiser.

— Voilà ce que je pense de ton physique, déclara-t-il, le souffle court sous l'effet de l'irritation. Quand je suis avec toi, voilà ce que j'ai envie de faire. Tout le temps. Même quand on s'est retrouvés devant cette foutue KissCam au mariage.

Gina refoula ses larmes.

— Inutile de mentir. Je sais à quoi je ressemble.

C'en était trop. Il ne le supportait plus. S'il ne le disait pas maintenant, il allait exploser. Il s'empara de sa main et l'attira sur le côté du bar et dans l'allée qui menait au jardin clos du pub.

— Où va-t-on ? demanda-t-elle en tenant l'allure grâce à ses merveilleuses longues jambes.

Il ne répondit pas. Il en était incapable. Il avait peur de ne pas prononcer les bons mots, pas en public.

Une fois dans la ruelle, il s'immobilisa juste derrière la clôture en fer forgé du jardin. Il jeta un rapide coup d'œil alentour. Il y avait du lierre sur les murs et les fleurs avaient commencé à s'épanouir, mais en dehors de ça ils étaient seuls. Heureusement, putain, parce qu'il n'était pas certain de pouvoir se maîtriser encore suffisamment pour chasser les indiscrets.

Sans lâcher la main de Gina, il la conduisit jusqu'au coin le plus éloigné, où ils pourraient bénéficier de toute l'intimité nécessaire. Une fois là, il la libéra et fit un pas de côté afin de ne pas lui bloquer le passage. Il ne voulait surtout pas qu'elle se sente piégée. Elle pouvait partir. Il ne l'arrêterait pas. Il priait cependant de toutes ses forces pour qu'elle écoute ce qu'il avait à dire, parce qu'elle devait l'entendre. Il fallait qu'elle comprenne.

— Tu veux savoir ce que je vois quand je te regarde ? demanda-t-il, incapable de contrôler la rudesse de son ton. Je vois une femme qui me rend complètement dingue.

— Merci, répondit-elle, sarcastique. Quel compliment.

Cette femme aurait sa peau. Elle n'avait aucune idée de l'effet qu'elle lui faisait. Il n'était pas du genre sensible. Il était irlandais, pour l'amour de Mike. Et les Irlandais ne donnaient pas dans les déclarations publiques théâtrales que les clients de Gina semblaient affectionner. Et voilà qu'il se retrouvait face à la femme qui avait bouleversé sa vie, sans aucune idée de ce qu'il était censé dire. Pourtant, les mots franchirent quand même ses lèvres.

— Je ne peux pas passer plus de cinq minutes sans penser à ta bouche tendre, ou à la façon dont tu ris en renversant la tête en arrière, détendue. Le meilleur moment de ma journée, c'est quand je te fais rire et que je regarde tes yeux briller de joie. Je pense à la manière dont, quand tu me regardes, tu me vois vraiment, moi, et pas un flic du clan sauvage Hartigan. Tu me vois.

Il fit un pas en arrière, puis un autre et encore un autre, jusqu'à ce qu'il se retrouve loin d'elle, acculé contre le mur couvert de lierre.

— Et, quand je te regarde, je ne vois pas une belle femme. Je te vois, *toi*, et c'est mieux que n'importe quelle foutue reine de beauté. Et, si après ça tu veux rentrer chez toi, vas-y. Je ne te retiendrai pas.

Elle avait détourné le visage, aussi ne pouvait-il pas voir son expression lorsqu'elle s'éloigna de lui. Un pas. Deux pas. Trois pas. À chaque pas, son sang se glaçait davantage. Puis, parvenue au niveau de la tonnelle qui menait à cette partie isolée du jardin, elle s'immobilisa.

— Tu vas me briser, Ford Hartigan, dit-elle d'une voix tremblante, le dos toujours tourné.

— Je te promets que non. Fais-moi confiance.

Et il le pensait. Il le pensait vraiment.

Elle pivota, et une seconde plus tard elle était dans ses bras, les lèvres contre les siennes, et arrachait son T-shirt de la ceinture de son jean. Ford éprouvait un désir tellement désespéré qu'il en devenait presque fou – ou alors c'était à cause de la bouche de Gina contre la sienne, de la façon dont sa langue le mettait au défi de les emmener plus loin ou de la manière dont elle s'était jetée sur lui.

Il se fichait bien d'être dans le jardin de Marino, et la possibilité d'être arrêté pour attentat à la pudeur était le dernier de ses soucis. Il la voulait. Tout de suite.

Il glissa les mains sous sa jupe, un tissu rouge sexy qui s'était collé autour de ses cuisses quand elle s'était ruée hors du pub. Il remonta les paumes sur l'extérieur de ses cuisses et sur la courbe généreuse de ses hanches. Il était tellement distrait par le goût de sa bouche qu'il lui fallut un instant pour comprendre ce qu'il sentait.

— Tu ne portes pas de culotte.

— Elles semblent ralentir l'action, répondit-elle en l'embrassant le long du cou tout en défaisant le bouton de son jean. Ça m'a paru plus malin de ne pas en mettre.

— Tu as le cerveau le plus sexy du monde.

Tout en elle était sexy : le creux de sa taille, le gémissement qu'elle poussa quand il introduisit deux doigts dans son sexe déjà humide, la façon dont elle contracta le vagin.

— Bon sang, Gina, tu es tellement bonne.

Il adorait la voir comme ça, dévergondée et libérée du bagage émotionnel qu'elle portait tout le temps avec elle. Ça lui donnait envie de la pousser à se dépasser, de tout lui donner, de lui offrir plus qu'elle ne se croyait capable d'accepter, juste pour qu'elle puisse tout posséder.

Ses doigts allaient et venaient en elle, caressant et frottant ses lèvres gonflées et, jambes écartées et tête renversée, elle prenait tout.

Elle réussit à déboutonner le jean de Ford et glissa la main dedans pour s'emparer de son sexe raide.

— Je te veux en moi.

— Quoi, tu ne vas pas d'abord jouir pour moi ?

Il glissa un troisième doigt en elle et les fit pivoter.

— Je veux te sentir jouir. Montre-moi comment tu prendrais ma bite.

— Ford.

Dans sa bouche, son prénom était une tendre supplique.

Par-dessus le gémissement de Gina, il entendit le bruit en provenance des clients du bar – ses collègues de la police – passant dans la ruelle. Gina les avait certainement perçus aussi parce qu'elle cessa de remuer les hanches.

— Oh ! non.

Il plongea les doigts plus profondément en elle tout en caressant en cercles son clitoris sensible.

— Je t'interdis d'arrêter. Il faut juste que tu ne fasses pas de bruit. Tu t'en sens capable ?

Entre les doigts de Ford en elle et le pub rempli de flics de l'autre côté du mur de briques contre lequel elle était adossée, Gina allait perdre la raison. Les voix des passants résonnaient encore dans sa tête, et pendant une fraction de seconde un souvenir désagréable tenta de se frayer un chemin dans sa mémoire. Un endroit public. Un homme dont elle ne pouvait se passer. Elle s'était perdue dans l'instant. Et elle avait ensuite été écrasée par le poids d'une humiliation terrible qui avait à jamais libéré quelque chose en elle. Le souvenir essaya de s'agripper à elle, mais elle le repoussa. Ce n'était pas la même chose. Elle pouvait faire confiance à Ford. Il ne lui mentirait jamais comme ça.

Il avait dû sentir son hésitation parce qu'il cessa de bouger ses doigts merveilleux.

— Tu veux que j'arrête ?

Elle secoua la tête.

— Gina, regarde-moi. J'ai besoin d'être sûr que tu en as envie.

En avoir envie ? C'était bien trop faible comme expression. Elle désirait Ford plus fort qu'elle n'avait jamais désiré personne et elle le voulait tout de suite. Elle leva la tête ; elle n'avait jamais été aussi sûre d'elle.

— Je ne veux pas tes doigts.

Elle reposa les mains sur sa braguette, qu'elle ouvrit avec une efficacité brusque provoquée par son désir impérieux.

— Je te veux, toi.

Quelque chose crépita dans l'air quand il plongea son regard vert bouillonnant de désir dans le sien. Puis tout se produisit en même temps. Il retira les doigts, attrapa son portefeuille, en sortit un préservatif et l'enfila avec une telle rapidité qu'elle n'eut même pas le temps de se rendre compte qu'il avait déchiré l'emballage. Il posa ensuite les mains sur ses hanches et la fit pivoter pour la positionner face au mur.

Un frisson d'anticipation la parcourut lorsqu'elle pressa les paumes sur la brique froide et écarta les jambes.

— Je ne peux pas aller lentement, Gina.

Il rabattit sa jupe sur sa taille et laissa échapper un sifflement d'appréciation en caressant ses fesses nues.

— Je vais te baiser vite et fort. Tu es partante pour ça ?

Elle avait une réponse toute prête, une bonne, mais avant que les mots aient franchi ses lèvres elle jeta un coup d'œil à Ford par-dessus son épaule et ses pensées volèrent aussitôt en éclats. Il était là, derrière elle, le T-shirt froissé, le jean à mi-cuisse et la main enroulée autour de son sexe, et il l'observait avec une intensité qui tenait davantage de la revendication que de la baise. Elle sentit son sexe se contracter en réponse et elle se cambra.

Il répondit à son invitation, et la pénétra si profondément qu'elle le sentit dans tout son être.

— Tu es tellement étroite, dit-il d'une voix rauque tout en allant et venant. Je n'en ai jamais assez de toi.

Des mots. Ils étaient dans sa tête, mais aussi au-delà d'elle tandis qu'elle remuait le bassin contre lui, lui rendant coup de reins pour coup de reins et modifiant l'angle de ses hanches afin que, chaque fois qu'il plonge en elle, il frotte contre l'endroit à l'entrée de son vagin qui lui recroquevillait les orteils et faisait pulser la petite boule d'énergie qu'elle sentait en elle.

— Ford ! s'exclama-t-elle en fermant les yeux et baissant la tête. S'il te plaît.

Elle ignorait pourquoi elle le suppliait. Elle savait juste qu'il le fallait.

— C'est ça que tu veux ?

Il lâcha sa hanche et fit glisser sa main sur son ventre, puis plus bas. Il écarta ses boucles pour lui caresser le clitoris – doucement puis brusquement – jusqu'à ce qu'il devienne l'ancre qui la rattachait à la terre. C'était trop et pas assez et elle avait besoin de tout.

Le mur sur lequel elle s'appuyait lui écorchait les paumes. Ils bougèrent à l'unisson encore et encore jusqu'à ce que ses cuisses se mettent à la picoter. L'orgasme la transperça comme un éclair qui explosa en elle et la remplit d'une lueur aveuglante satisfaisante. Il posa la main sur sa bouche pour étouffer son cri tout en la baisant pendant qu'elle jouissait, son torse pressé contre son dos.

— Gina, murmura Ford d'une voix rauque en jouissant violemment en elle.

Le monde reprit peu à peu ses contours, comme si le temps et le lieu n'avaient aucune importance. Le poids de Ford contre elle. Le parfum des fleurs qui commençaient à s'épanouir. Le bavardage imperturbable des gens qui marchaient sur le trottoir de l'autre côté du jardin. Ford lui embrassa le cou et se retira. Il jeta le préservatif dans l'une des poubelles non loin et Gina se redressa en rajustant sa jupe. Ils se sourirent comme s'ils venaient juste de voler le diamant Hope ; les hormones de l'orgasme les faisaient tellement planer que la réalité ne les atteignait pas.

Une fois qu'il se fut rhabillé et qu'il eut reboutonné son jean

– c'était dommage mais nécessaire –, il la prit par la main et ils regagnèrent l'entrée du jardin. Il s'immobilisa un instant pour scruter les alentours et s'assurer que personne n'arrivait de chez Marino.

— C'est bon, dit-il en se mettant en route. La voie est libre.

Le fait qu'il ait pris la peine de s'assurer que personne ne les voie sortir du jardin alors qu'ils devaient probablement être échevelés telles deux personnes qui viennent de baiser comme des dingues, et qu'il la protège ainsi, fit courir en elle une chaleur réconfortante.

Il ne lui avait pas dit qu'il l'aimait, pourtant c'était certainement ce qu'il ressentait. Sinon, pourquoi lui aurait-il tenu ce discours ?

Elle n'avait peut-être pas besoin d'un homme dans sa vie pour être heureuse mais, avec Ford qui lui tenait la main tandis qu'ils se dirigeaient vers sa voiture, elle commençait enfin à croire qu'elle pourrait obtenir tout ce qu'elle ne s'était jamais autorisée à espérer.

17

La maison des Hartigan était, une fois de plus, en proie au chaos le plus total. Gina adorait ça.

— Pas de Honeypot ce soir ? demanda-t-elle à Felicia.

Felicia était la plus petite et la moins bruyante des Hartigan et, contrairement au reste de la couvée, elle vivait de l'autre côté du pont, à Harbor City, avec Hudson, son fiancé millionnaire, et leur chat borgne.

— Hors de question, répondit Felicia en repoussant ses lunettes. Elle a été bannie de toutes les réunions de famille. Le décret est venu d'en haut.

— Tu veux parler de Kate ? demanda Gina en se servant de la salade de pommes de terre, étant donné que le dîner hebdomadaire était cette fois-ci un buffet, pour permettre à ceux qui le voulaient de regarder le match de hockey au salon.

Kate avait cédé aux supplications insistantes de sa famille uniquement parce que c'était les *playoffs* ça-passe-ou-ça-casse.

— On ne peut pas faire plus haut que maman, expliqua Felicia en gloussant alors que Hudson et elle avançaient dans la file derrière Gina.

— Pourquoi l'avoir appelé Honeypot ?

Le visage de Felicia s'illumina.

— Parce que j'étudie une race de fourmis qui s'appellent comme ça, les honeypot, les « pots de miel ».

— Je n'en ai jamais entendu parler. Elles ressemblent à quoi ?

C'était une façon plus sympa de dire qu'elle avait toujours cru que les fourmis étaient des fourmis, point.

— Ne demande pas, intervint Hudson avec une expression exagérée de dégoût. Elles sont dégueulasses.

Felicia se tourna vers son fiancé en poussant un petit cri taquin.

— Comment peux-tu haïr la fourmi qui nous a réunis ?

Il haussa les épaules, moqueur.

— Sans aucun problème.

Et c'est ainsi que se déroula le repas. Gina bavarda avec tous les membres de la famille Hartigan et les pièces rapportées, y compris Kyle, le type qui accompagnait Fallon. Il travaillait dans le même commissariat que Ford, mais c'était un simple flic. Lorsqu'elle lui demanda comment il avait rencontré Fallon, il haussa les épaules et répondit que les policiers et les infirmières finissaient toujours ensemble.

— Je sais, c'est un connard, dit Fallon un peu plus tard tandis qu'ils regardaient les Ice Knights se faire laminer en deuxième mi-temps. Mais il a une bite splendide.

Gina faillit s'étouffer avec son morceau de poulet frit.

— Tu ne devrais pas dire ça. On pourrait t'entendre.

Elle jeta un coup d'œil autour d'elle ; tout le monde était concentré sur le match.

— Bah, aucune importance, déclara Fallon avec un haussement d'épaules avant de mordre dans une cuisse de poulet. Crois-moi, avec Frankie, ils en ont entendu de bien pires.

C'était probablement vrai. Frankie semblait être né sans filtre et, comme il aimait le rappeler, sans aucune modestie. Ce mec était un sacré numéro, mais il était amusant. En regardant le clan

Hartigan qui l'avait accueillie comme une des leurs, Gina se rendit compte que Ford n'était nulle part en vue. C'est alors qu'une idée absolument délicieuse lui vint, une idée qui impliquait sa splendide bite et un coup rapide dans la pièce verrouillée la plus éloignée du salon. Il fallait juste le trouver. Il était certainement à la cuisine.

— Je reviens tout de suite, dit-elle à Fallon. Je vais chercher un verre d'eau.

Elle quitta le salon bondé, plus que résolue à mettre la main sur Ford. Elle n'eut pas à chercher bien loin. Il était dans la cuisine avec Kyle. Ils lui tournaient le dos, occupés à remplir leurs assiettes.

Te voilà. Elle était sur le point de dire quelque chose, mais Kyle la devança.

— Je croyais que ta mission merdique pour soutirer des renseignements à la petite Luca sur ses frères était terminée.

— Ta gueule, Carlin, rétorqua Ford. On ne parle pas boulot en dehors du commissariat.

Gina se figea. Qu'est-ce que ça signifiait ?

— Et, putain, je pensais que Gallo avait exagéré en parlant de son physique, mais pas du tout, poursuivit Kyle en versant de la sauce sur sa purée. Mec, tu as pris une balle pour toute la brigade. Tu mériterais une prime de risque.

Le verre d'eau manqua de lui glisser des mains. Soutirer des renseignements sur ses frères ? Quelle idiote. Comme d'habitude. Ce n'était pas elle qu'il voulait. Il voulait arrêter ses frères. Toutes les questions qu'il lui avait posées sur sa famille, sa façon de se mêler aux invités à l'anniversaire de sa grand-mère, ce n'était pas parce qu'il voulait mieux la connaître et qu'il était en train de tomber amoureux d'elle comme elle de lui. C'était parce qu'il était sur une affaire.

— Oui, il devrait bénéficier d'une prime de risque, dit-elle d'une voix si tremblante qu'elle eut de la peine à la reconnaître. Il doit y avoir une règle quelque part là-dessus, j'en suis sûre.

Les deux hommes se tournèrent vers elle, mais elle ne prit pas la peine de regarder Kyle. Il n'avait aucune importance pour elle. Contrairement à Ford. Qui avait l'air aussi coupable qu'un gamin surpris avec un pot de crème glacée vide et la bouche pleine de chocolat.

Fais-moi confiance, avait-il dit. Je te vois.

Elle l'avait fait.

Mais c'était fini.

Elle prit une profonde inspiration, tourna les talons et sortit de la cuisine. Le sol s'était enfin ouvert sous ses pieds, sauf qu'elle n'était pas tombée dans le trou et il était hors de question qu'elle en perde ses manières – même si elle avait été élevée par des criminels.

— Gina ! s'exclama Ford. Attends, s'il te plaît.

Elle regagna le salon sans s'arrêter. Kate et Fallon n'eurent besoin que d'un coup d'œil dans sa direction pour se rembrunir, inquiètes.

— Qu'est-ce qui s'est passé ? demanda Fallon en se précipitant vers elle.

Kate posa la main sur son bras.

— Tu vas bien ?

Pas le moins du monde.

Tout le temps qu'elle avait passé avec Ford n'avait été qu'un fantasme, un conte de fées. Mais, au lieu d'avoir droit à une fin heureuse, elle avait l'impression qu'on l'avait éventrée et vidée, et qu'une coquille vide se tenait dans le salon des Hartigan.

— Oui, très bien, répondit-elle d'une voix beaucoup plus assurée que ses jambes. Merci beaucoup pour tout, mais je dois y aller.

Elle se dirigea vers la porte sans attendre de réponse, car ce sentiment de vide ne durerait pas éternellement et ses émotions étaient une bombe à retardement.

Ford se tenait devant, blanc comme un linge.

— Gina, écoute-moi, s'il te plaît.

N'était-ce pas ce qu'elle avait fait la dernière fois, après avoir entendu les deux nanas dans les toilettes du pub ? Elle savait qu'elles avaient raison, qu'il n'avait pas vraiment de sentiments pour elle, mais elle avait voulu qu'elles se trompent. Alors, elle l'avait écouté. Et ce picotement sur la nuque l'avait avertie à plusieurs reprises que ça ne marcherait pas comme elle le voulait. Elle l'avait ignoré. Elle avait préféré écouter Ford à la place.

Après tout ce qu'elle avait subi, toutes les humiliations et les hontes, on aurait pu penser qu'elle possédait un sixième sens.

— Est-ce que Kyle ment quand il dit que je suis une mission ? demanda-t-elle.

Une partie d'elle aurait aimé qu'il nie.

Ford ouvrit la bouche, mais aucun son n'en sortit.

— Le mensonge ne te vient pas super vite cette fois-ci, hein ? Tu aurais probablement dû garder cette perle « je te vois » pour une autre femme.

La souffrance. Elle était partout. Dans sa poitrine. Sa gorge. Ses yeux. Son ventre. Elle avait l'impression d'avoir été renversée par un camion. Le besoin de sortir de chez les Hartigan passa du stade « intense » à « question de vie ou de mort ». Sans se soucier de la douleur terrible qu'elle éprouvait, elle avança vers la porte, s'arrêta devant Ford et le regarda droit dans les yeux.

— Mais crois-moi, maintenant, je te vois, moi aussi. Pousse-toi, s'il te plaît.

Il ouvrit la bouche comme s'il s'apprêtait à protester, mais il dut comprendre à son expression qu'elle ne l'écouterait pas. Il s'écarta.

Elle s'éloigna sans un regard en arrière, mobilisant toute sa concentration pour mettre un pied devant l'autre jusqu'au bout de la rue, où elle appela un Uber en se demandant jusqu'où le chauffeur accepterait de l'emmener si elle le suppliait.

Tous les talents d'enquêteur de Ford l'abandonnèrent à l'instant où Gina quitta la maison. Il n'aurait pas su trouver la sortie d'un sac en papier kraft. Il commença par hésiter sur le seuil, le cliquètement de la porte qui se refermait sur elle résonnant encore dans son crâne. Il contemplait le bois comme si Gina allait réapparaître comme par magie s'il le fixait assez longtemps.

Lorsqu'il comprit enfin, il rouvrit la porte avec une telle violence qu'elle rebondit contre le mur et fit trembler les photos de famille alignées dans l'entrée. Il se rua dehors. Il avait cinquante pour cent de chances de choisir la bonne direction et, bien sûr, il se trompa et corrigea son erreur juste à temps pour voir Gina s'engouffrer dans un Uber et s'éloigner.

Tu sais où elle va. Tu peux juste rentrer à la maison et…

Mais la demeure victorienne n'était pas sa maison. Elle ne l'avait jamais été. C'était juste l'endroit où il se sentait chez lui parce qu'elle était là. Il obligea ses pieds à fonctionner, à bouger l'un après l'autre et à le ramener chez ses parents pour qu'il puisse réfléchir à ce qu'il devrait faire ensuite – parce qu'il n'en avait pas la moindre idée.

S'il pouvait juste lui parler… mais ce n'était pas son genre. Ça ne l'avait jamais été.

Il ne savait pas charmer. Ni exprimer ses sentiments. Il suivait les règles et les procédures. S'il y avait un manuel expliquant comment recoller les morceaux après avoir merdé comme ça, alors il ne l'avait pas lu.

Quand il pénétra dans la maison, Fallon l'attendait, les mains sur les hanches. Kyle était juste derrière elle. Ford dut rassembler tout son sang-froid pour ne pas frapper cet enculé juste pour le plaisir de le voir s'effondrer. Mais c'était hors de question, de toute façon, parce que sa mère se tenait à côté de la grande gueule. Faith et Finian étaient derrière elle, l'air furieux.

— Qu'est-ce que tu as fait ? demanda Fallon.

Tout de travers, mais il ne l'admettrait jamais.

— Ce n'est pas toi qui as invité ce connard ?

Kyle poussa un cri indigné.

— Je ne suis pas un connard.

Ford et Fallon se tournèrent tous les deux vers lui comme un seul homme.

— Si, t'es un connard.

Le regard de Kyle se posa alternativement sur le frère et la sœur avant qu'il ne marmonne quelque chose qui ressemblait à « espèce de fous furieux de Hartigan » et ne se rue hors de la maison. La seule chose qui aurait pu faire plus plaisir à Ford aurait été de voir Gina rentrer – une idée qui lui fit l'effet d'un coup de poing dans les reins.

— C'est ça, barre-toi ! s'exclama Fallon avant d'adresser un sourire à son frère.

Mais ce moment de complicité disparut aussi vite que des beignets dans la salle de pause du commissariat.

— Qu'est-ce que tu as fait ? répéta-t-elle.

Son regard passa de l'expression furieuse de sa sœur à celle, inquiète, de sa mère et il répondit comme il le put.

— Mon boulot.

— Comment ça ? demanda Finian.

Ils n'étaient pas si bêtes. Il était flic, pour l'amour de Mike. Ils devaient bien comprendre quel était le conflit d'intérêts.

— Vous savez qui sont ses frères.

— Et ? demanda Faith.

Ce seul mot contenait tellement d'irritation qu'on aurait dit que c'était elle qui venait de voir la personne la plus importante de sa vie prendre la porte.

— Ça n'explique pas ce que *tu* as fait.

Qu'avait-il fait ? Il tapota rapidement son index de son pouce : il ne voulait pas avouer ce qu'il avait fabriqué, parce que c'était dégueulasse – bien que totalement justifié –, mais totalement dégueulasse. Il poussa un profond soupir et déballa tout pour que tout le monde se rende compte à quel point il avait merdé.

— On m'a donné pour mission de la surveiller pour voir si je pouvais lui soutirer des renseignements sur sa famille.

Sa mère poussa un petit cri et se signa.

— Tu veux dire que tu as fait semblant de la fréquenter pour résoudre une affaire ?

— Non.

Il secoua la tête.

— Ça ne s'est pas passé comme ça – pas à partir du moment où on a commencé à sortir ensemble.

— T'as intérêt à cracher le morceau en entier avant que les filles ne te frappent, l'avertit Finian, qui avait l'air prêt à lui en coller une lui-même.

Leur mère fusilla son frère et ses sœurs du regard.

— Personne ne frappera personne dans cette maison.

— Merci, maman, dit Ford.

Elle tourna son regard furibond vers lui.

— Garde tes remerciements pour Dieu, qui doit être en train de te protéger, étant donné que je ne t'ai pas encore taillé les oreilles en pointe. Et maintenant crache le morceau.

Il obéit – autant que possible. De la KissCam à l'histoire inventée de toutes pièces pour rester chez Gina, de la mise à pied au moment pic-à-glace-dans-les-couilles quand Gina était entrée dans la cuisine et avait entendu ce débile de Kyle.

— Tu as laissé cette fille super croire que son grand-père avait peut-être été assassiné pour t'introduire chez elle ? demanda sa mère en secouant la tête, incrédule.

Furieux contre lui-même, il haussa le ton :

— C'était Tommy Gros Nez et la probabilité pour qu'il ait été exécuté était élevée.

— Mais tu en as douté dès le début, protesta Finian.

— Oui.

Au début, lui mentir ne lui paraissait pas grave mais, après avoir appris à connaître Gina, l'admettre revenait à se prendre sa propre stupidité en pleine gueule.

Fallon secoua la tête.

— Et tu ne lui as jamais avoué, même après que la légiste a rendu son rapport et que c'était devenu sérieux entre vous ?

Et voilà, le K-O.

— Non.

La même expression se peignit sur tous les visages, expression qu'on pouvait traduire par : « A-t-on jamais vu plus con que Ford Hartigan ? » Il ne pouvait se défendre sur ce point.

Il avait toujours cru que ce serait un membre de la famille de Gina qui ferait tout merder en agissant illégalement. Et voilà qu'il était entièrement responsable.

— Qu'est-ce que tu vas faire maintenant ? demanda Faith.

Ford souhaitait de toutes ses forces pouvoir dénicher un manuel lui indiquant comment agir.

— Je n'en ai aucune idée.

18

Vendredi matin, Ford eut à peine le temps de poser les fesses dans son fauteuil que son nom retentit dans tout le bureau.

— Hartigan, cria le capitaine. Dans mon bureau.

Lorsqu'il pénétra dans la pièce et vit que la nouvelle chef de l'unité opérationnelle, Rodriguez, était là, il comprit que ce n'était pas une réunion comme les autres. Une fois que le capitaine les eut présentés avec son efficacité coutumière, Rodriguez et lui s'assirent.

Comme il n'y avait pas d'autre siège, Ford resta debout. À en juger par leur expression, l'absence de chaise n'était pas une simple négligence de leur part.

— J'ai cru comprendre que vous aviez un lien spécial avec la famille Luca, déclara Rodriguez d'un ton neutre, mais avec une lueur calculatrice dans le regard.

— J'en avais un, oui.

Jusqu'à ce qu'il déconne comme un abruti.

Pas un muscle ne bougea sur le visage de Rodriguez, mais elle serra plus fermement son stylo.

— L'amour a déjà été réduit en poussière, fit-elle avec un soupir sarcastique. Quelle surprise.

— Comme je l'avais prédit, intervint le capitaine en ouvrant un fichier sur son ordinateur. Même si ce n'était pas une Luca, ce n'était pas votre genre de femme, Hartigan.

Le regard meurtrier que Rodriguez lança au capitaine aurait pu être utilisé à la place de la chaise électrique. Le capitaine, occupé par le rapport sur son écran, ne le remarqua pas. Ford, si. Il était si inattendu et si malveillant qu'un ricanement surpris lui échappa sans qu'il s'en rende compte, et il le dissimula sous une quinte de toux.

Le capitaine leva les yeux, la perplexité dessinant un V sur son front par ailleurs dénué de rides.

— Faut-il que vous alliez chercher un verre d'eau ?

Ford toussa une dernière fois pour faire bonne figure et se frappa la poitrine.

— Non, monsieur. Tout va bien.

Il reporta son attention sur Rodriguez, dont l'expression s'était réchauffée d'un demi-degré. Étant donné qu'aucune des femmes de sa vie ne lui adressait plus la parole – ses frères non plus, d'ailleurs – depuis le dîner familial, ce minuscule éclat de chaleur lui faisait l'effet du premier jour d'été.

— D'après nos informations, les frères Luca ont été très occupés ces derniers temps, annonça Rodriguez. Ils ont emballé beaucoup de choses et les ont transportées dans un entrepôt sur Elmherst. Nous ne pouvons pas confirmer que ça a un rapport avec la cargaison de ce soir, nous devons le découvrir.

Les frères Luca et leurs mystérieux cartons. Cette idée lui paraissait un peu trop familière.

— Une idée sur ce que peuvent bien contenir les boîtes ?

— Non, mais nous pensons qu'ils en ont livré au moins une chez leur sœur.

Elle se tut un instant comme pour jauger sa réaction. Quand elle vit qu'il ne répondait pas, elle poursuivit :

— Vous ne savez rien là-dessus, par hasard ?

— Non.

Un mot. Un mensonge éhonté à la femme qui tenait entre les

mains sa place dans l'unité opérationnelle, et au capitaine, qui tenait le reste de la carrière de Ford entre ses doigts.

Ce n'était pas un super plan. Ce n'était même pas un plan du tout. C'était une réaction instinctive. Il se refusait à impliquer Gina dans les affaires de ses frères ; elle n'était coupable de rien du tout. Au diable le règlement et le protocole.

— Notre indic n'est pas entré chez les frères Luca, continua Rodriguez, et nous ne pouvons pas mettre en danger sa position dans l'organisation pour obtenir des renseignements sur deux collecteurs de dettes de bas étage. Mais nous ne voulons négliger aucune piste. Nous devons savoir ce que contiennent ces cartons dans l'entrepôt et ceux qui sont peut-être chez Gina Luca.

— Et vous voulez que je m'en charge ?

Ça ne risquait pas d'arriver. S'il se pointait chez elle, elle le laisserait probablement tomber de nouveau dans un trou et elle l'y abandonnerait.

— C'était notre idée de départ mais, si vous avez perdu accès à sa maison, nous enverrons quelqu'un d'autre.

Rodriguez consulta ses notes.

— Elle fait des travaux de rénovation, n'est-ce pas ? On peut lui envoyer un inspecteur pour un contrôle surprise. S'il aperçoit quelque chose de suspect, on demandera un mandat de perquisition pour l'entrepôt.

Tout ce que Ford avait en tête, c'était le carton sur le plan de travail de la cuisine de Gina, celui que ses frères avaient déposé en lui faisant promettre de ne pas l'ouvrir. À ce moment-là de la conversation, il aurait dû suivre la procédure et révéler cette information pertinente.

Mais il ne dit rien.

Et il était hors de question de laisser un autre flic ouvrir cette boîte. Si elle contenait quelque chose d'illégal et que Gina l'avait en sa possession, elle pouvait être inculpée, même si elle n'avait aucune idée de son contenu. Après avoir vu la manière dont ses frères se comportaient avec elle au bowling, Ford ne parvenait pas à imaginer qu'ils puissent la piéger de cette façon. Au cas où il se trompait, il devait cependant accomplir tout ce qui était en son pouvoir pour la protéger. Si c'était lui qui découvrait le contenu du carton, il pourrait se porter garant pour elle et l'empêcher de subir de quelconques retombées.

Il n'y avait pas d'autre solution.

— Je peux toujours entrer chez elle.

Rodriguez n'eut pas l'air impressionnée par sa déclaration.

— Vous en êtes sûr ?

Ça voulait dire détruire le peu de bienveillance que Gina avait encore pour lui – et qui, il fallait voir les choses en face, était très faible –, mais il pouvait l'empêcher de se retrouver prise dans le merdier de ses frères. Ça valait le coup, même si elle le haïssait pour ça.

Gina regarda par l'étroit vitrail près de la porte d'entrée. Non. Elle ne rêvait pas – ni ne cauchemardait. Ford se tenait sur son perron. Il tenait à la main une boîte blanche avec le logo rouge de Vacilli. Il avait l'air un peu éprouvé. Tant mieux. Il le méritait.

— Je te vois, dit-il.

Évidemment. Elle était devant une fenêtre.

— Et ?

— Laisse-moi entrer, s'il te plaît.

Il brandit le carton de pâtisseries.

— J'apporte des gâteaux et mes excuses.

— Vraiment ?

Ce type était très con. Il la prenait à ce point pour une idiote ?

— Tu as acheté des cannoli ? Ce n'est pas pour ça que tu coucheras avec moi.

— Ce ne sont pas des cannoli. C'est un gâteau au rhum.

Oh. Des amandes grillées. Tais-toi, Regina. Alerte connard. Reste concentrée.

— Tu n'auras pas plus de chances avec ça non plus.

Il soupira et baissa la boîte.

— Je n'essaye pas de te baiser, Gina.

— Non, ça, c'est déjà fait.

Cette réplique avait beau être intelligente, elle était aussi vraie et déprimante – comme un documentaire animalier dans lequel un bébé hippopotame est dévoré par une meute de lions.

— Laisse-moi entrer, s'il te plaît. Il faut qu'on parle.

Sa curiosité naturelle – qu'est-ce qu'il pouvait bien mijoter ? – s'associa à son cerveau reptilien qui réagissait toujours par des soupirs ravis et des couinements excités en le voyant. C'est comme ça qu'elle se retrouva à ouvrir la porte sans avoir pu s'en empêcher. *Phéromones débiles et idiotes de cerveau.*

— Entre. Au moins, ça m'évite de choisir entre brûler tes affaires et les déposer chez toi.

Cette semaine, elle avait regardé toute une série de films dans lesquels les héroïnes se vengeaient et ça lui avait donné des idées. Même si elle n'en avait mis aucune en application.

— Merci, répondit Ford en passant près d'elle.

Elle ne prit pas une profonde inspiration pour respirer son parfum. Elle ne mata pas son cul en fermant la porte. Elle fixa ses mains qui berçaient la boîte blanche. Il était dans son angle de vue. C'était tout.

— Tu peux attendre dans la cuisine. Je vais chercher tes affaires.

— Je peux y aller.

Il se dirigea vers l'escalier qui menait à sa chambre.

— Non.

Il était absolument hors de question de le laisser approcher de sa chambre.

— Les indésirables restent en bas.

Elle était déjà sur la troisième marche lorsqu'il l'arrêta.

— Gina, je suis désolé.

Sa voix était plus grave d'une octave, comme s'il essayait d'empêcher quelque chose de sortir.

— Kyle est un abruti, mais il avait raison, j'ai menti pour rester chez toi. C'était ma mission. Je ne pouvais pas laisser Gallo s'en charger, pas après ce qui s'était passé à l'hôtel.

Elle affermit sa prise sur la rampe sans toutefois se retourner. Elle en était incapable.

— Je n'arrêtais pas de penser à toi et, quand le capitaine m'a assigné cette mission, j'ai accepté. Même si j'avais peur de transgresser ma règle la plus importante et de fréquenter quelqu'un que je n'aurais pas dû fréquenter. Tu étais à la fois une mission et une Luca – et j'avais peur de ne plus être capable de suivre le règlement en ta présence.

C'était son excuse ? Sa justification ? Il s'était montré faible ?

— Et, quand la mission a pris fin, c'était encore pire de ne plus te voir. C'est pour ça que je suis revenu après ma mise à pied, parce que je ne pouvais pas *ne pas te voir*. Je pensais qu'on pouvait avancer sans que j'aie besoin de t'avouer ce que j'avais fait. J'avais tort à ce sujet. Mais je n'avais pas tort sur nous.

Elle tremblait. Peut-être pas à l'extérieur mais, à l'intérieur, un tremblement de terre de magnitude 9 avait commencé parce que, contre toute attente, elle voulait le croire. Elle voulait avoir droit au conte de fées. Et ce désir l'effrayait plus que tout au monde.

Comme elle avait peur de ce qu'elle pourrait répondre, elle ne dit rien et gravit les marches restantes pour aller chercher les affaires de Ford, qu'elle contemplait toutes les nuits comme un chiot malheureux depuis le dîner chez les Hartigan.

Le carton n'était pas lourd, juste un peu difficile à porter à cause de ses dimensions, et elle se montra très prudente en descendant l'escalier, s'assurant que chaque lame était prête à soutenir son poids. Elle mit donc plus de temps à descendre qu'à monter – sans compter qu'il fallait contourner la marche branlante qu'il avait promis de réparer sans jamais s'y atteler.

Elle posa ses affaires sur la table de l'entrée et se rendit dans la cuisine. Elle ouvrit la bouche pour lui annoncer son retour, mais les mots moururent sur ses lèvres.

Ford était près du plan de travail, à côté du carton à présent ouvert que ses frères lui avaient laissé. Celui qui avait déjà éveillé sa curiosité mais, à l'époque, elle avait repoussé toute inquiétude. Pourquoi l'homme qui vivait pratiquement avec elle s'intéresserait-il à la surprise que ses frères avaient déposée pour elle ? Il n'y avait aucune raison à cela. Mais un inspecteur de Waterbury qui avait pour mission de la surveiller, en revanche, si. Il s'y intéresserait même tellement qu'il parviendrait à l'amadouer pour se faufiler chez elle et y jeter un coup d'œil.

Malgré l'horreur de la situation, Gina demeura paralysée. Elle aurait cru qu'elle se mettrait à crier, à pleurer et à piquer une scène. Mais elle se contenta de le regarder fouiller dans la boîte.

— Tu veux savoir ce que c'était, la chose atroce que je n'ai pas voulu te raconter quand on était chez Wooden Barber ?

Il se figea, la main toujours dans le carton. La culpabilité et le regret se lurent dans son regard – d'avoir été surpris ou pour avoir fouillé.

— Il y a une éternité de ça, au lycée, j'ai cru que j'étais tombée amoureuse d'un garçon. Il avait un an de plus que moi, il n'était pas super populaire, mais bien apprécié quand même. Il était gentil avec moi, il me saluait dans les couloirs et me demandait comment se passaient mes cours.

En une fraction de seconde, elle fut de retour dans les couloirs de Roosevelt High ; elle n'avait que une ou deux amies pour rendre la situation plus supportable. Elle était un monstre, la fille la plus laide de la classe, celle qu'on dévisageait sans jamais lui parler.

— C'est triste à admettre mais, à cette époque, que quelqu'un se montre gentil avec moi était tellement exceptionnel que j'ai failli mourir écrasée par l'espoir qu'il a suscité en moi.

La compassion qui se lisait sur le visage de Ford lui transperça le cœur comme un poignard et elle détourna les yeux, baissant le regard sur le carton ouvert.

— Un jour, on était à la bibliothèque tous les deux, seuls. Il m'a embrassée. Puis il m'a embrassée encore. Et encore. J'étais tellement prise par l'instant que lorsqu'il a ôté mon T-shirt – on était au fond, au milieu des rangées de livres – je n'ai pas résisté. Ce garçon m'appréciait. Je l'appréciais aussi. Qu'est-ce qui pouvait mal tourner ?

L'humiliation, brûlante et piquante, lui monta aux joues. Elle avait envie de courir se cacher, mais il était hors de question de s'abandonner à ses vieux sentiments. Au lieu de ça, elle arracha la croûte pour prouver une bonne fois pour toutes que ça ne la blessait plus. Et que Ford ne pouvait pas la blesser non plus.

— Et puis j'ai entendu les ricanements. Si faibles au début qu'ils effleuraient à peine ma conscience. Puis ils sont devenus de plus en plus forts et ils ont fini par briser le rêve de gamine dans lequel j'évoluais.

Elle leva les yeux : elle avait besoin de voir le visage de Ford pour raconter le pire, la partie qui faisait toujours monter la bile dans sa gorge.

— Je me suis libérée des bras du garçon pour regarder autour de moi. J'ai eu l'impression que des centaines de paires d'yeux me fixaient. D'autres élèves s'étaient cachés dans la travée voisine pour nous espionner par-dessus les étagères.

Toutes les anciennes émotions, la haine, la colère et la trahison, l'étouffèrent, l'obligeant à prendre une inspiration avant de raconter à Ford le coup final.

— « Vous voyez, je vous l'avais bien dit », a fait le garçon qui avait toujours été sympa avec moi. « Elle a une tronche de cake mais, si vous arrivez à ignorer ce qui se passe au-dessus de son cou, elle a un corps super canon. » Et il a éclaté de rire. Quand j'ai éclaté en sanglots, il m'a tendu le T-shirt que j'avais si naïvement enlevé en me demandant pourquoi je n'avais pas le sens de l'humour.

Même aujourd'hui, le souvenir la rendait vulnérable.

— Jusqu'à aujourd'hui, ça avait été le pire moment de ma vie, tellement gravé au fer rouge dans ma mémoire que la moindre allusion me donnait envie de gerber.

Elle prit une profonde inspiration et s'obligea à poursuivre, à lui asséner le « va te faire foutre » final.

— Mais te surprendre en train de fouiller dans le carton que mes frères ont laissé là, après ton joli petit discours ? C'est pire. Tu veux savoir pourquoi ?

— Gina, s'il te plaît, laisse-moi t'expliquer.

— Non. Tu ne me mentiras plus jamais, répliqua-t-elle d'une voix tremblante. Aujourd'hui, c'est pire que l'incident dans la bibliothèque parce que cette fois-ci je savais à quoi m'en tenir – et j'ai quand même espéré. Alors, dis-moi, est-ce que tu as trouvé quelque chose dans cette boîte qui valait le coup de m'infliger tout ça ?

Les larges épaules de Ford tressaillirent. Puis il pivota pour lui faire entièrement face.

— Gina, s'il te plaît…

— Oh ! allons, elle doit bien contenir des trucs.

Elle pénétra dans la cuisine d'un pas vif, poussée par une colère justifiée qu'elle ne pouvait pas contrôler.

— Voyons voir.

Elle s'immobilisa près de lui devant le comptoir et sortit le premier objet du carton.

— Un cheval en porcelaine ébréché. Je l'avais offert à Paul quand nous étions enfants, parce qu'il voulait à tout prix un cheval, mais ce n'était pas le genre d'animal auquel un Luca pouvait prétendre. Il a pleuré toutes les nuits pendant des semaines. C'est dur de désirer quelque chose de tout son cœur tout en sachant qu'on ne l'aura jamais.

Une larme franchit le barrage de son sang-froid jusque-là inébranlable. Elle l'essuya d'un brusque revers de manche et posa la porcelaine sur le plan de travail. L'objet suivant était un livre corné.

— *Le Secret de Terabithia*. Note bien dans ton rapport que c'est le roman préféré de Rocco depuis la disparition de papi. Enfin, depuis sa mort mais, ça, on ne le savait pas à l'époque. Seulement il était assez grand pour pouvoir l'imaginer. Mais il a prétendu qu'il était vivant pendant des années, pour Paul et pour moi. Ça a toujours été un grand frère épouvantable.

Elle reposa le livre et sortit du carton un épais album de photos.

— Voilà la preuve la plus accablante de toutes. Des photos de famille.

Elle le laissa tomber sur le plan de travail et l'ouvrit. Il était rempli de toutes les photos banales que les familles accumulent. Des matins de Noël. Des fêtes d'anniversaire. Des vacances. Des dimanches tranquilles. Des remises de diplômes.

— Comme tu peux parfaitement le voir, je suis une Luca. C'est moi, là. On me reconnaît facilement parce que j'ai un pif énorme depuis que je suis bébé.

Elle referma brutalement l'album.

— Mes frères m'ont donc déposé un carton contenant un album de famille, un cheval en porcelaine ébréché et un roman pour ados. Qu'est-ce qu'ils vont prendre pour ça ? Dix ? Quinze ans de prison ? Parce que, quand je vois tout ça, je me dis qu'ils doivent payer pour…

Elle observa les objets alignés sur le comptoir et ses jambes se dérobèrent. Elle recula, chancelante, et tendit le bras vers une chaise. Ford l'atteignit avant elle et l'attira à elle d'un coup sec. Elle s'effondra dessus.

— Tu vas bien ? demanda-t-il en lui prenant le visage entre les mains pour la forcer à le regarder dans les yeux. De quoi tu as besoin ?

— Le carton. Est-ce qu'il y a une lettre dedans ?

Elle parvint à peine à articuler à cause de l'émotion qui la faisait suffoquer. Il ne réagit pas assez vite et la panique la submergea.

— Le carton ! Une lettre ! Va la chercher !

Il s'empara de la boîte, plongea la main dedans pour en sortir une feuille de papier ligné pliée en deux.

Gina avait envie de crier, de hurler, de faire comme si ce putain de papier ne se trouvait pas dans la main de Ford – mais il l'était et elle avait compris ce que ça signifiait. Ses frères étaient partis.

Elle prit la lettre des mains de Ford d'une main tremblante et l'ouvrit.

Gina,

On t'avait dit qu'on attendait juste le bon moment pour recommencer à zéro. En te voyant avec Ford, on s'est dit que tu étais enfin prête à nous laisser partir. Dis à ton copain que, s'il te brise le cœur, on le saura et on viendra lui péter les genoux. On est désolés de ne pas t'avoir dit au revoir, mais tu sais que c'était la vie que nous avions choisie : des mecs pourraient essayer d'avoir

une discussion avec nous s'ils savaient qu'on veut se barrer. Ne te fais pas de souci pour nous. Ça fait longtemps qu'on fait des économies pour se sortir de là. On attendait juste d'être certains que tu t'en tirerais sans nous, et maintenant que Ford est entré dans ta vie on sait que ce sera le cas.
On t'aime, sœurette,

Paul et Rocco

P-S : Ton mec a fait ce qu'il a pu. Ne sois pas trop dure avec lui.

Ils l'avaient enfin fait. Ils parlaient de quitter Waterbury depuis des années, mais elle n'aurait jamais cru qu'ils étaient sérieux. Si. Ils étaient partis. Et pendant tout ce temps ils attendaient qu'elle guérisse et elle ne s'en était pas rendu compte, parce qu'elle ne voulait même pas admettre qu'elle était blessée.

Tous ses discours sur le fait qu'elle avait accepté la réalité, qu'elle était bien toute seule, tout ça, c'était son bouclier, son rempart, parce que, malgré tout ce qu'elle affirmait, elle se voyait toujours comme les autres la voyaient. Elle était coupable du plus grand des mensonges – elle se mentait à elle-même. Et ça allait s'arrêter maintenant. À partir de ce jour jusqu'à la nuit des temps, elle serait sincère quand elle dirait qu'elle s'aimait comme elle était, seule ou accompagnée. Elle le devait à ses frères. Elle se le devait à elle-même.

Tronche-de-Cake était morte.

Elle était Regina Luca, bordel, une femme d'affaires prospère qui avait des amis, une maison à elle et une vie qu'elle adorait.

Son cœur était douloureux, mais elle ignorait si c'était parce que ses frères lui manquaient déjà même s'ils la rendaient dingue, ou parce qu'elle éprouvait une joie douce-amère à l'idée qu'ils réalisaient enfin leur rêve. Elle replia la lettre et la tendit à Ford.

— Tiens.

Elle ne savait comment elle était parvenue à contenir le tremblement de sa voix.

— Tu viens de les prendre en flagrant délit de menace à un officier de police. Bonne chance pour les retrouver. Ils se sont barrés pour de bon.

Ford s'en saisit et la parcourut rapidement. La compassion qu'elle lut dans ses yeux quand il la regarda lui fit l'effet d'un uppercut dans l'estomac. Heureusement, elle savait encaisser les coups.

— C'est quoi, ce P-S ? Pourquoi je ne dois pas t'en vouloir ?

La fureur et la souffrance tourbillonnaient en elle comme un ouragan de détresse.

— Qu'est-ce que tu as fait ? demanda-t-elle, la gorge serrée par la douleur.

Il leva les mains, paumes en avant, comme pour lui prouver qu'il ne lui voulait pas de mal.

— J'ai essayé d'aider.

D'aider ? Il croyait que se débarrasser de ses frères allait l'aider ? Le besoin de s'en prendre à lui, de le blesser autant qu'elle se sentait blessée, était si fort que son cœur heurta sa cage thoracique avec tant de violence qu'elle fut surprise qu'il ne la brise pas.

— Pourquoi est-ce que ça me rappelle quelque chose ? hurla-t-elle presque, incapable de prétendre plus longtemps garder son sang-froid. Oh ! oui, je me souviens de la dernière fois que tu as essayé de m'aider. Sauf que là, au lieu de braquer mes clients, tu as obligé mes frères à partir.

— Non.

Il avança d'un pas.

— Je leur ai juste dit que leur job n'était pas bon pour leur santé.

— Pourquoi ? Parce que tu t'apprêtais à les jeter en prison ? Après tout, tu avais signé pour une prime de risque en faisant semblant de m'apprécier.

— Tu sais que c'est faux.

— Pourquoi ? Parce que tu l'as dit ? Pour quel genre d'idiote est-ce que tu me prends ?

Elle parvint à peine à finir sa phrase avant de s'effondrer et les derniers mots furent aussi à vif et affligés qu'elle.

— Ça va ? demanda Ford.

Il tendit la main vers elle, mais elle esquiva le contact.

— Je sais que tu étais proche de tes frères, c'est pour ça que j'ai essayé d'aider.

Et voilà où ça les avait menés. Elle venait de hurler dans sa cuisine sur cet homme qu'elle avait cru différent des autres, qui la voulait pour ce qu'elle était vraiment. Mais c'était faux. Il n'était revenu que pour voir ce que ses frères lui avaient laissé et non parce qu'il l'aimait comme elle l'aimait. Et cette idée la vida de toute l'émotion qui lui restait, la laissant froide et vide.

— J'irai très bien dès que tu auras quitté cette maison, répondit-elle à voix basse avant de se lever et de se diriger vers l'escalier. Tes affaires sont dans un carton sur la table de l'entrée. Ferme la porte derrière toi.

Elle gravit l'escalier et gagna sa chambre sans attendre les conneries qu'il s'apprêtait à débiter. Ce qu'il dirait n'avait aucune importance. Elle avait mieux à faire de sa vie.

19

Gina avait du vin, du chocolat et une masse. Qu'est-ce qui pouvait aller de travers ?

— Ne le découvrons pas. Donne-moi la masse, G., ordonna Lucy en tendant la main.

Merde. J'ai parlé à voix haute ? Gina pivota pour faire face à Lucy en vacillant un peu. Ce n'était pas à cause du vin, mais de la masse qui pesait près de huit kilos. Si, si, vraiment.

— Je la garde pour des raisons thérapeutiques. C'est la thérapie du *Do It Yourself.* Je devrais avoir ma propre émission de télévision, répondit Gina en mangeant à peine ses mots, ce qui était plutôt pas mal pour quelqu'un qui avait une bouteille d'avance sur Lucy, Tess ne buvait pas. Vous pourriez être mes acolytes ! Vous savez utiliser une scie circulaire ?

— Bien sûr que oui, répliqua Lucy en lui lançant un regard dubitatif. Donne-moi M. Marteau et raconte-moi en détail ton idée d'émission.

C'était un bon plan. La stupide masse devenait lourde de toute façon. Elle la tendit à Lucy et se dirigea vers le canapé du salon, attrapant au passage la bouteille de vin rouge presque vide. Elle s'assit au centre et s'appuya contre la couverture des Ice Knights drapée sur le dossier. C'était la couverture qu'*il* avait utilisée quand il s'était incrusté chez elle pour l'espionner. Le salaud. Il avait souillé les Ice Knights.

Elle tourna la tête pour que son nez soit plus près du tissu rouge et argent – merci, gros pif – et renifla la couverture. Impossible de résister. Elle était faible et il sentait toujours tellement bon – surtout pour un connard aux yeux verts super sexy et aux avant-bras parfaits.

— Il mérite d'épouser une femme avec un tatouage des Cajun Rage.

Lucy s'affala à ses côtés, lui prit la bouteille des mains et se servit ce qu'il restait.

— Je ne comprends même pas ce que tu dis.

— C'est une équipe de hockey, répondit Tess en s'installant de l'autre côté de Gina. Mais j'ignore quel est le rapport avec… tu sais.

Gina pinça les lèvres pour y voir moins flou – elle ne savait pas pourquoi, mais ça marchait – et examina ses amies. Elles étaient tellement sympas. Si seulement Lucy pouvait cesser d'effrayer les mecs en les repoussant avant qu'ils aient eu une chance de la rejeter, et si Tess pouvait arrêter d'être tellement flippée en présence des types qu'elle trouvait attirants qu'elle en perdait littéralement l'usage de la parole, elles pourraient trouver l'amour. Et elles seraient heureuses. Ou alors elles rencontreraient un homme comme Ford qui piétinerait leur cœur sous la semelle de sa botte. Mais elle espérait que ce serait le premier cas de figure. Elles méritaient mieux que Ford.

— Je vous aime, toutes les deux, déclara-t-elle en les entourant de ses bras. Vous êtes tellement sympas d'être venues.

— Tu plaisantes ? répondit Lucy. Quand tu nous as raconté ce qui s'était passé avec ce gros tas de merde, j'ai emprunté deux pelles à la boutique au cas où tu aurais besoin d'aide pour enterrer le corps.

Elle en eut les larmes aux yeux. Elle était *peut-être* un peu ivre. Mais seule une amie véritable était prête à faire disparaître un cadavre.

— T'es la meilleure.

— J'ai ajouté à ma liste Netflix les deux meilleurs classiques *girl power* que j'ai trouvés, annonça Tess en se penchant pour attraper son ordinateur portable, qui était posé sur la table basse. *Kill Bill* ou *Thelma et Louise* ? Une nana avec un sabre ou on se jette de la falaise en bagnole ?

— *Spoilers !* hurla Lucy.

Gina se tourna vers elle.

— Comment ça, *spoilers* ? Ces films sont sortis depuis des gillions d'années.

— Des gillions ? gloussa Lucy avant d'avaler une gorgée de vin.

— C'est la plus grande unité de mesure du temps, expliqua Gina du ton le plus docte possible. Je suis organisatrice de mariage. Tu peux me faire confiance.

Fais-moi confiance. La phrase franchit ses lèvres et lui revint comme un boomerang, la frappant en pleins sentiments. C'était ce que Ford lui avait dit. Et elle avait obéi. *T'es vraiment conne, Regina.*

— Non, tu n'es pas conne, affirma Tess en se redressant et en regardant Gina.

Merde. Elle avait encore parlé à haute voix. Plus de vin pour elle.

— Oui, renchérit Lucy. Ne sois pas méchante avec mon amie. C'est une nana plutôt cool.

— Je suis désolée, les filles.

Elle poussa un soupir et cilla à plusieurs reprises pour refouler les larmes qui embuaient sa vision.

— Toute cette histoire a fait remonter des trucs que je pensais avoir réglés. Je croyais que, si j'admettais que je n'étais pas le genre de nana avec qui les mecs sortent, ça rendrait les choses plus faciles.

— Et ça n'a pas été le cas ? demanda Tess.

Gina se contenta de secouer la tête. Ses amies répondirent immédiatement par un câlin en la prenant en sandwich. Elle avait vraiment les meilleures amies du monde.

— Non, le truc, c'est que…

Elle avala une mèche de cheveux auburn de Tess, ce qui l'interrompit. Les trois femmes éclatèrent de rire, rire qui dura pendant qu'elles allaient chercher du chocolat dans la cuisine. Elles en profitèrent pour remplir leurs verres – Lucy de vin, Tess de Coca et Gina d'eau.

— C'est quoi le truc ? demanda Lucy une fois qu'elles eurent repris leur place sur le canapé.

Gina prit une profonde inspiration et chercha les plus jolis mots, mais ceux qui lui vinrent étaient la vérité pure et simple, sans fard et difficile à avaler.

— Le truc, c'est que c'est moi. Évidemment, je pourrais avoir recours à la chirurgie esthétique, modifier un peu ci et transformer un peu ça, mais je n'en ai pas envie. Que celles qui ont envie d'emprunter cette route le fassent, mais ce n'est pas pour moi. Je ne veux pas être relookée. Je ne veux pas changer de visage. Je veux juste rencontrer un homme qui, quand il me regarde, ne voit pas une fille moche. Il *me* voit et il *m*'aime, non pas malgré ma tête, mais en partie grâce à elle.

Elle ne l'avait jamais formulé comme ça avant, pourtant c'était la vérité, et l'énoncer à voix haute ôta un poids énorme de ses épaules.

La vérité, c'était qu'elle ne voulait pas être une reine de beauté. Elle voulait être elle-même et personne ne pourrait l'empêcher d'être la meilleure version d'elle-même à moins qu'elle ne le laisse faire, ce qui était absolument hors de question.

— Et, si ça n'arrive jamais, alors tant pis. Je m'aime bien comme je suis.

Tess lui pressa l'épaule.

— Nous aussi, on t'aime bien.

— Mensonge, brailla Lucy, à qui le vin commençait manifestement à faire de l'effet. On t'aime tout court – comme tu es.

— Merci, monsieur Darcy, répondit Gina.

— Avec plaisir, répliqua-t-elle avec un épouvantable accent britannique qui les fit de nouveau pouffer.

Et, si déplacé que cela puisse paraître, elles continuèrent à glousser et à applaudir en regardant *Kill Bill*, parce que, certains jours, admirer une femme *badass* avec une épée et un sale caractère était tout ce qu'il fallait à une autre femme pour surmonter une rupture.

Ford fixait la pinte de bière posée sur le bar. Ça faisait deux heures qu'il était assis sur le même tabouret chez Marino en plein milieu de l'après-midi, et depuis tout ce temps il avait vu la mousse s'évaporer sans avaler une seule gorgée. Il avait envie d'un verre. Il avait envie de *tous* les verres. Mais il habitait trop loin du pub pour rentrer chez lui à pied, et étant donné son humeur sombre il n'était pas certain de pouvoir s'arrêter après un verre, ou deux, ou vingt-cinq, et il était hors de question de prendre le volant après ça.

Donc, au lieu de boire sa bière, il la contempla jusqu'à ce que l'absence de condensation sur le verre prouve que le liquide était à présent à température ambiante. Cette attitude lui avait attiré bien des remarques de la part de ses collègues qui jouaient aux fléchettes au fond de la salle ou bavardaient à côté. Il les ignora. Il se fichait de ce qu'ils pouvaient bien dire ou penser. Rien de tout ça n'avait d'importance.

Après quatre jours pendant lesquels Gina avait refusé tous ses appels, il n'était plus sûr que quoi que ce soit avait de l'importance.

Il savait bien que les choses risquaient de tourner de cette manière quand il avait accepté la mission confiée par Rodriguez pour découvrir ce que contenait le carton déposé chez Gina par ses frères. Mais savoir que quelque chose pouvait arriver et le vivre pour de bon étaient deux choses complètement différentes. La première lui donnait envie de boire quelques bières. La deuxième, de descendre quelques fûts.

Le tabouret à côté du sien érafla le sol lorsque quelqu'un s'assit dessus. L'éclat de cheveux rouges à la périphérie de son champ de vision le renseigna sur l'identité du client avant même que Frankie eût ouvert la bouche.

— Quand Shannon m'a appelé pour me dire que tu matais ta bière depuis deux heures, j'ai cru qu'elle avait juste envie de recoucher avec moi.

Il adressa un clin d'œil à la barmaid, qui se contenta de lever les yeux au ciel.

— Mais te voilà, comme un homme sur le point de péter un plomb et de, oh, je ne sais pas, s'enrôler dans la police ou un truc du genre.

Ford le fusilla du regard.

— Je *suis* flic.

— Je le sais bien, idiot. C'est pour ça que c'est drôle. Je te taquine sur ton job. Tu m'envoies chier. On se fait un doigt d'honneur et tout va pour le mieux.

Frankie attrapa la bière de Ford, en but une longue rasade puis grimaça en la reposant.

— Tu perturbes le bon déroulement des choses au moins autant que ta bière tiède et dégueulasse.

Ford brandit le majeur en direction de son frère. Ce dernier se contenta de rire en lui donnant une tape dans le dos. Puis il jeta quelques billets sur le comptoir et se leva.

— Allez, tu viens avec moi.

— Pourquoi ? demanda Ford en zyeutant son frère.

Il se méfiait de ce que le géant impulsif mijotait.

— Parce que je n'ai pas vraiment envie de rester assis dans

un bar de flics à discuter de tes sentiments, répondit Frankie en accentuant le dernier mot comme s'il s'agissait d'une maladie.

Ils étaient deux, donc.

— On ne parle pas de mes sentiments.

Pas maintenant. Pas ici. Nulle part, d'ailleurs. Il comptait bien rester assis là à contempler sa bière sans penser à Gina Luca et à la façon dont il avait gâché la meilleure chose qui lui soit jamais arrivée. Il posa les coudes sur le comptoir et plaça les avant-bras de part et d'autre de sa bière, à laquelle il accorda toute son attention.

Frankie ricana, manifestement peu impressionné.

— Mais si, on va parler de tes sentiments, parce que ta tête est tellement enfoncée dans ton cul que tu es insupportable, même pour toi.

— Insupportable.

Ford s'empara de son verre et but une gorgée de bière si plate et si chaude qu'il regretta immédiatement son geste.

— C'est un mot compliqué pour un pompier.

— Te revoilà, rétorqua Frankie avec un grand sourire. Je savais que tu rôdais pas loin. Maintenant, lève ton cul maigrichon de ce tabouret avant que je sois obligé de te soulever et de te foutre la honte devant tes petits copains en uniforme.

Maigrichon ? C'était quoi ce délire ?

— Je mesure un mètre quatre-vingt-huit.

— C'est bien ce que je disais. Petit modèle. Allez, bouge, petit frère. Finian est d'astreinte ce soir et Fallon et le reste de nos adorables petites sœurs refusent de te parler, ce qui veut dire que c'est à moi qu'incombe la lourde tâche de faire rentrer un peu de plomb dans ta cervelle de moineau.

Ford ne voulait pas partir. Il voulait rester assis là à fusiller du regard sa bière merdique et tiède en aboyant sur tous ceux qui avaient le cran d'essayer de lui parler. Mais il connaissait Frankie. Il le connaissait depuis toujours. Et l'aîné des Hartigan n'avait jamais reculé devant rien depuis toutes ces années.

Son frère ne possédait que deux vitesses : à fond la caisse et le point mort, ce qui signifiait que, s'il avait décidé d'embarquer Ford, il le ferait. Du haut de son mètre quatre-vingt-dix-huit, Frankie était suffisamment costaud pour balancer Ford sur son épaule et le traîner hors du pub. Ford ne pouvait pas le laisser faire. Il était peut-être complètement débile, mais il avait sa fierté.

— D'accord, dit-il avec assez de dédain pour que son frère sache exactement ce qu'il en pensait.

Puis il se leva et quitta le bar. S'il croyait que Frankie se calmerait une fois assis à ses côtés sur sa terrasse face à la pelouse que Finian avait plantée et arrosée avec soin depuis des mois, il se trompait lourdement. Frankie était encore plus chiant quand il était dans son environnement. Là, il lui arracha tous les détails du fiasco avec Gina, avec la subtilité et la douceur d'un semi-remorque dérapant sur une plaque de verglas avant d'aller s'encastrer dans un bonhomme de neige.

— Donc, si je récapitule, énonça Frankie en regardant Ford comme s'il n'avait jamais vu un mec aussi con de toute sa vie, ce qui, quand on savait qu'il était pompier, en disait long. Primo, il y a eu ce truc à l'hôtel et tu as merdé.

— Je ne savais pas que Gallo et Ruggiero l'avaient piégée, et quand j'ai dit que je ne l'attendais pas elle s'est barrée en courant.

— Oui, parce que – attention, scoop – les femmes aussi ont un ego.

Frankie but une gorgée de bière.

— Et ensuite, par la grâce d'un coup de pouce de l'univers, tu as l'occasion de passer du temps avec elle et tu merdes de nouveau en lui mentant.

— Je n'ai pas menti. Le règlement m'a empêché de lui dire toute la vérité.

— Tu as fréquenté la même école catholique que moi. Tu crois vraiment que sœur Mary Helen dirait qu'un mensonge par omission ne compte pas s'il est lié au boulot ?

— Va te faire foutre, grommela Ford en brandissant le majeur.

— C'est bien ce que je pensais.

Frankie lui retourna son doigt d'honneur.

— Et ensuite, parce que tu trouvais que tu ne t'étais pas assez comporté comme un salaud, tu n'as pas fait ce qu'il fallait faire pour t'excuser auprès de Gina après le désastre épique chez maman. Non, au lieu de ça, tu te pointes *de nouveau* chez elle sous un prétexte fallacieux et tu fouines pour chercher une preuve que ses frères ont commis un crime.

— C'était pour son bien. Si quelqu'un d'autre avait ouvert ce carton et trouvé quelque chose, il n'aurait pas pu la protéger des conséquences comme moi.

— T'es en train de me dire que t'es un héros, c'est ça, petit frère ?

Ford ne répondit pas.

— Parce que tu n'y ressembles pas du tout.

— Merci, professeur Hartigan. Je n'avais pas du tout conscience d'avoir merdé à ce point.

— Heureusement que c'était juste un plan cul alors, et pas une nana qui compte.

Le monde devint rouge. Ford se leva d'un bond et se rua sur son frère. Il enroula les bras autour de sa taille et le mit à terre dans un tacle parfait. Après ça, le chaos fut total. Il y eut des coups, des coudes dans les côtes et un transat renversé. Ils luttèrent pour prendre le contrôle en donnant autant de coups que possible avant de se retrouver étendus côte à côte sur la terrasse, entourés des fauteuils renversés – et pour l'un d'entre eux cassé en deux.

Ils haletaient tellement qu'on aurait dit qu'ils venaient de se battre contre un troupeau d'éléphants. Étant donné l'état de la mâchoire de Ford, c'était peut-être le cas.

— T'es vraiment un gros débile, lança Frankie.

Les mots étaient déformés à cause du crochet du droit que Ford avait asséné à la bouche de son frère aîné.

Ford était trop fatigué et trop endolori pour se redresser et le frapper de nouveau.

— Pourquoi ça ?

Frankie ricana puis poussa un gémissement de douleur.

— Parce que, au lieu de rester là à essayer de me botter le cul – ce que tu n'arriveras jamais à faire, d'ailleurs – parce que j'ai insulté ta copine pour que tu réagisses et que tu piges enfin, tu devrais la supplier, ramper et faire tout ce qu'il faut pour que la femme que tu aimes donne une deuxième chance à ton cul maigrichon.

Puisqu'il ne pouvait pas réagir sur ce qui était vrai dans le discours de Frankie, il se focalisa sur ce qui était faux. Ce n'était pas parce qu'il ne s'habillait pas au rayon « Géants » que ça faisait de lui un gringalet. Il mesurait un mètre quatre-vingt-huit, pour l'amour de Mike.

— Je ne suis pas maigrichon.

— Mais tu as tort, en revanche.

Ford ouvrit la bouche pour protester et sa mâchoire se rappela à lui. De toute façon, il n'avait rien à répondre, parce que son imbécile de frère avait raison.

— Je sais.

Merde. Il détestait quand ça arrivait.

— Va reconquérir ta copine, Ford.

— Et si elle ne veut pas m'écouter ?

Sa voix se brisa sur le dernier mot, comme si toutes ses craintes avaient été arrachées de sa gorge. Il aurait de la chance si Gina n'abattait pas la masse sur sa tête et si elle acceptait de l'entendre reconnaître qu'il s'était comporté comme un con.

Le bras de Frankie – qui était toujours allongé à côté de Ford – décrivit un arc-de-cercle et sa paume massive s'abattit sur le torse de Ford avec un bruit dur. Les deux hommes poussèrent un petit cri de douleur.

— Tu veux dire que le mec qui a envoyé bouler trois générations de tradition en délaissant une carrière chez les pompiers pour devenir flic aurait peur ? demanda Frankie. Ne te voile pas la face, frérot. Tu as les couilles pour réparer ton erreur. Si quelqu'un peut surmonter tous les obstacles, c'est bien toi.

Ford resta étendu, toujours pantelant, à chercher quoi répondre à ça, parce que c'était probablement le discours le plus près d'un « je t'aime, mec » et d'un « tu n'es pas totalement un enculé d'être devenu flic » qu'il ait jamais entendu dans la bouche de son frère aîné.

— Si tu répètes ce que je viens de dire à qui que ce soit, je nierai, déclara Frankie.

— J'emporterai ton secret dans la tombe, répondit Ford en riant.

Ses côtes lui faisaient un mal de chien, mais pas autant que l'idée de passer le reste de sa vie sans Gina.

Il ignora donc la douleur et se leva pour aller reconquérir sa copine.

20

Ford pénétra dans l'hôtel de Bleaker Street hors d'haleine et un peu hors de lui. D'accord, complètement hors de lui. Il était allé frapper chez Gina, mais elle n'était pas là. Il avait ensuite essayé la pâtisserie Vacilli. Pas là non plus. Il avait affronté Lucy et avait dû lui rappeler que la mutilation était un délit grave quand elle avait posé un marteau arrache-clou à l'air lugubre sur le plan de travail de sa cuisine. Fallon avait fini par avoir pitié de lui – grâce aux renseignements fournis par Tess – et lui avait appris que Gina organisait un mariage dans l'hôtel où ils s'étaient rencontrés.

Et c'était comme ça qu'il s'était retrouvé là, sans avoir la moindre idée de ce qu'il était censé faire ensuite.

Une fois dans le hall de l'hôtel, il n'eut pas besoin de mettre en œuvre ses talents d'inspecteur pour trouver Gina. Il n'eut qu'à suivre la chanson *Cha-Cha Slide* jusqu'à la bonne salle de réception.

— Vous allez où comme ça ? demanda une vieille dame toute de noir vêtue qui montait la garde devant la porte comme une gargouille.

— Je dois parler à l'organisatrice.

Et il n'avait pas le temps de jouer au bon flic et de discuter avec cette vieille bique.

Il fit mine de passer, mais la vieille lui donna un coup de canne sur le tibia. La douleur remonta dans sa jambe et il s'arrêta net avant que l'envie ne le prenne de le frapper sur la tête.

— Mon idiot d'arrière-petit-fils est en train de célébrer un mariage qui ne durera pas un mois, et je sais que vous n'êtes pas invité, alors allez vous incruster ailleurs.

Comme il était hors de question de maîtriser physiquement une vieille dame, Ford se tourna vers elle et alla chercher au plus profond de lui le charme Hartigan qui lui avait fait défaut toute sa vie.

— Vous avez l'air d'une femme qui sait de quoi elle parle, aussi suis-je désolé par avance que le mariage de votre arrière-petit-fils soit voué à l'échec. Mais je dois absolument parler à Gina. Je vous promets que je ne cherche pas à m'incruster.

— N'essayez pas de m'amadouer, mon gars.

Cette fois-ci, la canne s'abattit sur son orteil.

— La flatterie ne m'atteint pas.

L'orteil douloureux, Ford la prit au sérieux et recula d'un pas avant de changer d'angle d'attaque et d'essayer l'honnêteté.

— Écoutez, madame, j'ai tout foiré avec la femme que j'aime et qui se trouve à l'intérieur. Si je ne peux pas lui parler pour tout arranger, alors ce sera la fin du monde.

Le vigile aux cheveux gris ne souleva pas sa canne, mais le fusilla du regard.

— N'employez pas de gros mots devant moi. Je suis une dame.

— Avec une canne dont vous n'hésitez pas à vous servir, maugréa-t-il.

— Et comment ! répliqua-t-elle en lui tapotant le pied avec assez de force pour lui rappeler les dégâts qu'elle pouvait causer. Je ne veux pas savoir ce que vous avez fait, parce qu'il est clair comme de l'eau de roche que c'était des sottises.

Elle reposa le bout en plastique de sa canne sur le sol, évitant son pied de dix centimètres, et s'appuya sur le manche pour se déployer de tout son mètre cinquante.

— Qu'est-ce que vous comptez faire pour vous rattraper ?

— Lui dire que je l'aime.

Son plan n'allait pas plus loin.

La vieille dame lui lança un regard qui signifiait clairement « essaye encore ».

— Les jolis mots ne coûtent rien.

S'il serrait davantage les dents, il perdrait ses molaires. Il prit une profonde inspiration – ou du moins aussi profonde que possible étant donné qu'il respirait uniquement par le nez – et jeta un coup d'œil en direction de la salle de réception par-dessus la tête de la vieille dame. Les lumières étaient tamisées, mais il apercevait des gens qui dansaient, la fête qui battait son plein et un DJ devant un écran géant. Il avait trouvé. Tout avait commencé par une KissCam. Alors peut-être qu'une KissCam pourrait tout arranger.

— Madame, dit-il d'une voix trop forte, mais le contrôle du volume de sa voix s'était enfui par la fenêtre depuis qu'elle l'avait frappé une deuxième fois. Je vais faire tout ce qu'il faut pour la reconquérir.

La vieille dame le jaugea.

— Qu'est-ce que vous faites encore là, alors ? aboya-t-elle.

Quoi ? Après tout ça, elle agissait comme si c'était lui qui lui faisait perdre son temps ? C'était sûrement à cause du mariage. Les mariages rendaient les gens fous. Désireux de ne pas gaspiller une seule minute de plus pour résoudre ce mystère, il se précipita dans la salle de réception.

Gina n'était pas près du DJ. Ni près du traiteur. Ni près de l'estrade. Ford était sur le point de se frayer un chemin sur la piste de danse lorsque de la lumière se déversa par la porte battante qui menait dans la zone réservée au personnel. Impossible de confondre ces cheveux bruns bouclés qui avaient tendance à friser. Il l'avait trouvée.

Il se rua vers cette partie de la salle et franchit la porte qui menait à une cuisine de fortune en pleine effervescence. Des serveurs, des types avec des toques de chef et des plongeurs transportant de lourdes bassines pleines de couverts et de petites assiettes couraient partout. Et au fond, près d'une femme vêtue du blazer noir qui était l'uniforme de l'hôtel, se tenait Gina. Elle portait la même robe verte que le soir de leur rencontre. Il l'avait remarquée, ce soir-là. Maintenant qu'il connaissait la femme qui portait cette robe, il appréciait encore plus la façon dont elle rehaussait sa beauté.

Il ouvrit la bouche pour l'appeler, mais se retint au dernier moment. Il avait passé la dernière semaine à lui offrir des mots. Ça ne suffirait pas. Cette fois-ci, il devait lui prouver ses paroles et, pour la première fois depuis qu'il était sorti de chez ses parents, il sut exactement quoi faire.

Hélas, ça ne serait pas aussi facile que de la faire passer sur la KissCam.

Le mariage s'était déroulé sans anicroche et la réception s'était terminée tôt : Gina était ravie qu'au moins une chose dans sa vie se soit passée comme elle l'espérait. Elle rentra chez elle et ramassa le courrier éparpillé sur le sol derrière la porte d'entrée.

Le journal du jour était sur le dessus de la pile. Sa une était consacrée à la police de Waterbury, qui avait saisi une cargaison d'héroïne et arrêté dix personnes en relation avec la famille Esposito. En dehors de ça, elle trouva des factures, de la publicité et une enveloppe bleue avec un timbre étranger. Elle était sur le point de tout balancer sur la table de l'entrée lorsque l'adresse de l'expéditeur sur l'enveloppe attira son attention.

George Ainsley
510 Luca Street
Nassau, Bahamas

Elle déchira l'enveloppe d'une main tremblante. Ses frères avaient fait une croisière quelques années auparavant et découvert l'existence d'une rue à leur nom, Luca Street, ce qui avait provoqué d'innombrables plaisanteries sur le fait que ce serait génial de vivre à cet endroit. C'était certainement eux.

Mademoiselle Luca,

Merci de l'intérêt que vous avez manifesté pour la location de la maison sur Luca Street. Elle est malheureusement occupée par de nouveaux acheteurs. Un ami commun les a avertis de l'opportunité financière que représentait cet investissement et leur a expliqué que leurs anciens placements n'étaient plus rentables. Les propriétaires n'ont pas l'intention de vendre la maison pour l'instant, mais si vous deviez changer de ville ils reconsidéreraient la question.
Sincèrement vôtre,

George Ainsley

Gina hésitait entre le rire et les larmes. Elle reconnaissait l'absurde sens de l'humour de Paul. Il avait certainement cru hilarant d'utiliser le nom de leur ancien voisin et un langage codé pour lui annoncer qu'ils allaient bien. Gloussant malgré l'irritation provoquée par la façon dont ses frères étaient entrés dans la clandestinité, elle se détendit pour la première fois depuis des jours. Et, une fois que ce poids eut quitté ses épaules, une autre pièce du puzzle se mit en place et elle baissa les yeux sur le journal.

Ford n'avait pas seulement essayé d'aider. Il l'avait vraiment fait. Il avait obtenu que ses frères quittent la ville avant la saisie de la cargaison d'héroïne. Il avait tenté de le lui expliquer, seulement elle avait refusé de l'écouter. Elle ne lui avait pas donné sa chance. Même après qu'il avait transgressé une de ses précieuses règles en avertissant ses frères. Ses poumons se contractèrent et elle froissa la lettre dans son poing. Après avoir passé des années à se méfier de tout le monde et à bâtir des remparts autour d'elle, elle n'avait pas donné à Ford la chance qu'il lui avait offerte. Elle avait passé tout son temps avec lui à attendre qu'il se montre sous son vrai jour. Ce qu'elle n'avait pas compris, c'est que c'était exactement ce qu'il faisait. Et elle ? Elle avait trop peur pour se permettre de croire ce qui avait été sous son nez depuis le début.

Mais pouvait-elle réellement avoir confiance en lui ?

Et c'est alors qu'elle entendit le son reconnaissable entre tous d'un marteau contre le bois, qui résonnait de l'autre côté de la porte d'entrée.

Troublée, chamboulée et furieuse contre elle-même, elle ouvrit la porte à la volée et se figea.

— Qu'est-ce que tu fiches ?

La question de Gina traversa la terrasse avec le tranchant d'une lame de patin de hockey.

Ford ne leva pas les yeux. Il avait pensé qu'il aurait plus de temps pour terminer son projet. Il avait juste eu le temps de quitter la réception et d'aller chercher le bois spécial que Juan avait commandé pour qu'il soit assorti aux lames d'origine. Il en avait posé une sans la fixer. Mais il ne put pas résister à l'envie de la regarder plus longtemps.

Gina se tenait sur le seuil. Le bout de son nez était rouge et la tache écarlate à la base de son cou qui indiquait qu'elle était irritée était bien présente. Mais elle était quand même belle, en mode

« guerrière ». Elle était vraiment splendide et, pour la première fois depuis qu'il avait compris qu'il devait lui montrer qu'il serait toujours là pour elle, il hésita. Elle avait l'air prête à le buter et il ne pouvait pas lui en vouloir.

Il se leva en prenant bien garde à se tenir devant la lame qu'il n'avait pas encore rafistolée.

— Il fallait que je répare ça.

C'était nul, mais exprimer ses sentiments n'était pas vraiment son fort.

— Ma terrasse ? demanda-t-elle d'un ton soupçonneux. Tu *devais* retaper ma terrasse.

— Je sais à quel point tu aimes cette maison et je voulais…

Le discours qu'il avait répété dans sa tête pour lui expliquer que cette maison était le cœur de Gina et qu'il le protégerait et en prendrait soin quoi qu'il arrive fut réduit à néant. Merde. Il était en train de tout foirer.

— Non, acheva-t-il, pataugeant dans la semoule. Je veux nous réparer, nous.

Elle leva une main.

— Arrête tout de suite. J'ai quelque chose à te dire.

Non, ce n'était pas possible. Il fallait qu'elle l'écoute. Il avança d'un pas, abandonnant sa place devant le trou dans le sol.

— Gina…

Le menton tremblant, elle se dirigea vers lui et posa le pied sur la planche non fixée. Elle glissa et écarquilla les yeux sous le choc. Ford vit toute la scène au ralenti. Elle allait tomber dans le trou. Il tendit la main vers elle, enroula les doigts autour de sa taille tandis que, de l'autre main, il tentait d'attraper la rampe qui courait autour de la terrasse couverte, mais il la loupa de quelques millimètres. Avant qu'il ait eu le temps de lui crier de se préparer au choc, ils se retrouvèrent tous deux coincés jusqu'à la taille, pressés l'un contre l'autre, le bras de Ford toujours autour de la taille de Gina et leurs bouches tout près l'une de l'autre.

— Tu es blessée ? demanda-t-il.

Incapable de s'en empêcher, il fit courir sa main libre sur les parties de son corps qu'il pouvait atteindre pour s'assurer qu'elle n'avait rien, processus rendu difficile par le fait que le dos de Gina n'était qu'à cinq centimètres des éclats de bois et qu'elle le fusillait du regard comme si elle était en train de préparer sa mort, ce qui était probablement le cas.

— Je vais très bien, rétorqua-t-elle en détournant le visage comme si ce mouvement pouvait le faire disparaître.

Son ventre se noua.

— Gina…

— Je ne veux pas t'écouter, l'interrompit-elle. Je veux juste sortir d'ici.

Ford jeta un coup d'œil autour de lui. Les lames de remplacement étaient hors de portée, entassées à l'autre bout de la terrasse et en bas des marches. Ses pieds étaient posés sur le sol, mais il n'avait pas assez d'espace pour s'en servir de levier. La vérité, c'était qu'ils étaient bel et bien coincés.

— On ne s'en sortira pas sans aide.

La première lueur d'un plan B prit naissance dans son esprit.

— Est-ce que tu peux glisser la main dans ma poche avant ?

Elle plissa les yeux.

— Tu veux vraiment que je te mette la main au panier ?

Oui. Non. Pas maintenant.

— Pour attraper mon portable. Il faut qu'on appelle les secours.

— Comme tu veux, maugréa-t-elle.

Ils durent s'ajuster un peu, mais elle parvint à introduire la main dans son pantalon – ou du moins assez près pour que son sexe le remarque et se dresse.

Du calme, Hartigan. Tu n'auras pas de deuxième chance.

Elle se mordit la lèvre, concentrée, et sortit son téléphone.

— Je l'ai.

Elle braqua l'objectif vers lui pour que la reconnaissance faciale débloque l'écran.

— Va dans les contacts, ordonna-t-il en élaborant son plan au fur et à mesure. Appelle celui qui porte juste le numéro 6.

— C'est le numéro du commissariat ?

Il secoua la tête en priant en silence pour qu'elle comprenne ce qu'il s'apprêtait à dire ensuite.

— C'est la caserne de Frankie.

Son doigt s'immobilisa au-dessus du clavier.

— Je croyais que tu ne voulais jamais lui demander d'aide parce que tu en entendrais parler toute ta vie.

— Ça vaut le coup pour te sauver.

Et c'était vrai. C'était vrai un million de fois.

— Je t'arrête tout de suite. J'ignore où sont mes frères, et puisque je n'ai aucun autre lien avec les Esposito tu peux cesser de me cirer les pompes.

Elle appuya brutalement sur le numéro 6.

— Je ne te cire pas les pompes, affirma-t-il, et son cœur se serra quand il vit la souffrance et la colère passer dans les yeux de Gina avant qu'elle bloque tout, y compris lui.

Il savait qu'il devait lui avouer la vérité. Il lui devait au moins ça.

— Je sais que tu ne me croiras pas, mais je t'aime et je ne peux pas imaginer vivre sans toi.

Elle éclata de rire. C'était le son d'une femme à bout.

— Eh bien, tu as intérêt à trouver un moyen de le faire, parce que j'en ai ma claque des menteurs et des gens qui me voient comme un pion leur permettant d'avancer dans leur carrière. Je sais que c'est pour ça que tu es revenu. Tu croyais que mes frères avaient enfermé des secrets concernant Esposito dans ce carton.

Le soulagement qui s'était emparé de lui en découvrant que les objets dans la boîte n'avaient aucun rapport avec les mafieux avait été tellement intense qu'il avait failli se laisser tomber sur une chaise. Ce n'était qu'à ce moment-là qu'il avait compris jusqu'où il était prêt à aller pour protéger la femme qu'il aimait.

— C'est vrai. Et j'étais prêt à faire n'importe quoi pour m'assurer que tu ne subisses aucune répercussion.

Ces mots éveillèrent son attention. Elle cessa de prétendre l'ignorer comme s'ils n'étaient pas quasiment collés l'un à l'autre, et elle leva les yeux vers lui, l'air moins dur.

Ce fut évidemment l'instant exact que choisit Frankie pour décrocher. Sa voix se déversa du haut-parleur.

— Caserne six, Hartigan à l'appareil.

Gina avait besoin d'une minute pour digérer l'information. Son cœur battait à tout rompre comme s'il s'apprêtait à se faire la malle. Elle détourna le regard du visage de Ford – le voir lui embrouillait l'esprit – et scruta le voisinage. Personne n'était sorti, mais les rideaux bougeaient, sans aucun doute pour deviner d'où venait tout ce remue-ménage.

Mais l'angoisse d'être regardée, qui se manifestait toujours par une respiration difficile et des paumes moites, n'apparut pas. Elle avait beau être furieuse contre Ford, elle devait bien reconnaître que quand elle était avec lui elle était moins anxieuse.

Elle entendit vaguement Ford expliquer à Frankie ce qui s'était passé et lui ordonner de se ramener pour les sortir de là. Elle raccrocha en autopilote, incapable de détourner les yeux de l'homme qui avait mis sa vie sens dessus dessous.

— Comment ça, me protéger ? demanda-t-elle en essayant d'alimenter sa colère pour ne plus sentir son corps pressé contre le sien et la réaction de ses phéromones – et ses parties féminines – qui étaient très heureuses d'être de nouveau en contact avec ses phéromones – et plus.

— Mes chefs connaissaient l'existence de ce carton.

Il se mit à lui caresser le dos et elle sentit quelque chose se répandre dans tout son corps.

— Ce n'est pas moi qui le leur ai dit. Ils avaient décidé d'envoyer quelqu'un vérifier son contenu.

— Et tu n'étais pas d'accord parce que…

— Si la boîte contenait un truc illégal, je ne voulais pas que ça te retombe dessus.

Sa main cessa de former des cercles dans son dos et il changea un peu de position. Ils se retrouvèrent encore plus près l'un de l'autre.

— Je voulais te protéger.

— Pourquoi ?

C'était absurde. Rien n'était logique. Ford suivait toujours les règles. Elle l'avait même vu suivre les règles du Monopoly un soir au lieu de jouer n'importe comment, comme tout le monde. Un vague espoir naquit en elle, lui coupant le souffle.

— Parce que je t'aime et que je te connais. Tu n'aurais jamais sciemment trempé dans les affaires de tes frères.

Bien sûr que non. Ça aurait été ridicule, mais combien de fois les gens avaient-ils supposé le contraire ? Sauf Ford. Pas même lors de cette première nuit. Elle portait peut-être un nom de famille problématique, pourtant il ne l'avait jamais jugée.

Son cœur battit plus vite et elle dut enfoncer les ongles dans les paumes de ses mains pour s'empêcher de se liquéfier contre lui. Il lui briserait quand même le cœur un jour. Autant que la rupture soit nette dès aujourd'hui.

Le bruit d'une sirène de pompiers résonna au loin, se rapprochant à toute allure. Si elle pouvait survivre aux prochaines minutes, alors elle serait libre – de faire quoi, elle n'en avait aucune idée.

— Tu m'as menti à propos de mes frères et de la raison de ta présence chez moi.

Une souffrance douce-amère s'empara de sa poitrine et la serra, car Ford lui donnait envie de le croire. Elle leva les yeux vers lui : son visage était un peu flou à cause des larmes qui remplissaient son regard et elle tourna la tête. Elle ne voulait pas voir son expression quand il lui avouerait la vérité.

— Sur quoi d'autre m'as-tu menti ?

— Jamais sur les sentiments que j'éprouve pour toi, répondit-il en tendant sa main libre pour repousser une mèche de cheveux qui s'était échappée.

Le bruit de la sirène était plus fort et elle apercevait le camion des pompiers en périphérie de son champ de vision, mais elle était incapable de lâcher Ford des yeux.

— Tu mérites mieux que moi. Je suis un petit veinard et j'ai tout foiré parce que j'avais tellement peur de te perdre que je n'ai pas osé te dire la vérité, t'avouer que j'étais tombé amoureux de toi.

Il encadra son visage de ses mains puissantes et la força à lever les yeux.

— J'aime ton rire, ton sourire et ta façon de contempler le monde comme cette maison, comme s'il suffisait juste que quelqu'un l'aime.

Il lui adressa un sourire chaleureux qui promettait d'innombrables lendemains.

— J'aime te sentir dans mes bras. J'aime ce que je ressens chaque fois que tu entres dans une pièce. J'aime même être coincé dans ce putain de trou avec toi parce que je peux regarder ton beau visage.

— Arrête, dit-elle sans cesser de lutter contre l'espoir qui grandissait en elle. Ce n'est pas grave. Je sais à quoi je ressemble et je suis en paix avec ça maintenant.

La sirène hurlait à présent et le camion s'immobilisa juste devant chez elle, mais elle l'entendit à peine, de même qu'elle ne vit pas les pompiers descendre. Ford seul comptait.

— Moi aussi. Tu es magnifique et j'aime la femme que tu es grâce à ton visage et non malgré lui.

Il baissa la tête et effleura ses lèvres des siennes, déclenchant une cascade de sensations qui lui coupèrent le souffle.

— J'ai tout gâché et je ne peux pas te promettre de ne plus jamais merder, mais je t'aime, Gina Luca, et je suis prêt à faire tout ce que tu veux pour te le prouver.

Elle leva les yeux vers lui et regarda pour de bon l'homme qui avait bouleversé son monde. Elle comprit alors qu'il disait la vérité. Il l'aimait.

— On devrait certainement laisser les pompiers nous sortir de là, sinon les voisins s'attendront à assister à ce spectacle tous les soirs, lança-t-elle, parce que, évidemment, elle était le genre de femme à dire ce qu'il ne fallait pas quand il ne le fallait pas. C'était encore pire que de faire remarquer que le bar était gratuit quand il avait proposé de lui offrir un verre le soir de leur rencontre.

— J'ai entendu dire que les déclarations d'amour en public étaient romantiques, répliqua-t-il en inclinant la tête pour l'embrasser avant de s'arrêter à quelques millimètres de sa bouche.

Les battements de son cœur s'accélérèrent de nouveau. À ce rythme-là, il faudrait soigner sa tension ou l'embrasser. Elle savait quel remède elle préférait.

— J'ai entendu dire que c'était débile.

— Celui qui t'a dit ça est un idiot, rétorqua-t-il.

— Mais je l'aime quand même.

Et elle pensait chaque mot.

Elle se hissa sur la pointe des pieds pour franchir la distance qui séparait leurs lèvres et elle l'embrassa de tout son cœur. Elle éprouvait tellement de sentiments qu'elle était incapable de les démêler. De l'amour, de l'espoir, de l'anticipation et, oui, de l'anxiété, parce que les choses importantes de la vie étaient toujours un peu effrayantes, mais dans le bon sens du terme.

— Tu vois bien, maman ?

La voix de Frankie transperça l'euphorie du baiser. Sa voix et le nombre de gens qui piétinaient le jardin de Gina. Elle regarda autour d'elle. Il y avait beaucoup plus de pompiers que la situation n'en nécessitait. Devant, au milieu de la foule, se tenait Frankie qui brandissait son téléphone portable. Kate Hartigan était bien visible sur l'écran, mais on ne pouvait rater – même s'ils étaient dans le petit cadre en haut à droite de l'écran de FaceTime – Gina et Ford et leurs lèvres gonflées.

Le rouge lui monta aux joues, pourtant, contrairement à la dernière fois où Ford et elle s'étaient embrassés sur un écran, elle vivait un bonheur pur et parfait.

— Hé, maman, lança Frankie. Dis à Finian que je suis prem's pour être témoin au mariage.

Gina déglutit.

— Il ne m'a pas demandé de l'épouser.

— Bon sang, Ford.

Frankie secoua la tête.

— Je dois foutre une autre raclée à ton cul maigrichon ou tu vas enfin faire les choses correctement ?

— La ferme, Frankie, répliqua Ford. Je m'en occupe.

Il n'avait pas de bague et il ne pouvait pas s'agenouiller. Ils étaient coincés dans un trou, entourés de pompiers, tandis que la mère de Ford assistait à la scène en FaceTime.

— Gina Luca, je ne te mérite pas, mais je serais l'homme le plus chanceux du monde si tu acceptais d'être ma femme.

Refoulant des larmes de joie, elle laissa son regard errer sur les gens qui se rapprochaient lentement. Elle était sur le point d'embrasser un mec sous les yeux d'une foule souriante et la vieille nausée se mit à gronder dans son estomac. Mais son regard croisa de nouveau celui de Ford et elle se rendit compte qu'il avait encore plus peur qu'elle d'être rejeté. Un fin voile de sueur recouvrait son front et ses yeux la suppliaient littéralement de lui pardonner. De l'aimer. Il articula silencieusement « s'il te plaît » et le cœur de Gina s'ouvrit en deux. Toutes les insécurités dont elle se servait pour se protéger, toutes les barricades qu'elle avait mis des décennies à construire, tout… disparut.

Comme elle n'était pas certaine de pouvoir faire confiance à sa voix, elle forma en silence le mot « oui ».

Le visage de Ford s'illumina comme si elle venait de faire de lui l'homme le plus heureux du monde. Et elle le croyait. La bouche de Ford fondit sur la sienne pour un baiser affamé, elle enroula les bras autour de son cou et ses doigts se perdirent dans ses cheveux épais. Des exclamations montèrent de l'assemblée de pompiers et de l'écran du téléphone. Ils s'en rendirent à peine compte.

Ford finit par rompre le baiser, ses grandes mains sur les joues de Gina.

— Tu ne connaîtrais pas une bonne organisatrice de mariage, par hasard ?

— Peut-être bien que si.

L'homme qu'elle aimait était un petit impertinent. Et, avant qu'elle ait le temps de formuler ne serait-ce qu'une pensée, il l'embrassa de nouveau.

21

Cinq ans plus tard…

C'était le chaos le plus total dans le jardin de la maison victorienne, où une vingtaine de mini-Hartigan et de mini-Luca et une poignée d'autres enfants couinaient de joie en galopant du château gonflable au stand de maquillage en passant par les marionnettes. Au milieu de tout ça, la petite dont on fêtait l'anniversaire courait vers le château gonflable, son cadeau préféré sur la tête – un casque de pompier rouge vif offert par oncle Frankie.

— Dégage de là, gros nez, déclara l'un des gamins en poussant Amalie Hartigan de sa place dans la queue.

Ford sauta de sa chaise sur la terrasse ; il était au milieu de l'escalier quand Amalie brandit le poing droit.

— Amalie ! s'écria Gina.

La fillette se figea, puis pivota vers sa mère avec un sourire innocent que tous ceux qui avaient du sang Hartigan étaient capables d'arborer – même à trois ans.

— On ne frappe pas ses amis, gronda Gina en rejoignant Ford sur l'escalier. Et, Christopher, ce n'est pas gentil d'insulter les gens. Si tu recommences, je le dirai à ta mère.

Le garçonnet brun, dont on avait fêté le cinquième anniversaire le week-end précédent, jeta un coup d'œil en direction de sa mère avant de se tourner vers Amalie, qui était pratiquement sa jumelle en tout même s'ils n'avaient pas les mêmes parents.

— Pardon.

— C'est bon, allons voler.

Amalie s'empara de la main de son cousin et ils grimpèrent dans le château gonflable ensemble.

Une fois qu'ils furent à l'intérieur et que des rires parvinrent jusqu'à lui, Ford relâcha la respiration qu'il retenait.

— Calme-toi, papa ours, dit Gina en riant. Ce ne sera pas la dernière fois qu'on la taquinera à cause du pif des Luca, mais je suis contente qu'elle en ait hérité.

— Alors que tu l'as haï pendant tant d'années ?

Il se demandait où sa femme voulait en venir.

— J'ai décidé que c'était un porte-bonheur.

Elle en tapota le bout.

— Grâce à lui, elle rencontrera l'homme idéal qui l'aimera pour ce qu'elle est vraiment – exactement comme moi.

— C'est moi, le chanceux.

Il enroula un bras autour de sa taille, l'attira à lui et embrassa la plus belle femme du monde.

1

Cela n'augurait jamais rien de bon lorsque le capitaine convoquait Frankie Hartigan dans son bureau encombré au fond de la caserne et refermait la porte derrière lui.

Frankie se repassa mentalement les derniers appels. Ça concernait sûrement le connard à la Jaguar. Un entrepôt sur les quais avait pris feu, et cet abruti s'était garé juste devant la bouche à incendie. Ils n'avaient pas eu d'autres choix que de fracasser une des vitres de sa voiture pour y faire passer la lance. Cet enculé de nanti en avait fait toute une histoire jusqu'à ce que Frankie se pointe et, en le toisant du haut de son mètre quatre-vingt-dix-huit, lui demande s'il y avait un problème. Apparemment, non. Quelle surprise !

— Assieds-toi, Hartigan, ordonna le capitaine en s'installant derrière son bureau, qui disparaissait sous la paperasse, les manuels et – d'après la rumeur – un ordinateur sur lequel aucune main humaine ne s'était jamais posée.

Frankie jeta un coup d'œil autour de lui. Le bureau du capitaine O'Neil était toujours en désordre mais ce jour-là c'était pire que d'habitude. Il y avait de tout partout. Les deux chaises face au bureau étaient envahies de cartons à moitié vides, de vieux dossiers étaient entassés sur plus d'un mètre contre un mur, et le trophée chéri remporté l'année précédente lors du match de hockey caritatif contre les flics trônait dessus, bien en vue. Frankie n'aurait pas pu s'asseoir, même s'il l'avait voulu. Il fit donc ce qu'il faisait toujours quand il s'apprêtait à se faire remonter les bretelles : il resta debout.

— Je suis bien comme ça.

Le capitaine prit place dans son fauteuil et considéra Frankie sous ses sourcils gris tellement broussailleux qu'ils semblaient sur le point de s'envoler.

— Y a-t-il quelque chose dont tu voudrais me parler avant que je commence, Hartigan ?

Frankie se remémora de nouveau les derniers appels et ne trouva qu'une chose à répondre : il s'était comporté comme un ange ces derniers temps. Il avait trente-trois ans et s'adoucissait avec l'âge.

— C'est à cause du connard et de sa Jaguar ?

— Oh ! celui qui joue au golf avec le maire ? Celui qui a besoin de deux vitres de voiture neuves et d'un bon nettoyage ?

O'Neil lui lança un regard noir qui dura trente secondes.

— Ce petit con n'a eu que ce qu'il méritait, et c'est ce que j'ai répondu au préfet quand il m'a engueulé au téléphone.

— Je ne vois rien d'autre.

Et s'il ne s'agissait pas de ça, alors pourquoi diable avait-il été convoqué dans le bureau du chef de la caserne n° 6 de Waterbury ?

— Bien, gloussa O'Neil. Quand on commence comme ça, on ne sait jamais quels aveux on va récolter.

— Vous êtes impayable, Capitaine.

— J'ai beau être un vieux fossile, je suis toujours là et j'entends bien y rester, même si on m'oblige à archiver ou à jeter la plupart de ces trucs.

Il agita une main énorme en direction du bazar.

Frankie regarda autour de lui.

— J'ai bien remarqué que c'était pire que d'habitude.

— Tu ne verras plus ce bordel.

Frankie reporta son attention sur son chef, toujours assis derrière le bureau.

— Vous partez quelque part ?

— Non.

Le visage du capitaine se rembrunit.

— Mais toi, oui.

Pendant une fraction de seconde, Frankie regretta de ne pas avoir accepté le siège que le capitaine lui avait proposé. Puis le grésillement familier du tempérament irlandais obstiné des Hartigan crépita en lui.

Il croisa les bras et lança un regard dur au capitaine.

— Vous vous foutez de moi ?

— Pas du tout. Grâce à mon ménage de printemps, je me suis rendu compte que tu n'avais pas pris de vacances depuis une éternité – ce qui est contraire au règlement. Je ne comprends pas comment les RH ne sont pas encore tombées sur ton large dos d'Irlandais. Le département est au taquet en ce qui concerne le bien-être des troupes, ce qui veut dire que tu dois prendre tes congés pour te ressourcer.

Frankie leva les bras au ciel, furieux. Il aurait bien aimé que le bureau du capitaine soit plus grand afin de pouvoir faire les cent pas. L'idée de « se ressourcer » lui faisait l'effet d'un pet dans un magasin de fleurs.

— C'est des conneries, tout ça.

— Je suis d'accord, mais tu as trois semaines à prendre et tu vas les prendre tout de suite.

Le capitaine fouilla sur son bureau et finit par lui tendre une feuille.

— Voici l'ordre d'en haut.

Frankie considéra la lettre comme si c'était une bière tiède et éventée pendant une chaude journée du mois d'août. Ou une condamnation à mort.

— Ça craint.

Il allait crever d'ennui à rester assis sur son cul pendant trois semaines. Il en était déjà au point où il préférait faire des heures sup pour éviter de passer trop de temps dans la baraque qu'il partageait avec son frère jumeau, Finian, et faire les mêmes trucs depuis qu'ils avaient acheté cette maison dix ans plus tôt. Il n'avait pas besoin d'argent – même si, comme tout le monde, il avait trop de factures à payer –, mais la caserne était tout pour lui. L'adrénaline. La camaraderie. Sauver des vies. Il était taillé pour ça.

— Qu'est-ce que je suis censé foutre pendant trois semaines ?

Le capitaine haussa les épaules.

— Bourre-toi la gueule. Baise. Trouve-toi un hobby. Je n'en ai rien à cirer. Je te demande juste de dégager de mon bureau et de m'épargner la vision de ta gueule pleine de taches de rousseur pendant trois semaines, Hartigan.

Pour une fois dans sa vie, Frankie était sans voix. Il se contenta de hausser les sourcils, abasourdi. Il ne pouvait penser à rien d'autre qu'aux terribles semaines qui l'attendaient et pendant lesquelles il allait devoir apprendre l'origami, la confection sous-marine de paniers ou une connerie du genre juste pour éviter de devenir dingue.

Hors de question.

Marino n'était ni un rade minable ni un bar de bikers hors la loi ni le genre d'endroit où, en voyant entrer Frankie, tous les clients miteux cessaient ce qu'ils étaient en train de faire pour imaginer la meilleure manière de disposer de son corps. Des cafés de ce genre auraient été plus accueillants. Parce que *Marino* était un bar de flics.

Et qu'irait faire un pompier qui se respecte dans un lieu aussi mal famé ? Voir son pauvre petit frère perdu. Ford était l'un des meilleurs policiers de Waterbury et il possédait une plaque d'inspecteur ainsi que la détestable habitude de suivre les ordres à la lettre. Mais il était libre ce soir-là et il était tout disposé à accompagner Frankie qui avait décidé de cocher les cases de la liste du capitaine – en commençant par la partie alcoolisée.

— Non mais tu te rends compte ? demanda Frankie en buvant une gorgée de sa première pression. Trois semaines.

Ford détourna le regard du jeu de fléchettes fixé au fond du bar assez longtemps pour lever les yeux au ciel.

— Si tu avais pris tes congés tous les ans comme tu es censé le faire, ça ne serait pas arrivé.

Frankie brandit son majeur dans sa direction.

— Non seulement je suis obligé de noyer mon chagrin dans ce putain de bar, mais en plus tu vas me la jouer « je te l'avais dit » ?

— À quoi servent les petits frères, sinon ?

— J'aurais mieux fait d'appeler Finn.

Son jumeau, plus jeune de six minutes et quarante-deux secondes, comme leur mère aimait à le rappeler tous les ans, aurait compati comme il se devait. Et dans un vrai bar.

— Finn est à Las Vegas parce que – Ford lui adressa un sourire moqueur qui lui donnait l'air espiègle de tous les Hartigan – attends…

Il s'interrompit, leva l'index et avala une gorgée de bière, ravi de son petit effet.

— Parce qu'il a pris ses congés, lui.

— Je suis certain qu'on t'a échangé à la naissance, maugréa Frankie. Il y a un vrai Hartigan quelque part qui ne bande pas en suivant une procédure.

— Tu as déjà un frère et quatre sœurs qui font n'importe quoi. Je restaure l'équilibre dans la Force.

C'était probablement vrai. Ils étaient sept frères et sœurs – tous sous la férule de Frank senior et de Katie. Frankie et son frère jumeau, Finn, avaient suivi les traces de leur père en embrassant la carrière de pompier. Les triplés, Fiona, Ford et Faith avaient emprunté d'autres chemins : ses sœurs étaient enseignantes, et Ford avait basculé du côté obscur en entrant dans la police de Waterbury. Comment une chouette fille comme Gina avait-elle pu lui pardonner cette erreur fatale et tomber amoureuse de lui ? Ça dépassait l'entendement. Venait ensuite Fallon, infirmière casse-couilles qui mettait à profit les talents de soigneuse et de bagarreuse acquis en grandissant dans une famille de classe moyenne turbulente pour ne pas se laisser marcher sur les pieds par les voyous qui franchissaient la porte des urgences où elle travaillait. Et, enfin, il y avait la petite dernière, Felicia, un tout petit modèle de Hartigan – enfin, presque de Carlyle à présent – qui vivait de l'autre côté du fleuve avec son fiancé millionnaire et étudiait les fourmis. La blague familiale prétendait que les Hartigan appartenaient aux trois catégories d'Irlandais : les roux, les bruns et ceux-dont-les-ancêtres-à-tête-de-cochon-avaient-été-virés-d'Irlande-parce-qu'ils-étaient-des-rebelles. Cette plaisanterie était d'autant plus drôle qu'elle était vraie.

— Et si au lieu de te lamenter d'être payé à ne rien faire pendant trois semaines tu te rendais utile ? Tu pourrais trouver quoi offrir aux parents pour leur anniversaire de mariage, par exemple. On est tous d'accord pour se cotiser et mettre le paquet.

L'idée de départ était de leur payer une semaine à Paris jusqu'à ce que leur père déclare que si leur mère l'obligeait encore à bouffer des escargots et du foie gras dans un restaurant français guindé, il préférait se laisser mourir de faim. Les Hartigan étaient connus pour leur côté *drama queen*.

— Avec ces trois semaines devant toi, tu es l'homme idéal pour ce job, Junior, poursuivit Ford en utilisant le surnom que Frankie détestait.

— Eh, Hartigan, c'est ton tour, brailla quelqu'un à côté du jeu de fléchettes, ce qui épargna à Frankie de devoir frapper son frère sur le crâne pour l'avoir appelé ainsi.

Sachant qu'il l'avait échappé belle, Ford brandit son verre avant de se diriger tranquillement vers le fond en abandonnant Frankie en territoire ennemi. Les flics et les pompiers de Waterbury n'étaient pas vraiment à couteaux tirés, mais il y avait une saine rivalité de longue date entre eux, et ils avaient tendance à ne pas se mélanger – sauf lors du match amical annuel de hockey pendant lequel ils se foutaient des raclées avec enthousiasme entre deux buts.

Le bar était devenu beaucoup plus sympa quand Bobby Marino, qui avait déjà soixante-seize ans, avait donné les rênes du service à Shannon Kominsky. Elle était grande, elle avait un corps de rêve et le genre de peau brune qui, il le savait d'expérience, était douce comme tout. Et surtout, elle illuminait le comptoir.

Frankie connaissait Shannon depuis des années ; ils avaient couché ensemble une fois et s'étaient séparés détendus et heureux. S'il s'y prenait correctement, ils pourraient réitérer la chose le soir même, avec à la clé des orgasmes et les cookies au chocolat post-sexe de Shannon. Après l'amour, certaines femmes aiment les câlins. D'autres, la conversation. Shannon, elle, faisait de la pâtisserie.

— Salut, Shannon, dit-il en lui adressant ce sourire mi-paresseux mi-arrogant qui lui avait valu bien des conquêtes dès le lycée.

Ça aurait marché si elle l'avait vu. Mais elle s'empara de sa bière en évitant de croiser son regard, et glissa un dessous de verre sur le bar avant de la reposer dessous.

— Pas ce soir, Frankie.

Merde. Elle l'avait repoussé bien vite.

— Qu'est-ce que j'ai fait ?

Elle leva soudain les yeux vers lui, juste le temps de lui adresser un regard qui voulait dire : « Qu'est-ce que tu peux être con ».

— C'est plutôt ce que tu n'as *pas* fait.

L'expression de Frankie devint aussi vide que son cerveau. Elle secoua la tête, et un sourire chagrin étira ses lèvres.

— Me téléphoner, Frankie, ajouta-t-elle. Tu ne m'as jamais rappelée.

Merde. Il s'agita sur son tabouret.

— Je suis désolé, j'ai eu beaucoup de boulot, mais je suis en vacances. On pourrait peut-être…

— Chéri, ça fait six mois.

Elle brandit la main gauche et agita les doigts : l'enseigne publicitaire au néon pour de la Budweiser suspendue au-dessus du comptoir fit briller le diamant.

— Je ne suis plus sur le marché.

— Merde.

Ce genre de choses se produisait de plus en plus fréquemment ces derniers temps. Pourquoi est-ce que tout le monde se mariait tout à coup ?

— On dirait que j'arrive trop tard.

— Oh ! chéri, tu n'as jamais concouru.

Shannon s'accouda au bar et baissa la voix comme si elle s'apprêtait à lui révéler un grand secret.

— Frankie, tu es l'un des meilleurs coups de Waterbury, on est toutes d'accord là-dessus.

Son ego eut le temps d'enfler de deux tailles avant que la deuxième partie de sa déclaration atteigne son cerveau.

— Vous parlez de moi ? Toutes les filles ? Ensemble ?

Elles comparent ? Les nanas font ça ? Putain.

Les autres mecs étaient-ils au courant ? C'était dangereux.

Extrait

— On vit à Waterbury. C'est une petite ville, ça facilite les commérages, répondit Shannon. Je t'explique. Tu es respectueux. Tu ne fais aucune promesse que tu ne peux tenir. Tu es drôle. Tu es un bon gars, sincèrement, mais pas le genre qu'on épouse.

Elle lui lança un regard à mi-chemin entre la sympathie et la pitié.

— Et quand on arrive à un certain âge, les plans cul perdent de leur attrait et on veut plus, on veut quelque chose qui dure toujours. Tu comprends ce que je veux dire ?

L'amour. C'était de ça qu'elle parlait. Ce truc qui-n'arrive-qu'une-fois et estime-toi-heureux-de-le-trouver que vivaient ses parents, Felicia et Hudson, Gina et Ford, Tyler et Everly. Mais à lui, ça avait autant de chance d'arriver que de trouver une licorne, parce qu'il savait que Shannon avait raison. Il l'avait toujours su. Il n'était pas livreur chez heureux-à-jamais.com, ce qui voulait dire qu'il avait plus de chance de tomber sur…

— Une putain de licorne, marmonna-t-il.

Shannon haussa les sourcils, perplexe.

— Quoi ?

— Rien, répondit-il en soupirant.

Comment expliquer ce concept à une femme qui vient de vous annoncer que vous n'y aurez jamais droit ?

Shannon secoua la tête et s'éloigna pour prendre la commande d'un jeune type tout droit sorti de l'école de police. Agacé d'avoir été piqué au vif, Frankie pivota pour scruter la foule qui encombrait le bar. De gauche à droite, il vit d'abord un flic et une nana qui aimait l'uniforme, puis plusieurs flics et une nana ultra canon qui aimait l'uniforme, un groupe de pauvres flics que personne ne draguait, un débile en costume qui n'était manifestement pas à sa place du tout avec Lucy Kavanagh, qui semblait sur le point de le frapper.

Voilà qui pouvait être intéressant.

Frankie se leva et se dirigea vers Lucy, la meilleure amie ronde et pétillante de la copine de Ford, pour lui venir en aide.

Extrait

Si une personne de plus disait à Lucy qu'elle serait très jolie si elle perdait du poids, elle l'immolerait par le feu.

Tout ce qu'elle voulait, c'était manger tranquillement son cheese-burger au piment accompagné de frites épicées et d'un Schweppes – oui, exactement, un Schweppes plein de calories, va te faire foutre M. Je-Juge-Tout-Le-Monde – pour se remettre d'une semaine infernale. Elle avait prévu de la raconter par le menu à sa meilleure amie, Gina. Le fiancé de cette dernière était policier, d'où le rendez-vous dans un bar de flics, mais Gina avait dû annuler à la dernière minute à cause d'une mariée qui avait pété les plombs.

En tant que spécialiste de la gestion de crise de Harbor City, sortir Zack Blackburn, joueur de hockey de l'équipe des Ice Knights et homme le plus haï de la ville, d'un autre *bad buzz*, allait la faire blanchir avant trente ans. Tout ce qu'elle voulait ce soir, c'était profiter de son dîner et ne plus se soucier de rien.

Au lieu de ça, le troll dans son costume merdique s'était invité à sa table pour lui dire que, si elle avait commandé une salade, elle aurait pu quitter le bar au bras d'un mec et pas avec quelques kilos supplémentaires.

— En quoi ce que je mange vous regarde ?

Elle ponctua sa question en trempant rageusement une frite dans sa sauce épicée avant de la gober.

— Pas la peine de monter sur vos grands chevaux, j'essaie juste de vous aider, rétorqua l'autre – qui n'avait même pas pris la peine de se présenter – ou, attends – de la saluer avant de se lancer dans un monologue déplacé sur ses habitudes alimentaires *à elle*. Allons, aucune femme n'entre seule dans un bar à moins de chercher de la compagnie masculine. Il s'agit de s'asseoir et d'être décorative.

Quelle connerie sexiste. Qui oserait dire ce genre de choses à un mec ? Réponse : personne.

— Vraiment ?

Elle éloigna son couteau de l'assiette afin de ne pas être tentée de le poignarder.

— Ça ne vous vient pas à l'idée que je suis peut-être juste là pour manger un burger ?

L'autre poursuivit comme si elle n'avait rien dit.

— Je suis sérieux. Vous avez un très joli visage. Si vous mangiez davantage de légumes et moins de glucides, de protéines et de sucres, vous seriez un bon 8/10 au lieu d'un 5.

Elle lança un regard noir à ce mec qui déblatérait sur des trucs qui ne le concernaient *en rien.* Il se dégarnissait et portait un costume mal taillé qui soulignait son ventre rond de buveur de bière – et il voulait lui donner des leçons sur son physique ? Le pire, c'était qu'elle n'était même pas étonnée.

Le menton de Lucy se mit à trembler, et elle serra les dents. Ce connard ne la ferait *pas* pleurer. Ce que les gens pensaient d'elle ne la blessait pas, tant qu'elle réussissait à ne pas le montrer.

C'est ça, continue à te mentir, Muffin.

Lucy était en bonne santé. Elle était très ronde mais en bonne santé. Et, plus important, elle était enfin en paix avec son corps. Mais dans ces moments-là, quand elle tombait sur ce genre de connard, son assurance durement acquise s'effilochait. Pourquoi était-il socialement inacceptable d'humilier les gens *sauf au sujet de leur poids* ? Malheureusement, la chasse était toujours ouverte pour ceux qui n'étaient pas considérés comme minces.

Elle avait l'habitude d'être ignorée quand elle entrait dans un grand magasin. D'être dépassée par une personne plus mince quand elle faisait la queue quelque part. Que ses opinions ne soient pas prises en réunion parce qu'elles émanaient d'une grosse. Mais que quelqu'un lui attribue une note à son physique en public ? C'était nouveau. Et affreux.

Elle se demanda brièvement ce que serait son « score » dans une combinaison orange.

— Et, continua-t-il, sans se douter une seconde qu'il était près de mourir, je vous attribue un 5 uniquement parce que vous avez une jolie tête et des nichons du tonnerre.

C'était la goutte d'eau. Elle allait devoir assassiner un homme au beau milieu d'un bar de flics un vendredi soir. Elle espérait qu'ils avaient du gâteau au chocolat en prison mais, même si ce n'était pas le cas, le jeu en valait probablement la chandelle.

— Te voilà, ma chérie, intervint alors une voix grave qu'elle reconnut immédiatement tandis que l'ombre d'une large silhouette était projetée sur la table.

Elle leva les yeux – très haut – sur le visage canon de Frankie Hartigan, qui était bâti comme un séquoia et qui, si on en croyait la rumeur, en avait un entre les jambes.

— Excuse mon retard, poursuivit-il avant de lancer un coup d'œil en direction du connard qui voulait la pousser à manger des légumes. Est-ce que ce mec est en train de t'emmerder ?

2

La tentation de répondre : « Oui, Frankie, écrase-le sous mes yeux comme un insecte, s'il te plaît » était très très forte – aussi forte qu'un mec capable de tracter un semi-remorque avec les dents. Mais elle se contenta de rentrer dans le jeu du frère du fiancé de sa meilleure amie – ouh là là, c'était le nouveau nom de son groupe de ska imaginaire entièrement composé de femmes – et lui adressa un sourire tendre.

— Figure-toi qu'il était ennuyé par mon dîner, *chéri.*

— Vraiment ?

Frankie baissa les yeux sur son assiette, sur le connard, puis les plongea dans ceux de Lucy. Impossible de rater l'éclat malicieux qui se mit à briller, avant qu'il ne reporte son attention sur le type.

— Quel est le problème avec le repas de ma copine ?

M. Je-Me-Mêle-De-Ce-Qui-Ne-Me-Regarde-Pas blêmit littéralement. La couleur déserta son visage si vite qu'il ressemblait à l'une de ces photos « avant-après » qu'on trouve sur les blogs de relooking. Lucy ne sut comment elle fit pour se retenir d'exploser de rire.

— R-r-rien, bafouilla-t-il.

Non. Il ne s'en tirerait pas aussi facilement.

Elle leva les yeux vers Frankie, toujours debout à ses côtés, sa grande main posée sur le dossier de sa chaise, et ajouta d'une voix innocente que n'importe qui d'un peu malin aurait crainte :

— D'après lui, j'aurais dû commander une salade pour avoir une chance de passer de 5 à 8 sur 10. Je suis un 5 parce que j'ai des seins du tonnerre.

Dire que l'expression de pure vengeance qui traversa le regard de Frankie était terrifiante serait en deçà de la réalité. Même les taches de rousseur qui parsemaient son nez devinrent effrayantes. M. Connarsky émit un petit couinement qui rappela à Lucy le son d'un ballon en train de se dégonfler. Frankie fit un pas en avant, exsudant la menace. L'autre type ne prit pas la peine de dire quoi que ce soit ; il s'éloigna en se frayant rapidement un chemin dans la foule et quitta le bar bondé. Lucy se plut à imaginer qu'il en avait pissé dans son pantalon.

— Merci, Frankie, dit-elle à l'homme qui considérait toujours la silhouette de M. J'ai-Pissé-Dans-Mon-Froc. Je t'en dois une.

Son chevalier roux en jean moulant et en T-shirt fit un petit bruit qui était peut-être une réponse affirmative. Ça ressemblait à « de rien ». Bref. Elle était habituée à ce genre de réaction de la part des hommes. Elle n'était intéressante que jusqu'à l'arrivée d'une femme plus sexy, plus mince ou plus jolie. C'était le fameux manteau d'invisibilité des femmes grosses.

Résolue à ne pas se laisser déstabiliser, elle reporta son attention sur son cheeseburger, ses frites épicées et son soda. Elle pouvait enfin dîner tranquillement.

Hélas, l'Univers avait d'autres plans pour elle. Frankie posa brutalement une chope de bière remplie aux trois quarts en face d'elle, tira une chaise et s'assit. Avant qu'elle ait pu lui demander ce qu'il fabriquait, il héla la serveuse et commanda la même chose qu'elle avec un supplément de frites et une autre bière. Une fois la jeune femme disparue, il se tourna vers Lucy et lui adressa ce qu'elle ne pouvait décrire autrement que comme son sourire vibro. Elle l'avait baptisé comme ça mentalement – heureusement qu'elle ne l'avait pas dit à haute voix – parce qu'elle avait un besoin urgent de son vibro et peut-être de nouvelles piles.

— Tu ne vas pas m'obliger à dîner seul alors qu'on a un rencard, pas vrai ? demanda-t-il en lui volant une frite.

Elle détestait les clichés, mais il était super canon et les gens beaux n'étaient pas réputés pour être intelligents. Et comme, en plus, ses muscles avaient des muscles, elle jugea préférable d'articuler un peu plus lentement que d'habitude.

Extrait

— On ne sort pas ensemble.

Il inclina la tête sur le côté, battit des cils sur ses yeux bleus et lui fit un clin d'œil. Il la taquinait.

— Mais c'est ce que j'ai affirmé à l'autre enculé.

Ses interactions avec l'aîné des Hartigan s'étaient jusqu'alors limitées aux larges fêtes impliquant Gina et Ford, l'un des frères de Frankie. Ils ne s'étaient jamais vraiment parlé. Il était sexy et donc généralement entouré par un essaim de célibataires. Et elle était sûre qu'il était attendu quelque part.

— J'apprécie ce que tu as fait. Je chérirai ce souvenir la prochaine fois qu'un ou une abruti se croira en devoir de me donner des conseils non sollicités sur mon corps, mais tu n'as pas besoin de dîner avec moi. Je suis une grande fille. Ça se voit, d'ailleurs.

Faire des blagues sur son tour de taille avant qu'un autre ne s'en charge était une habitude qu'elle avait prise à l'école primaire, lorsque Jimmy Evans lui avait demandé si elle s'agiterait comme le bonhomme Michelin s'il lui touchait le ventre. C'était elle qui lui avait donné un coup de poing dans le ventre. Tout s'était déroulé aussi bien qu'on pouvait s'y attendre.

— Non, sincèrement, est-ce que je peux dîner avec toi ? demanda-t-il en se penchant vers elle comme s'il était sur le point de lui révéler un noir et lourd secret. Cet endroit me fait flipper.

— Qu'est-ce que tu fais là alors ?

— C'est une longue histoire qui durera le temps qu'il nous faut pour venir à bout de nos burgers.

Comment refuser ?

Frankie marqua une pause théâtrale à la fin de son histoire sur la bagarre flics contre pompiers qui avait clôturé le dernier match de hockey – bagarre que ses paroles avaient déclenchée et son crochet du droit, achevée.

— Et c'est comme ça que j'ai été banni de chez Marino. Je n'ai le droit d'y mettre les pieds que si mon frère m'accompagne.

Extrait

Lucy haussa un sourcil et secoua la tête.

— C'est à cause de clients comme toi que je mange épicé ce soir.

— Tu veux dire à cause de clients charmants et particulièrement séduisants ?

De l'ego ? Lui ? Et comment !

Elle éclata de rire. C'était un rire sonore qui emplit tout l'espace autour d'eux.

— Quelques-uns. Les autres sont seulement ultra puissants et riches.

Il était dévoré par la curiosité, mais il avait envie de prolonger le jeu pour provoquer de nouveau son rire.

— Ne me dis rien, je vais deviner ce que tu fais dans la vie.

Elle trempa une frite dans la sauce qui enflammait son palais et la pointa dans sa direction.

— Tu as droit à trois essais.

Elle ne cédait rien. Il aimait ça.

Il la dévisagea lentement tandis qu'elle mangeait ses frites. Sa banale veste noire était posée sur le dossier de sa chaise. Elle portait un simple chemisier blanc dont seul le premier bouton était défait – rien de tape à l'œil – mais le connard avait raison, elle avait des seins magnifiques qu'il était difficile de ne pas voir même à travers son vêtement. Son maquillage était subtil, à l'exception du rouge à lèvres rouge vif, comme si elle n'avait pas pu s'empêcher de souligner cette bouche qu'elle agitait sans cesse. Elle ne parlait pas trop mais avait toujours, lors des rares fois où il l'avait rencontrée, de $1a repartie. Ses cheveux auburn étaient ramassés en une queue-de-cheval basse qui lui donnait envie de passer les doigts dedans.

En pensant à la façon dont elle avait géré le débile en début de soirée, il l'imagina en train de jouer les super héroïnes.

— Meurtrière secrète ?

— D'une certaine manière, répondit-elle, mystérieuse. Je suis payée pour tuer des choses.

— Femme de main ?

— Oui. Certains jours. Je m'assure que les gens obéissent.

Extrait

Elle souligna sa réponse en faisant glisser un doigt laqué de rouge sur la table.

— Cheffe de bande ?

— Uniquement les jours qui se terminent par *-di*.

Elle s'interrompit un instant.

— Je suis attachée de presse spécialisée dans la gestion de crise.

Ça lui paraissait évident. Il valait mieux ne pas chercher Lucy Kavanagh. Elle savait se défendre.

— On fait la même chose, alors, déclara-t-il en levant son verre, un grand sourire aux lèvres. On éteint les incendies.

Elle cogna son verre de soda contre sa chope.

— C'est ça.

Ils terminèrent leurs burgers en discutant de la bouffe de Marino – la meilleure dans son genre –, du temps – bon débarras l'hiver – et des gens qui mettaient des fruits dans la bière – des aberrations de la nature.

— Quel genre de feu tu es en train d'éteindre ? demanda-t-il soudain, curieux de récolter quelques ragots.

Elle se mit à jouer avec sa paille ; les glaçons cliquetèrent dans son verre.

— Je suis officiellement en pause.

— Ton patron t'a obligée à prendre des vacances, toi aussi ?

Elle gloussa.

— Comme je suis free-lance et très demandée, je décide des congés que je prends.

— Qu'y a-t-il dans ton agenda, alors ?

Si c'était quelque chose même de vaguement intéressant, il trouverait un moyen de s'incruster. S'il se retrouvait livré à lui-même pendant trois semaines, il péterait un plomb.

— Pas ce que j'avais prévu.

Sa façon de répondre déclencha toutes les alarmes à potins de Frankie. Les gens pensaient peut-être que c'était un truc de nanas, mais ils ignoraient ce qui se passait dans une caserne quand il n'y avait rien d'autre pour s'occuper que les entraînements et les commérages. Il tendit la main vers l'assiette de Lucy et lui vola trois piments tombés de son burger.

— Si tu me racontes, je mange un piment d'un seul coup.

Elle haussa les épaules.

— C'est pas un exploit.

Ça dépendait pour qui. Tout ce qui était plus épicé que la salsa douce enflammait ses papilles.

— Je suis sensible.

— Mais bien sûr ! Tout le monde à Waterbury ne parle que de la fragilité de Frankie Hartigan.

Il se redressa un peu sur son siège. Il voulait seulement plaisanter – il détestait vraiment la nourriture épicée –, mais maintenant ? Il n'eut que le temps de penser *oh merde* avant que son ego masculin ne prenne le dessus, et il engloutit les piments démoniaques. Lorsqu'il commença à mâcher, Lucy écarquilla les yeux et un sourire étira ses lèvres pulpeuses, ce qui valait le coup. Puis le goût atroce se répandit sur sa langue et il dut se retenir de ne pas tout cracher. Il s'empara du verre d'eau que la serveuse avait apporté en même temps que sa bière et l'avala d'un trait. Très viril.

Lorsqu'il reposa son verre, Lucy n'essayait même plus de dissimuler son sourire. Elle était juste amusée, elle ne cherchait pas du tout à le draguer. Ce n'était pas la réaction habituelle qu'il suscitait chez les femmes, même quand il se comportait comme un con.

— Aie pitié de moi. J'ai failli mourir. Raconte-moi la vérité.

Elle inclina la tête et lui adressa un regard songeur.

— J'ai failli me rendre à la réunion des anciens élèves de mon lycée, mais j'ai retrouvé la raison à temps.

— De quoi tu parles ? Je suis allé aux miennes. C'était génial, affirma-t-il en essayant de comprendre son point de vue. Et tu peux brandir ton super job et tes clients célèbres à la figure de tout le monde.

Elle renifla et le regarda comme s'il était débile.

— Je suis sûre que c'était sympa *pour toi.*

— Et pas pour toi ?

— Passer du temps avec tous les abrutis qui m'ont insultée à cause de mon poids durant tout le lycée alors que je pourrais me faire faire une manucure ? Non, merci.

Elle cessa de tripoter sa paille et posa les yeux sur lui comme si elle le mettait au défi de la contredire. Il en était incapable. Lucy Kavanagh était grosse. Personne n'atteignait l'âge adulte sans être moqué pour quelque chose – on avait rempli son casier de cookies au gingembre quand il était en cinquième –, cependant, c'était bien pire pour ceux qui étaient hors normes. Mais ça, c'était quand ils avaient encore leurs cerveaux reptiliens adolescents. Il devait y avoir une autre raison, et son intuition la lui soufflait.

— N'importe quoi.

— Pardon ? s'indigna-t-elle en haussant un sourcil.

La petite tache de couleur à la base de son cou lui confirma qu'il avait raison.

— Tu as peur.

— Non.

Elle joua encore avec sa paille, comme si l'autre option était de s'asseoir sur ses mains.

— O. K. Tout le monde est en couple, et je n'ai aucune envie de passer une semaine à être la cinquième roue du carrosse ou à faire tapisserie pendant les activités – il y a même un faux bal de promo à la fin du séjour. Ce serait gênant, mais je n'ai pas peur.

— Vraiment ?

Il marqua un silence et baissa délibérément les yeux sur ses doigts avant de la regarder de nouveau dans les yeux.

— Prouve-le en y allant.

Elle lâcha la paille et posa les mains sur ses genoux.

— Contrairement à d'autres, répliqua-t-elle en lui adressant un regard qui prouvait clairement qu'elle parlait de lui, je ne suis pas du genre à relever un défi idiot.

— D'accord. Et si tu relevais un défi amusant ?

Elle sourit.

— Tu es terrible, tu le sais, ça ?

— Tu n'es pas la première à me le dire.

Il lui fit un clin d'œil et trinqua en cognant sa chope contre son verre.

— Je veux bien le croire, affirma-t-elle avant de gober un piment comme si ce n'était rien du tout.

Frankie avait grandi dans une maison qui contenait suffisamment d'œstrogènes pour savoir que les femmes n'étaient pas des créatures mystérieuses et délicates. Elles ressemblaient aux hommes, avec plus de courbes, et elles se montraient en général plus méchantes quand on les provoquait. Cette observation n'avait en rien été modifiée par ses interactions avec les femmes de Waterbury. À cause des nanas avec qui il était sorti, il avait même ajouté trois lignes à son manuel de connaissance des femmes : *Ne fais pas n'importe quoi avec elles. Ne leur mens pas. Ne jouis pas avant elles.*

Il savait quand s'arrêter, aussi fit-il glisser la conversation sur des histoires drôles concernant le dernier arrivé à la caserne. Elle le fit hurler de rire avec certains de ses clients (dont elle ne divulgua pas les noms, bien sûr) qui agissaient encore plus bêtement que le bleu. Il n'aurait jamais imaginé qu'on puisse dresser un singe pour attaquer les paparazzi ; il apprit quelque chose ce soir-là.

Lorsque la serveuse leur apporta l'addition avec son numéro de portable griffonné au dos, il était détendu. Il avait passé une excellente soirée, parce qu'il n'avait pas cherché à impressionner Lucy pour l'attirer dans son lit. Il ne se souvenait plus à quand remontait la dernière fois qu'il avait passé un dîner aussi sympa avec quelqu'un. Ses relations avec les femmes n'étaient pas vraiment cool. Plutôt nues et orgasmiques. Et il n'avait jamais le temps de discuter avec elles.

Merde. Et si Shannon avait raison ? Était-il juste un mec avec qui on avait envie de s'amuser ? N'était-il pas capable de donner plus que des orgasmes ? Il avala une gorgée de bière qui lui parut soudain amère.

Lucy était en train de fouiller dans son immense sac rouge – elle avait manifestement une passion pour cette couleur – à la recherche du montant exact pour payer l'addition : elle sortait vingt-cinq cents, fourrageait de nouveau dans son sac, en extirpait dix cents et recommençait. C'était hilarant.

— Tu sais, ils peuvent te rendre la monnaie.

Elle s'interrompit juste assez longtemps pour brandir son majeur.

Il explosa de rire et déposa quelques billets sur sa note. Il ne se rappelait pas quand une femme qui ne portait pas le même nom que lui s'était montrée aussi peu impressionnée. Depuis la puberté, les filles lui tombaient dans les bras. Ce n'était pas de la vantardise, mais la vérité pure et simple. Il avait réagi comme n'importe quel homme et avait accepté cette situation comme un dû. Il n'y avait jamais vraiment réfléchi – jusqu'à ce que les remarques de Shannon lui fassent l'effet d'un coup de massue sur le crâne qu'il avait pourtant épais.

Il avait trente-trois ans, était célibataire et vivait avec son frère jumeau. Tous ses amis étaient mariés, certains plusieurs fois, et lui, courait toujours les bars à la recherche de plans cul comme s'il avait vingt-cinq ans et pas de cerveau. Qu'est-ce qu'il attendait ? Qu'est-ce qu'il était en train de manquer ? Était-il uniquement destiné à être l'amant de toutes les femmes de Waterbury ? Il n'avait aucune réponse, mais la dernière question laissait un sale goût dans sa bouche.

Il était plus que temps qu'il mette de l'ordre dans tout ça. Il devait changer de priorités. Il allait cesser de draguer pendant quelques semaines et essayer de comprendre ce qui lui donnait le sentiment désagréable que les choses n'allaient plus, qu'il ratait quelque chose d'important. Voilà. Une mise en veille temporaire de son petit cerveau pour faire fonctionner le gros. C'était pour ça que les joueurs ne baisaient pas la veille d'un match important. Les femmes les perturbaient. Il allait faire une petite cure de désintox pendant quelques semaines et se contenter de sa main droite.

Mais il n'aimait pas passer du temps seul. Peut-être parce qu'il avait un jumeau ou parce qu'il était très sociable… l'idée de ne pas avoir de compagnie pendant trois semaines lui donnait des sueurs froides.

La serveuse choisit ce moment pour s'arrêter devant leur table, et il faillit lui arracher l'addition pour récupérer son numéro de téléphone.

Ressaisis-toi, Hartigan.

Il s'interrompit à temps, mais il s'en était fallu de peu.

— Merci, dit Lucy en tendant la somme exacte et le pourboire.

Extrait

La foudre le frappa pour la deuxième fois en cinq minutes : il pouvait accompagner Lucy à ses retrouvailles de lycée. C'était un plan parfait parce que, pour géniale qu'elle soit, elle n'était absolument pas son type. Elle ne le draguait pas. Elle était franche, culottée et pas le genre à céder le contrôle ne serait-ce qu'une seconde. Mais elle était hyper drôle, et c'était exactement ce dont il avait besoin pour s'occuper et se tenir éloigné des emmerdes. Le fait qu'il ne lui plaise pas était même un bonus.

Lucy se leva, posa son sac à main sur sa chaise et commença à enfiler sa veste. L'adrénaline le jeta à bas de son siège.

— Tu ne peux pas rater ces retrouvailles, dit-il, d'un ton plus fort que voulu. Tu te dois d'aller leur montrer que leurs insultes ne t'ont pas empêchée de réussir. Tu as un job fabuleux, et j'ai la solution idéale pour leur rendre la monnaie de leur pièce.

— Ah bon ? répliqua-t-elle sans cesser de mettre sa veste. Comment ça ?

— Je serai ton cavalier.

Il se redressa de tout son mètre quatre-vingt-dix-huit.

— Personne n'emmerde les gens qui m'accompagnent.

Lucy éclata de rire – suffisamment fort pour faire tourner les têtes – et abattit la main sur la table.

Merde. Son ego était aussi gros que lui, mais il avait assez encaissé pour la soirée.

— Très drôle, commenta-t-elle en essuyant une larme de rire et en reprenant son souffle. Mais il est hors de question que j'aille en bagnole jusque dans le Missouri avec toi pour la réunion de retrouvailles de mon lycée.

Ça faisait un sacré voyage.

— Pourquoi tu ne prends pas l'avion ?

Cette question effaça instantanément le sourire de Lucy.

— Sais-tu comment les gens comme moi sont traités dans les avions ?

Elle le considéra de haut en bas.

Extrait

— Toi entre tous devrais comprendre que ces petits sièges sont très inconfortables, à moins d'être un Schtroumpf.

Elle n'avait pas tort. Chaque fois qu'il prenait l'avion, il devait se contorsionner et le connard devant lui essayait toujours d'abaisser son siège jusqu'à ce qu'il remarque le géant furieux qui se tenait derrière. Ne pas prendre l'avion était somme toute logique.

— Eh bien, on prendra la voiture.

Il haussa les épaules.

— Il faut combien de temps ?

— Un jour et demi.

Elle s'empara de son sac et glissa la bandoulière sur son épaule. Ça pouvait marcher.

— Heureusement que je suis en vacances forcées.

— Tu es suspendu ?

— Non.

Il aurait préféré. Ça lui aurait donné une bonne raison de ne pas bosser au lieu de se retrouver confronté à une règle à la con.

— Je n'ai pas pris tous mes congés et les RH ont flippé. Ne m'oblige pas à me faire chier chez moi. Je ne déconne pas. Les vacances ne me réussissent pas. La dernière fois, j'ai construit une terrasse.

— C'est plutôt pas mal.

Elle le considérait de nouveau comme s'il était idiot. Il ne l'était pas, mais il ne fallait pas le laisser seul avec un marteau et des clous.

— J'ai dû payer une somme exorbitante pour que quelqu'un vienne démolir ce que j'avais fait et construire une terrasse qui ne défie pas les lois de la physique.

Il s'abandonna au sentiment d'urgence qui s'était emparé de lui.

— Allez, aie pitié de moi. Laisse-moi t'accompagner.

Lucy lui adressa un regard qui le transperça au plus profond de lui. Il n'était pas du genre à se tortiller, mais il ne put s'en empêcher. Si elle regardait ses clients de cette façon, ils devaient certainement la fermer et changer immédiatement d'attitude.

— Pourquoi tu veux faire ça ? demanda-t-elle, soupçonneuse.

Parce qu'il fuyait les fantômes des femmes de son passé. Il avait besoin de s'éclaircir les idées, et l'abstinence était plus facile quand on n'était pas tenté. Lucy était une nana géniale, mais elle ne l'excitait pas du tout. Elle était, sans l'ombre d'un doute, une casse-couilles absolue, et il avait envie de garder intacts ses bijoux de famille.

— Tu m'as sauvé d'une soirée ennuyeuse chez Marino et j'ai envie de te remercier.

Elle plissa ses grands yeux marron et pinça sa bouche pulpeuse. Il retint son souffle sans vraiment comprendre pourquoi et ne recommença à respirer que lorsque Lucy lui adressa un sourire incrédule.

— D'accord, gloussa-t-elle en secouant la tête. Frankie Hartigan, veux-tu m'accompagner à la réunion des anciens élèves de mon lycée ?